ZUCKER UND EIS

Arizona Raptors, 4

RJ SCOTT

V.L. LOCEY

Übersetzung

XENIA MELZER

Love Lane Books

Zucker und Eis

Zucker und Eis (Arizona Raptors #4)

Copyright 2025 RJ Scott, Copyright 2025 V.L. Locey

Originaltitel: Sugar and Ice – Copyright 2020 RJ Scott, Copyright 2020 V.L. Locey

Cover: Meredith Russell

Lektorat englische Ausgabe: Sue Laybourn

Übersetzung: Xenia Melzer

Proofing: Eva Melzer

Veröffentlicht von Love Lane Books Limited

ISBN: 9781785647574

Alle Rechte vorbehalten

Zucker und Eis

Ein in Ungnade gefallener goldener Hockey-Junge und ein eisiger Teamkapitän sind eine schlechte Idee, die nur darauf wartet, zu passieren.

Tate Collins hatte Ruhm, Werbeverträge und den dazu passenden Ruf eines Goldjungen. Aber eine lausige Entscheidung zerschmettert sein perfektes Image, schickt ihn aus dem Scheinwerferlicht des Hockeys zu einem Team, das ihm nicht vertraut. Entschlossen, sich wieder aufzubauen, hält er sich zurück – bis sein neuer Kapitän, Vladislav Novikov, zu einer unerwarteten Ablenkung wird.

Vlad ist abseits des Eises so kalt, wie er darauf gnadenlos ist, was ihm den Spitznamen Eisberg eingebracht hat. Die Raptors zu führen ist sein Fokus, aber Tates Charme und Entschlossenheit kratzen an seinen Mauern. Er weiß, dass etwas mit einem

Teamkollegen anzufangen eine schlechte Idee ist, aber Tate zu widerstehen? Das ist unmöglich.

Als die Chemie zwischen ihnen immer heißer wird, steigt das Risiko. Während Tate um Wiedergutmachung kämpft und Vlad alles riskiert, um ihn bei sich zu behalten, wird die Liebe da zum Game-Changer – oder der größte Penalty von allen?

Zucker und Eis ist eine MM Hockey-Romanze mit Griesgram/Sonnenschein, einem Altersunterschied, Wiedergutmachung, verbotener Liebe und einem Team-Kapitän, der sich in den Bad Boy verliebt.

Widmung

Für Kelly E Lipp, die Vlads Papagei Frank getauft hat.

Für meine Familie, die mich und all meine Marotten und Eigenheiten akzeptiert. Sogar die Plastikbanane in meinem Holster.

VL Locey

Immer für meine Familie.

RJ Scott

Glossar

Da viele LeserInnen wohl keine eingefleischten Hockey-Fans sind, habe ich hier eine kleine Sammlung der Hockey-Begriffe, die in diesem Buch vorkommen. Eventuelle Fehler oder Ungenauigkeiten bitte ich zu entschuldigen.

Back-to-Back: Zwei Spiele hintereinander.

Bag Skate: Besonders intensives Konditionstraining auf dem Eis; oft eine Strafe für Fehlverhalten.

Breakaway: Eine Situation, in der ein Spieler keine Gegner mit Ausnahme das Goalies zwischen sich und dem gegnerischen Tor hat.

Celly: Feier eines Tors, bei jedem Spieler individuell.

Cheap Shot: Schüsse, die das Ziel haben, den Gegner zu verletzen.

Combines: Spiele vor dem Draft, in dem die Nachwuchsspieler ihr Können zeigen.

Conference Championships: Dritte Runde der Stanley Cup Finalspiele. Es gibt die Eastern und die Western Conference Championship und der jeweilige Gewinner tritt im Finale an.

Corsi-Statistik: Eine relativ komplizierte Statistik, die beim Eishockey genutzt wird, um Schussversuche auf das gegnerische Tor bei einem ausgeglichenen Spiel (gleich viele Spieler in jeder Mannschaft auf dem Eis) abzubilden und so die Schlagkraft eines Teams einzuschätzen.

Cross Net Shot: Spezielle Art Schuss im Versuch, ein Tor zu erzielen. Anstatt direkt auf den Goalie zu zielen, schießt der Spieler den Puck quer zum Netz von einer Seite zur anderen.

Defending the House: Wörtlich übersetzt ‚Das Haus verteidigen‘. Haus bezieht sich auf das Netz, wodurch der Rest selbsterklärend wird 😊

Deke: Täuschungsmanöver

Drop Pass: Ein Spielzug, bei dem man den Puck rückwärts zu einem Spieler hinter sich schießt, damit dieser Geschwindigkeit aufbauen und so besser vor das gegnerische Tor kommen kann.

Expansion Draft: Wird von der Liga durchgeführt, wenn ein neues Team im Zuge einer *Expansion* Mitglied wird. Spieler aus anderen Teams werden dafür rekrutiert.

Expansions-Team: Teams, die während

mehrerer *Expansions* (Erweiterungen) der NHL beigetreten sind.

Facc-off: Eine Art Einwurf des Pucks nach einem Foul oder einer Spielunterbrechung. Findet zwischen zwei Spielern statt. Ist auch der Anstoß zu Beginn des Spiels in der Mitte der Eisfläche.

Farm Team: Zweites Team eines Vereins, das in einer niedrigeren Liga spielt und aus dem Spieler für die NHL rekrutiert werden.

Five-Hole: Bereich zwischen den Beinen des Goalies.

Flex: Die Flexzahl steht für den Kraftaufwand in Pfund, der nötig ist, um die Schlägermitte um ca. 2.5 cm (1 Inch) zu biegen.

Forecheck: Defensivspiel in der Offensivzone (also vor dem gegnerischen Tor), mit dem Ziel, Druck auf die gegnerische Mannschaft auszuüben.

Frozen Four: Hier handelt es sich um die Halbfinals und das Finale der College-Eishockeymeisterschaften.

Goalie: Torhüter

Hat Trick: Hattrick; wenn ein Spieler in einem Spiel drei Tore hintereinander schießt.

Healthy Scratch: So wird ein Spieler bezeichnet, der auf der Bank bleiben muss, obwohl er gesund und spielfähig ist. In der Regel eine Bestrafung für Fehlverhalten.

High Slot Robbery: Die High Slots sind die Bereiche auf dem Eis, die sich direkt vor dem Netz befinden. Wenn ein Goalie einem gegnerischen Spieler dort den Puck abjagt, ist das ein High Slot Robbery.

High Sticking: Ein Foul, bei dem der Schläger eines Spielers über die Kopfhöhe des Gegners gehoben wird und Kontakt mit dem gegnerischen Spieler hat.

Icing: Unerlaubter Befreiungsschuss.

Instigation: Anzetteln einer Schlägerei auf dem Eis. Wird mit Penaltys bestraft.

Junior-Liga/Minor/AHL: So viel wie die 2. und 3. Liga im Fußball.

Lines/Block: Angriffsteams, zu denen ein *Center* und zwei *Flügelspieler/Stürmer* gehören. Sie bilden eine Einheit, die während eines Spiels untereinander ausgetauscht werden, da das Spiel sehr anstrengend ist. In der Regel ist ein Block eine Minute auf dem Eis.

Neutrale Zone: Bereich zwischen den beiden Linien, die die Mitte des Eises markieren.

Odd Man Rush: Wenn sich beim Eintritt in die Angriffszone mehr Spieler des angreifenden Teams dort befinden als des verteidigenden Teams. Je höher die Angreifer in der Überzahl sind, umso höher die Torchancen.

Original Six: Bezieht sich auf die ersten sechs Teams, die in der NHL gespielt haben.

Penalty: Strafe für Fehlverhalten. Die Dauer hängt von der Schwere des Fouls ab.

Penalty Kill: Wenn mehr Spieler des Gegners sich auf dem Eis befinden.

Penalty-Schießen: Vergleichbar dem Elfmeterschießen im Fußball. Findet statt, wenn es nach einer Verlängerung immer noch unentschieden zwischen zwei Mannschaften steht.

Poke Check: Gängigste Methode, um den Puck einem anderen Spieler wegzunehmen; kann von jedem Spieler in jeder Zone angewendet werden. Es handelt sich um eine Art Stochern mit dem Schläger.

Powerplay: Wenn eine Mannschaft aufgrund von Penaltys mehr Spieler auf dem Eis hat als die andere.

Roughing: Zu hartes Vorgehen während des Spiels. Führt zu Penaltys (Strafen).

Saucer: Spezieller Schuss, bei dem sich der Puck wie eine fliegende Untertasse (flying saucer) bewegt.

Shutout: Spiel, bei dem ein Goalie ohne Gegentor bleibt. Sehr wichtig, weil dies auch in den Statistiken auftaucht.

Slap Shot: Scharfer, direkter Schuss auf das Tor.

Slashing: Foul bei dem der Gegner mit dem Schläger empfindlich getroffen wird.

Tape-to-Tape: Pass von Schläger zu Schläger.

Toe-drag: Trick, bei dem der Puck mit dem offenen Ende des Schlägers verdeckt und so vom Gegner ferngehalten wird.

Tryout: Probezeit eines Spielers, in der Regel vor

der Saison im Trainingscamp und bei den vorsaisonalen Spielen.

Turnover: Puckverlust.

Two Way Stürmer: Ein Spieler, der sowohl als Verteidiger als auch als Stürmer agieren kann.

Wraparound: Wenn der Puck hinter dem gegnerischen Netz ist und die Spieler versuchen, um das Netz herum (Wraparound) zu kommen und ein Tor zu erzielen.

Zebra: Bezeichnung für die Schiedsrichter

ZUCKER *und* EIS

RJ SCOTT &
V.L. LOCEY

EINS

Tate

Mein abgesagter Hochzeitstag flog schemenhaft an mir vorüber. Ich war betrunken, vollkommen weggetreten, weil ich an diesem Morgen aufgewacht war und entschieden hatte, dass dies die einzige Möglichkeit war, wie ich mit dem Shitstorm fertig werden konnte, in den mein Leben sich verwandelt hatte.

Ich wusste, dass ich zu Hause war, dort hatte die Sauferei angefangen und ich wusste sicher, dass mein Bruder und meine Schwester da waren, aber der Rest war ein Nebel aus ‚es ist mir egal, was zur Hölle ich mache' und ‚ich genieße es, dass ich alle gottverdammten Regeln breche, die mein Leben bestimmen'.

Sei nett zu den Leuten. Sei immer nett. Sei kein Arschloch. Lass dir das Geld nicht zu Kopf steigen. Spiele dein bestes Hockey. Verbock es nicht. Und vor allem, fick keine Typen.

Niemand hatte mir erzählt, dass ich nichts mit Lacey anfangen sollte, meiner psychotischen, mörderischen, katzen-stehlenden Ex-Verlobten.

Wo stand das im Wie-man-ein-perfekter-professioneller-Hockyspieler-ist-Regelwerk?

„ImisseObi", nuschelte ich und spürte den Arm meiner Schwester auf meiner Schulter. Ich vermisste meinen Kater, Obi, er war ein guter Kater, eine Maine Coon, der ganz aus Fell und großen, treuherzigen Augen bestand und er liebte mich.

Lacey hatte ihn mich nicht mitnehmen lassen, als ich gegangen war.

Ich hätte eine Million Katzen kaufen können, wenn ich das gewollt hätte, vielleicht zwei, aber es war Obi, den ich gerade im Moment wollte, zusammengerollt auf meinem Schoß oder auf meiner Schulter sitzend. Obi war mein Freund.

Mein bester Freund.

Mein einziger Freund.

„IchmisseObi", wiederholte ich ein Durcheinander aus Silben.

„Wir wissen, dass du das tust, kleiner Bruder", murmelte Josie.

Ich taumelte seitlich gegen sie, aber ich musste mich verkalkuliert haben, weil ich auf mein verdammt großes Sofa in meinem verdammt großen Wohnzimmer fiel, in meiner verdammt leeren Villa. Ich wohnte in der Nähe eines Sängers, dessen Name ich vergessen hatte, der irgendeine Show gewonnen hatte und Insta-Scheiß machte und gegenüber einem Preisboxer, der ganz aus Bling bestand und nur sehr wenig redete, abgesehen von gedämpften Grunzern. Die Nachbarschaft der Millionäre, genau das, wo ich hingehörte, mit meinem Vertrag über zwanzig Millionen bei den Arizona Irgendetwas oder so. Ich gehörte hierher. Obi, meine wunderschöne Main Coon, gehörte hierher zu mir, nicht unten nach Dallas zu Lacey und ihrer giftigen Zunge und ihren Interviews und ihren großen Augen, die im Frühstücksfernsehen Tränen vergossen.

Hat er dich je verletzt?, hatten sie sie gefragt und ich wollte verdammt sein, weil sie nur ihren Kopf ein wenig geschüttelt hatte, während sie dramatisch nach unten und links schaute. Die Leute zogen ihre eigenen Schlüsse. Tate Collins, der Captain America des Hockeys, hatte dieser niedlichen, netten Frau wehgetan, die Katzen liebte.

Meine Katze!

Und dann hatte Dallas mir gesagt, dass ich mich verpissen sollte, dass sie mehr von mir erwartet hätten, sie hatten mir *Dinge* erzählt, wichtige Dinge, und ich hatte sie Lacey erzählt und jetzt waren *Dinge* der Öffentlichkeit bekannt. Lügen. Das waren alles Lügen, aber niemand glaubte mir. Nicht einmal die verdammten Raptors mit ihrem Regenbogen-Scheiß und ihren beschissenen Spielen und der Tatsache, dass niemand im Team mich mochte.

„ZurHöllemit'nRaptors", nuschelte ich und

schnippte mit den Fingern, glitt dann vom Sofa und auf den weißen Teppich, lehnte mich auf eine Seite und fuchtelte dann mit den Armen, als ich flach auf den Rücken fiel.

„Himmel!" Die Stimme war weit weg. Weit, *weit* weg, so eine Million Milliarde Kilometer weit weg von mir. „Was zur Hölle, Tot?"

„Geh'weg!"

„Hast du ihn? Nimmst du seinen anderen Arm ... 911?"

911? War das nicht eine Fernsehserie? Mit all diesen Helden, die Heldenscheiß machten und Leute retteten? Wichtige Typen, die es verdienten, als Helden bezeichnet zu werden. Keine kaputten idiotischen Hockeyspieler, die nur ein Spiel spielten.

„Er bringt uns um, wenn wir-"

„Schragel schrumpf", platzte ich heraus, was in meinem Kopf absoluten Sinn ergab und den Personen, die hier waren, sagte, dass ich den Krankenwagen nicht brauchte, weil das die letzten Illusionen über den perfekten Mann zerstören würde, die alle geglaubt hatten.

„Was hat er gesagt?"

„Ich habe nicht die geringste Ahnung."

Ich drehte mich, um aufzustehen, und schlug mir den Kopf an etwas Hartem an und ich öffnete ein Auge. Warum befand sich die Toilette in meinem Wohnzimmer?

Moment? Der Boden war hart. Wo war der

Teppich? Ich wollte meinen Teppich zurück. Ich klammerte mich an das Porzellan, mir war schlecht und ich verlor, was immer sich in meinem Magen befand, was im Grunde genommen aller Alkohol war, den ich im Haus hatte, von Wodka bis hin zu Alcopops, dazu viele Packungen der beschissensten Snacks, die Josie bei ihrem letzten Besuch hiergelassen hatte.

„Ja-hossseeeee", schaffte ich.

„Alles gut, Tot, wir passen auf dich auf", versicherte Josie mir.

„Tun wir das?" Die zweite Stimme, entschieden männlich, gehörte meinem großen Bruder Logan, der mich hochzog und dann war ich nass. Es regnete in meinem Bad, tropischer Regen auf eine regnerische Art und Weise, mit Schauern, als würden die Wolken sich selbst ausdrücken. Ich war so nass, dass ich mir wünschte, ich würde meine Kleidung nicht tragen, nur … ich war nackt, keine Kleidung, nichts, und war Josie da?

„Jo'eee Schwanz." Ich bemühte mich, mich zu bedecken, aber wer auch immer mich hielt, kicherte und verteilte dann etwas, das wie Orangen roch, überall auf mir. Ich hoffte inständig, dass es Logan war. Es klang definitiv wie Logan.

„Sie ist rausgegangen", versicherte Logan mir. „Hier sind nur du und ich, Tot, und du stinkst."

Ich öffnete das andere Auge, was nicht funktionierte, erkannte dann, dass ich das erste geschlossen hatte, und bemühte mich daraufhin, sie beide zu öffnen, wollte weinen, weil dies mein Hochzeitstag war und ich mit meinem Bruder, Logan, unter der Dusche stand, der mein Trauzeuge hätte sein sollen. Er wischte mir die Kotze ab und hielt mich aufrecht und Josie war draußen und weinte wahrscheinlich oder etwas anderes, das mir das Herz brechen würde, weil sie meine Schwester war und mir alles bedeutete.

„Liebe dich." Ich richtete all meine Aufmerksamkeit darauf, die Worte klar zu formulieren, und sie klangen nicht schlecht, hallend und ein wenig laut, aber sie ergaben Sinn.

„Liebe dich auch, Tot, jetzt wasch deinen Hintern."

Ich versuchte es, das tat ich wirklich, aber er musste mich halten und ich fühlte mich so unsicher auf den Beinen wie ein beinloses Kätzchen. Nein, nicht beinlos, Kätzchen hatten Beine. Einige aber nicht. Ich spürte, wie Tränen an der Galle vorbei nach oben stiegen, als ich an all die verlorenen und einsamen Kätzchen dachte, die keine Beine hatten.

„Ich wer'e beinlose Kätzchen doptieren", schaffte ich.

„Okay, okay, komm schon, lass uns die Seife abwaschen."

„Werd' Bob anrufen, er wird mir beinlose Kätzchen in nem Eimer bringen ..." Das klang nicht richtig. „Nein, eimerweise."

„Dein Agent ist die beste Person, um dir Kätzchen zu besorgen", log Logan. Ich wusste, dass er log. Er hasste Bob. Sagte, dass Bob nur wegen meines Geldes geblieben war, nachdem die Scheiße in Dallas angefangen hatte zu dampfen. Natürlich war das so.

Alles, was die Leute von mir wollten, war Geld.

Logan duschte mich ab und etwas von dem Wasser drang in meinen Mund und ich brauchte das, warmes Wasser, das meinen Durst löschte.

„KeinBiermehr", schaffte ich.

„Wir schaffen das."

„Aber Kätzchen."

„Alle Kätzchen, Tot, alle."

Ich wünschte, mein großer Bruder würde mich nicht Tot nennen, jetzt da ich super-alt war, aber andererseits wünschte ich mir auch, dass er mich nicht unter einer Dusche aufrecht halten würde und ich war gleichzeitig über beides froh. Irgendwie bekam er mich aus der Dusche und wickelte mich dann in flauschige, weiche Handtücher und die fürsorglichen und sanften Worte, die er sagte, durchschnitten meine Sauf-Mitleids-Party für einen. Ich packte sein Oberteil, schaffte es endlich, beide Augen zu öffnen, wobei Übelkeit an jeder meiner Zellen zerrte, und schaute Logan an. Emotionen stiegen auf, vielleicht waren es die Kätzchen oder die Liebe, die er mir zeigte oder wie er mich Tot nannte. Vielleicht lag es daran, weil heute der Tag sein sollte, an dem ich Lacey heiratete und ich sie nie geliebt hatte und das war alles meine Schuld.

Was es auch war, meine Emotionen begannen, in Tränen und Flüchen herauszubrechen, und mir wurde wieder schlecht, nur dass dieses Mal Josie meinen Kopf streichelte, Logan mich hielt und keiner von beiden bewegte sich weg. Wir landeten auf dem Sofa, Logan zwang mich, blaues Wasser mit Elektrolyten zu trinken, mein Lieblingsgetränk, und Josie streichelte mich und sagte mir, dass ich wieder werden würde. Langsam ließen die dämlichen, selbstmitleidigen, emotionalen, das Leben beendenden Tränen nach und die Flüche stoppten und die intensive Reaktion auf das heutige Datum verebbte, ein winzig kleines beinloses Kätzchen nach dem anderen.

„Ich verstehe nicht, was passiert ist", sagte ich.

Logan seufzte. „Weißt du, Tot, es funktioniert so, dass du Alkohol trinkst und dein Körper-"

„Ich meinte mit Lacey. Ich wusste, dass sie Probleme mit ihrer mentalen Gesundheit hatte, aber ich dachte … ich dachte wirklich, dass sie mich liebt."

„Ich weiß, Tot."

„Und ich dachte, dass ich sie geliebt habe."

„Lass uns dich ins Bett bringen", murmelte Logan und half mir aufzustehen.

Irgendwie schafften er und Josie es, mich in mein Zimmer zu bringen, das größer war als unser gesamtes Haus, als wir Kinder waren, und sie halfen

mir in mein Bett, mit seiner einer Million Fäden oder
wie auch immer und den Kissen, die glatt und so
weich wie Wolken waren. Der Raum drehte sich, aber
ich schloss meine Augen.

„Hier ist Wasser, Aspirin und ein Eimer und wir
sind draußen.“

Und ich glaube, dass ich geschlafen haben musste,
und ich glaubte mich zu erinnern, dass ich mich nur
noch einmal übergeben musste.

ALS ICH EIN AUGE ÖFFNETE, griff ich blind nach der
Wasserflasche und dem Aspirin, das Logan mir
dagelassen hatte und schluckte genug davon hinunter,
dass ich hoffte, diese Kopfschmerzen würden mich
endlich in Ruhe lassen.

Was hatte ich getan?

Ich war mit einer Menge Bedauern aufgewacht
und nichts davon ergab an diesem Morgen Sinn. Ich
schaffte es, aus dem Bett zu kommen, die kühle Luft
des Zimmers traf meinen komplett nackten Körper.

Scheiße, hatte Josie all das gesehen? Was musste
sie sich gedacht haben? Aber noch wichtiger, hatte sie
einen Blick auf meinen …

Ich konnte den Gedanken nicht einmal beenden.

Ich bewegte mich so langsam, dass eine Schnecke
mich links hätte überholen können, aber ich
schwöre, dass der Teppich laute Geräusche von sich
gab oder die Wand oder vielleicht waren es die

Vibrationen in der Luft, weil mein Kopf davon schrecklich wehtat.

Ich machte mich auf in Richtung Küche, die sich links von mir befand. *Ich glaube, ich gehe nach links. Die Wand ist gerade wirklich verdammt laut.* Ich strich mit meinen Fingern daran entlang. Dann hörte ich Stimmen. Keine geisterhaften Stimmen in meinem Kopf, das war mein Profi-Baseball-Bruder, der sich mit meiner schauspielernden Schwester stritt.

„-Ja, genau", sagte Logan und er klang erschöpft.

„Möchtest du, dass ich das ganze verdammte Internet lösche?"

„Was auch immer, JoJo, lass es ihn nur nicht sehen."

„Es ist auf TMZ, sie hat es überall auf ihrem Instagram gepostet und sie hat es getweetet und der Tweet ist viral, Lo, auf gar keinen Fall wird er das nicht sehen."

Ich hörte einen Kampf. „Gib es mir, ich werde das Internet kaputtmachen", schnappte Logan.

Weitere Kampfgeräusche waren zu hören und als ich die Küche betrat, sah ich eine typische Collins-Situation. Logan hielt etwas hoch in die Luft und Josie versuchte zu erwischen, was immer es war, in diesem Fall mein brandneues iPad.

„Hey", krächzte ich und sie beide wirbelten so schnell zu mir herum, dass Logan mein iPad wegwarf, das gegen die Wand auf der anderen Seite knallte und in Zeitlupe zu Boden krachte. Verdammter Logan und sein verdammter Wurfarm. Ich konnte mich nicht aufraffen, deswegen wütend zu sein. Sie waren für mich da und ich war so dankbar.

Josie erreichte mich zuerst, führte mich zum Küchentisch, eine Angelegenheit mit zwölf Sitzplätzen aus Glas mit Beinen aus Chrom. Er war nur schwer sauber zu halten, darum benutzte ich ihn nie. Wozu auch, es war nicht so, als ob das Team herkam, um Pizza und Bier zu essen.

Ich kann nicht einmal an Bier denken.

Schweigend stellte sie Wasser vor mich und dann erschien ein magischer Teller Pancakes mit Ahornsirup und Bananen. Mein Lieblingsessen und das wusste sie, obwohl sie nicht kochen könnte, selbst wenn ihr Leben davon abhinge, darum wusste ich, dass Logan sie gemacht hatte. Ich nahm eine Gabel voll, zog den Pancake durch den Sirup und stach eine Banane auf, kaute dann und schluckte. Ich war mir nicht sicher, ob meine Geschmacksknospen die letzte Nacht überlebt hatten, aber nach ein paar Bissen traf mich die Bananen-Pancake-Sirup-Köstlichkeit genau dort, wo ich es brauchte.

„Was hat sie gesagt?", fragte ich, nachdem ich meinen ersten kompletten Pancake verputzt hatte. So wie ich Logan kannte, gab es irgendwo einen ganzen Stapel davon. Er kochte, wenn er Stress hatte und das hier, sein kleiner Bruder, der versuchte, seine Sorgen am schlimmsten Tag seines Lebens zu ertränken, würde ihn definitiv stressen. Logan verstand nicht einmal die Hälfte der Dinge, die für mich falsch gelaufen waren, und das hatte er mir gesagt, aber er hatte die ganze Zeit über zu mir gehalten.

„Das willst du nicht wissen", sagte er.

Ich schaute auf in ein Gesicht, das meinem so ähnlich war, seine Augen waren schmal und Wut schuf zwei rote Flaggen auf seinen Wangen.

Josie fing an: „Es tut mir leid, Tate, aber sie hat ein Foto geteilt, von sich mit Betthaaren und in ihrem Pyjama, schmollend-"

Logan fluchte. „Das Gesicht voller Make-up-"

„Logan, halt den Mund. Darunter hat sie geschrieben, dass sie an diesem *schrecklichen Tag* Privatsphäre möchte, aber dass sie jemanden hat, der ihr hilft, ihr inneres Licht zu finden oder irgend so ein Scheiß." Den letzten Teil setzte sie in Gänsefüßchen.

„Die üblichen Verdächtigen haben es übernommen, TMZ hat einen Artikel geschrieben, was passiert ist, bla, bla, der Neuanfang, der immer noch dauert."

„Was für ein Miststück", schnappte Logan, aber ich legte eine Hand auf seinen Arm.

„Nein. Ist sie nicht, Lo. Mit ihr stimmt etwas nicht, sie ist so unglücklich und ich hätte sie niemals fragen sollen, ob sie mich heiraten möchte. Aber jetzt lasse ich mich von dem, was sie sagt, nicht verletzen."

„Sie verletzt dich, kleiner Bruder", murmelte Josie und tätschelte meine Wange.

„Darüber kann ich nicht nachdenken. Ich will nur Hockey spielen."

Logan schlug auf die Arbeitsplatte, was mich zusammenzucken ließ. „Ich verstehe es nicht, Tot. Du musst den Leuten nur sagen, wie sie wirklich war, erklären, dass die Person, in die du dich verliebt hast, sich verändert hat und dass sie dich erpresst hat, sie zu heiraten-"

„Sie hat mich nicht erpresst. Sie war ehrlich mir gegenüber, was die Verzweiflung am Leben betrifft, die sie empfindet, und ich wusste, dass ich sie nicht verlassen konnte."

„Aber wenn du etwas sagen würdest, *irgendetwas*, dann würdest du hier nicht als der Bösewicht dastehen."

„Ich werde nicht schmutzige Wäsche ... Sachen mitteilen", schaffte ich zu sagen. Dieser ganze Schlamassel war auch meine Schuld und ich war ein gottverdammter Gentleman.

„Sie war diejenige, die bei dieser Realityshow mitgemacht und all deine Geheimnisse ausgeplaudert hat. Sie tut das, um Mitleid für etwas zu bekommen, das ihre eigene verdammte Schuld ist."

„Sie hat Probleme", fing ich an, immer noch im Selbstverteidigungsmodus.

„Da hast du recht", murmelte Logan.

„Hört zu, Leute, es ist mir mittlerweile egal. Ich hatte meinen Tag des Selbstmitleids. Ich bin damit jetzt durch."

„Es gibt noch etwas und das wirst du nicht glauben", fing Logan an.

Ich hörte, wie Josie scharf einatmete und sah, wie sie warnend den Kopf schüttelte. „Was?" Ich hatte das so satt, ich hatte es satt, der Bösewicht zu sein, derjenige, der von dem Podest gestürzt worden war, auf dem ich nie hatte stehen wollen. Dallas hatte ein Aushängeschild für gute Manieren und Freundlichkeit gewollt, die Liga hatte einen netten Typen gewollt, den sie als Superstar bezeichnen und zu allen Gelegenheiten aus dem Hut zaubern konnten. Sie hatten Tate Collins, den *Superstar* erschaffen und alle anderen Teile von mir waren zerstört worden.

Was war sonst noch publik gemacht worden? Die gesamte NHL, auch die Fans, wussten, dass ich *Star-Wars*-Sachen sammelte. Das war nie ein Geheimnis gewesen und mein allererstes Instagram-Foto zeigte mich in einem der Zimmer in meinem Haus in Dallas, mit Regalen voller Merchandise. Die Tatsache, dass ich bi war und Männer genauso mochte wie Frauen war ein Geheimnis, aber das war mein Privatleben und hatte mit niemandem etwas zu tun. Ich stöhnte. Fuck. War herausgekommen, dass ich in Tennant Rowe verknallt gewesen war, als er in Dallas gewesen war und dass ich ihm aus dem Weg gegangen war?

Es musste die Sache mit *Star Wars* sein. Sie hasste es, dass ich nicht etwas, in ihren Worten, männlicheres sammelte. Als ich sie gefragt hatte, was genau sie damit meinte, waren ihr nur Hanteln eingefallen.

Wer zur Hölle sammelte Hanteln?

Ich hatte Lacey nie dafür verurteilt, was sie mit meinem original Boba Fett gemacht hatte, in dieser ersten Nacht, in der ich sie mit einem anderen Typen erwischt hatte. Sie hatte nicht wie sie selbst gewirkt und nachdem ich den Typen nett gebeten hatte, sich aus meinem Haus zu verpissen, hatte ich sie für eine Weile gehalten, während sie geweint hatte. Dann hatte ich ein Kissen genommen und auf der Couch geschlafen. Lacey war nicht die *Eine*, aber sie erfüllte genügend Voraussetzungen, dass sie es hätte sein können.

Vielleicht, wenn ich mir mehr Mühe gegeben hätte? Ich weiß, dass ein Teil meine Schuld war.

Den Mann in ihrem Bett zu finden, war schlimm genug, aber dass mir Boba Fett, mit abgerissenem Kopf und aus seiner Originalverpackung gezerrt, an den Kopf geworfen wurde, war schon eher ein Schock. So betäubt war ich angesichts des ganzen Lacey/Tate Liebesdramas.

„Sie sagt, dass sie vielleicht eine neue Liebe gefunden hat, und dass ihr Herz endlich erfüllt ist, bla, bla." Josie fügte nichts weiter hinzu und zur Hölle, was davon sollte mir solche Sorgen bereiten, dass Logan ganz aufgebracht war?

„Das freut mich für sie."

„Erzähl ihm von seiner Katze, erzähl ihm von Obi", drängte Logan.

Josie hielt meine Hand fest und ich wusste, dass es ernst war.

„Was ist mit Obi? Was ist passiert?"

„Das Foto von ihr im Bett? Man konnte den Arm des anderen Typen sehen, aber schlimmer als das? Er hat Obi gehalten."

Das soll wohl ein Witz sein.

Ich hatte den Rest des Tages, um wieder auf Spur zu kommen, ich duschte fünf Mal, trainierte drei Stunden lang in dem riesigen Fitnessraum im Keller, trank Kaffee, bis meine Hände zitterten, um etwas Pep zu bekommen, konsumierte dazu Elektrolyte, verbrachte dann gute vier Stunden in meinem riesigen Garten, der einen freien Bereich hatte mit einem eigenen Netz und den Markierungen für Deck-Hockey, schoss den Puck und war erst glücklich, als ich fünfzig Pucks hintereinander getroffen hatte, ohne einen zu verpassen.

Um neun war ich im Bett. Allein. Logan und Josie waren beide nach dem Frühstück gegangen. Josie zurück an das Set ihrer Vampir-Zeitreise-Serie in L.A. und Logan zurück nach San Francisco, wo er in der Anfangsaufstellung seiner Mannschaft spielte.

Die einzig gute Sache, an die ich mich klammerte, als ich nach Arizona verkauft worden war, war, dass wir drei wieder näher zusammen waren. Dazu noch Mom und Dad und ich hatte bedingungslose Liebe auf meiner Seite und als ich auf den Spielerparkplatz fuhr, hatte ich sie in meinem Herzen, wusste, dass, was auch immer in der Umkleide der Raptors passierte, ich es durchstehen konnte.

Ich war früh dran, hoffte inständig, dass ich der Erste war, aber Ryker saß an seinem Platz, tapte seinen Schläger und sang, zu was auch immer auf seinem iPod lief. Er schaute auf, als ich eintraf, und nahm die Ohrhörer heraus.

„Hey", sagte er und ich konnte nur von seinem Ton sagen, dass er die Insta-Sachen gesehen hatte, in denen Lacey Mist über mich angedeutet hatte. Wir hatten einen freien Tag gehabt und sie hatten mir zusätzlich einen persönlichen Tag gegeben, aber jetzt war ich zurück. Morgen hatten wir ein Heimspiel gegen San Diego, einen lokalen Rivalen und ich hatte die kleine Hoffnung gehegt, dass heute alles vergessen sein würde, aber Nein, ich konnte seinen Gesichtsausdruck sehen.

„Hey", sagte ich zurück, fühlte mich bei Ryker immer noch beschämt, weil er vielleicht eines Tages herausfinden würde, dass sein Stiefvater mein erster Schwarm gewesen war, aber was zur Hölle, das Leben war krank.

„Ich habe das ganze Zeug auf Insta gesehen, vergiss es", murmelte Ryker und stand auf, dehnte sich dabei. „Niemand wird es erwähnen und sobald wir mit dem Training anfangen-"

Ein Aufruhr an der Tür brachte uns beide dazu,

uns umzudrehen. Colorado mit einem seiner berühmten Auftritte.

„Sugar, ich habe den Scheiß im Netz gesehen, verdammt, Kumpel, es ist schön, dass mal jemand anderes hier alles abbekommt."

„Sugar?", fragte ich, klang schwach, denn wer zur Hölle wusste, was in Colorados Kopf vor sich ging.

„Ja, Tate-süß-wie-Apple-Pie, kurz Sugar." Er warf mir etwas zu und ich fing es reflexartig auf. Ein Apfel.

„Danke", sagte ich, weil mir die Worte fehlten. Ich war aber froh, dass er nicht mit dem ganzen Tater Tot Scheiß angefangen hatte, den mein Bruder immer brabbelte.

Dann setzte Colorado sich in Bewegung und hinter ihm stand unser Kapitän, Vlad ‚The Iceberg' Novikov, ganz fokussiert, als er von mir zu dem Apfel schaute, dann zu Ryker und zu Colorado, der versuchte, unschuldig auszusehen. Mein Herz schlug schneller, meine Nerven kribbelten und ich schwöre, ich wurde hart.

Was war mit Vlad und wie er einen Raum betrat? Oder wie er stand? Oder redete? Oder sogar atmete?

Und warum brachte mich das so durcheinander?

ZWEI

Vlad

Es war etwas Besonderes daran, wenn der Kapitän die Umkleide betrat.

Es war so ähnlich wie damals, wenn Schwester Krygina das kleine Klassenzimmer in unserer russisch-orthodoxen Schule in Chelyabinsk betreten hatte, als mein Bruder Dimi und ich Kinder gewesen waren. Sie war eine dünne, mürrische Frau in einem schwarzen Habit und Nonnenhaube gewesen, die zu gleichen Teilen Furcht und Respekt geweckt hatte. Die meisten der Spieler wurden still, als ob ich sie dafür disziplinieren würde, dass sie herumwitzelten. Die meisten. Nicht alle. Ich bemerkte den schnellen Blick von unserem neuesten Raptor, Tate Collins, bevor er sich wieder auf einen glänzenden roten Apfel konzentrierte. Zu dumm, dass meine Aufmerksamkeit nicht so leicht abgelenkt werden konnte.

„Jo, Kapitän Iceberg!", rief Colorado, drehte sich

dabei in einer eleganten Pirouette, die das fließende Hemd-Mantel-Ding, das er trug, um seinen Körper auffliegen ließ. „Schau dir das an."

„Es ist reizend." Ich trat um den Goalie/Rockstar/Unruhestifter herum. Er hüpfte vor mir herum, seine langen, starken Beine waren mit schwarzem Leder bedeckt und er trug Sandalen an den Füßen. Der Mann malte seine Zehennägel an. Und manchmal seine Fingernägel. Und er trug Ohrringe, um die meine Mutter ihn beneidet hätte.

„Kumpel, im Ernst, das ist kein reizender Look. Was soll das sein, reizend?" Er lächelte ein Lächeln, das sicherstellte, dass er niemals allein ins Bett ging. „Klar, ja, wenn ich ein Mädchen wäre. Nein, das ist durchscheinende Bühnenkleidung, die zu Straßenkleidung umfunktioniert wurde. Sie ist Teil der neuen Kollektion, die ich designe."

Er stolzierte zu Ryker und Tate, schlang seine Arme um ihre Schultern und grinste wie ein Affe, der high von Bananenpudding war. „Penn Wear, für den Rockstar in uns allen! Gefällt euch dieser Slogan? Ich habe ihn mir ausgedacht. Und das ist nur einer von mehreren Gehröcken, die ich designt habe, um der erstaunlichsten Sex-Gottheit zu huldigen, die je unsere winzige Welt gerockt hat. Mein Idol, Mr Steven Tyler."

Alle drei gingen auf die Knie, um sich zu verneigen und zu sagen, dass sie nicht würdig waren. Ich hatte keine Ahnung, worüber sie kicherten, aber

Tate lächeln zu sehen, wenn auch nur für ein paar alberne Momente, stellte seltsame Dinge mit meinem Magen an. Dinge, die mir das Gefühl gaben, keine Kontrolle zu haben.

„Du hast keine Ahnung, wer Steven Tyler ist, oder?", erkundigte Ryker sich von seiner Position auf dem Teppichboden neben dem Logo der Raptors. Man trat nie auf das Logo oder berührte es – das brachte Pech – aber sich daneben hinzuknien war akzeptabel. Amerikaner. Ganz egal, wie lang ich in diesem wunderbaren Land lebte, ich würde sie niemals ganz verstehen.

„Natürlich weiß ich das. Er ist ein Sänger." Da. Ich hatte es ihnen gezeigt. „Offensichtlich ein Rock and Roll Sänger, weil nur ein Rockstar in etwas herumstolzieren würde, das wie das Sommerkleid meiner Großmutter aussieht."

Ryker und Tate lachten lauthals. Colorado kicherte, sprang auf und hüpfte dann durch die Umkleide, wobei er so tat, als wäre er eine alte russische Frau, die Luftgitarre spielte. So ein Vollidiot. Aber er schien in der Lage zu sein, die Stimmung zu heben. Alex und Henry traten in den Wahnsinn, beide jungen Spieler stimmten mit Leichtigkeit in die Albernheiten ein. Es war genau genommen schön. Die Scherze und der Spaß. Dieses Team war nicht immer so freundlich gewesen. Das neue Regime funktionierte. Langsam. Ich für meinen Teil freute mich auf die Zukunft.

„Also gut, Kinder", schrie ich nach ungefähr zehn Minuten Herumalbern und Kabbeleien. „Zeit für ernste Angelegenheiten. Heute ist unser erstes Trainingsspiel. Coach hat uns unsere Aufstellung gegeben. Ihr findet die Farbe eures Teams, sobald ich sie angeschrieben habe. Zieht euch die entsprechende Farbe an und seid in dreißig Minuten auf dem Eis." Ich wedelte mit einem Papier, das mit Coachs krakeliger Schrift gefüllt war, über meinem Kopf. Ich marschierte zu dem Whiteboard, das eine ganze Wand einnahm, schnappte mir einen roten Marker und fing an, die Einteilung abzuschreiben. Sie alle sammelten sich um mich. Ich warf einen Blick nach rechts, als der frische Geruch von Zitrone meine Nase umwehte. Dort stand Tate, in seiner Hockeyhose und Socken, sein Brustkorb und Bauch entblößt. Er hatte einen harten Körper, natürlich athletisch, mit einem leichten Pelz auf seinem Brustkorb, der sich verengte und dann in seiner Hose verschwand. Mein Blick ruckte von diesem interessanten Pfad zurück zu meinem Job.

Reiß dich zusammen, Vladislav.

Ich war der Kapitän. Es war mein Job, meine Verantwortung, die Männer auf und abseits des Eises zu führen. Zusammen mit anderen Pflichten, die das K mit sich brachte – wie einer der wenigen Männer auf dem Eis zu sein, der mein Team gegenüber den Schiedsrichtern verteidigte und mit ihnen sprach und den Ton für das Spiel zu setzen – war ich ein „extra

Coach" in der Umkleide sowie auf dem Eis. Nicht in der Lage zu sein, meinen Blick bei mir zu behalten, war ein Zeichen der Schwäche. Ich unterdrückte das Kribbeln sexueller Anspannung und widmete mich wieder meiner Aufgabe.

Tate schaute zu mir. Sein tiefbrauner Blick war unleserlich. Gleichzeitig schoben die Männer sich gegenseitig herum. „Ich spiele mit dir."

„Ja, ich weiß. Ich bin derjenige, der deinen Namen auf die Tafel geschrieben hat."

Ein langer, langer Moment verging, in dem wir dastanden, umgeben von halb nackten, lauten Männern, in dem er zu mir aufschaute und ich ihn ansah.

„Jo, hey, Sugar und Ice! Könntet ihr beide Platz machen, damit ich sehe, mit wem ich spiele?", schrie Colorado, schob Tate mit einem spielerischen Schubs beiseite. Der Augenblick zerbarst in eine Million Stücke. Ich drängte mich durch die Männer, kehrte zu meinem Spind zurück, um mich für das Morgentraining anzuziehen.

Sobald ich bereit und mein Schläger ordentlich getapt war, ließ ich den Wahnsinn der Umkleide hinter mir. Ich musste Tate Collins aus dem Kopf bekommen. Der Duft seines Shampoos verfolgte mich immer noch. Zum Glück traf ich vor dem Schlittschuhzimmer unseren Assistant Coach. Sie schaute von dem Tablet in ihrer Hand auf und zeigte ein strahlendes Lächeln, als sie mich sah.

„Willkommen zurück", sagte Coach Anderson und warf dabei ihren Pferdeschwanz über ihre Schulter.

„Es ist gut, wieder hier zu sein. Können wir über Ersatz-Kapitäne reden?"

„Klar. Lass uns gehen und reden. Rowen schaut sich das Spiel von den Rängen aus an. Er denkt, dass er da oben den Clint Barton *Hawkeye* gibt." Sie zwinkerte mir zu und stieß mir einen Ellbogen in die Seite. Ich lachte. Wir polterten in den Bankbereich und warfen unsere Kufenschoner Ross zu, einem neuen Equipment-Manager. „Wen möchtest du für die Positionen der beiden Ersatz-Kapitäne vorschlagen?"

„Es ist eine schwierige Wahl, so viele unserer Spieler sind so jung." Ich stand neben ihr, bewunderte den Turm aus Pucks, der auf der Bande aufgestapelt war. Ich würde die Männer entscheiden lassen, wer ihn einschlagen durfte. „Ich hätte gerne, dass die Ersatz-Kapitäne mehr Erfahrung auf dem Eis haben."

„Ja, wir haben eine Menge glattwangiger Babys", stimmte sie zu und kicherte dann. „Wenn du nach etwas Reife suchst, Tate Collins ist seit einer Weile Profi und hat einen guten Ruf, trotz des momentanen Fiaskos."

„Aber er ist neu hier. Er hat sich in Tucson seine Sporen noch nicht verdient." Ich schüttelte meinen Kopf. „Vielleicht in ein oder zwei Jahren. Der JAR-

Block ist beeindruckend, jung, aber ich denke, Ryker Madsen könnte mit dem A klarkommen. Er ist den Schiedsrichtern gegenüber respektvoll und behält sogar in hitzigen Momenten einen kühlen Kopf."

„Okay, sonst noch jemand?" Sie tippte auf ihr iPad, schaute dann zu mir auf.

„Ich würde gerne Henry sagen, aber er hat noch nicht bewiesen, dass er spielen kann. Er hat jedoch die Persönlichkeit, um mit der Verantwortung gut umzugehen."

„Ich stimme zu. Lass uns sehen, wie er sich diese Saison schlägt." Ein paar Fans fanden sich hinter dem Glas ein. Männer und Frauen, alle mit wild gefärbten Haaren und mit Schildern, auf denen COLORADO stand, umgeben von rosa Herzen. „Würde die Penn-Gang es nicht lieben, ihn mit einem Buchstaben zu sehen?"

„Mm, ja, aber zum Glück dürfen Goalies den Netzbereich nicht verlassen, darum steckt er dort fest. Ich bin mir nicht sicher, ob ich ihm diese Chance geben würde. Sein Temperament ist wie ein Zündholzkopf. Ein Strich und er brennt." Sie nickte. Wir alle mochten unseren ersten Goalie, aber er hatte immer Ärger. Unser Colorado war ein Freigeist. „Wenn ich meinen Verteidigerpartner Eli ins Gespräch bringe, würde das so aussehen, als ob ich ihn bevorzuge?"

„Überhaupt nicht. Myers ist schon seit mehreren Jahren in der Liga, er ist vernünftig und solide, neigt nicht dazu, mit Wasserflaschen nach den Linienrichtern zu werfen."

Die Männer kamen aufs Eis. Henry fuhr zu uns, strahlte uns an und schob die Pyramide aus Pucks auf das Eis. Eli kam zu mir geglitten, stupste mich mit einem behandschuhten Finger an und raste dann mit einem Puck auf seinem Schläger los. Das war seine nicht ganz so subtile Art, mich zu informieren, dass es Zeit war Hockey zu spielen. Coach Anderson klemmte sich ihr Tablet unter den Arm.

„Geh dich aufwärmen. Wir arbeiten später daran. Wir haben noch eine Woche, ehe der finalisierte Spielplan an die Liga übermittelt werden muss."

Ich nickte, kickte einen Puck auf meinen Schläger und drehte ein paar Runden, passte einen Puck zu Eli oder machte leichte Schüsse auf Colorado im Heimnetz. Der Ersatz-Goalie, Andre, befand sich auf der anderen Seite des Eises in einem weißen Oberteil. Meine Hälfte des Teams trug Braun. Tate Collins explodierte in das lässige Aufwärmspiel hinein. Er raste an mir vorbei, ein Schemen aus Braun, stahl meinen Puck und flog über das Eis, um einen Schuss an Andre vorbei zu machen. All das passierte, ehe ich die blaue Linie erreichte. Er umkreiste das Netz auf einer Kufe, das linke Bein hochgezogen. Dieser Celly ließ ihn wie einen Tänzer am Broadway aussehen.

„Hübscher Superstar-Junge", murmelte Eli an meiner Seite, als die Pfeife erklang.

Wir sammelten uns in der Mitte, standen um

unseren zierlichen Assistant Coach herum. Ich glitt hinter Tate, stieß ihn mit meiner Schulter an. Er warf einen scharfen Blick in meine Richtung.

„Versuch nicht zu vergessen, dass wir jetzt im selben Team sind. Halte dich mit der Angeberei zurück." Seine Lippen wurden schmal. Ich bewegte mich von ihm weg, stellte mich neben meinen Verteidigerpartner, mein Blick und der von Tate blieben während der Rede, die Coach Anderson hielt, aufeinander gerichtet. Ich sah den Schneid und die Rebellion in seinen schokoladenfarbenen Augen.

Mit einem Lächeln begannen wir unser Trainingsspiel, Weiß gegen Braun und obwohl ich Tate schon auf Video gesehen und sogar ein oder zwei Mal gegen ihn gespielt hatte, ließ mich ihn aus der Nähe zu sehen staunend, erschöpft und mehr als ein wenig erregt zurück. Mit ihm und Madsen mitzuhalten, trieb mich an meine Grenzen. Diese zehn Jahre Alter, die ich den jungen Wilden voraushatte, machten sich bemerkbar. Sie waren so schnell, so geschmeidig, so wendig, dass es sich anfühlte, als ob ich gerade in die Offensivzone kam, um zu verteidigen, und Madsen und Collins sich dann schon wieder freiliefen. Ich hievte meinen großen Hintern das Eis hinunter, dann stahlen Garcia oder Greenaway den Puck und rasten wieder zurück an mein Ende.

Am Ende des Trainingsspiels waren meine Beine wackelig und ich fühlte mich, als würde ich durch

Teer fahren. Ich würde die Schmerzen unter einer heißen Dusche loswerden und in dem Wissen baden, dass ich es trotz meines fortgeschrittenen Alters mehrmals geschafft hatte, Alex Garcia an die Bande zu drücken.

Wasser prasselte auf meinen Nacken, meine Augen waren geschlossen und ich genoss das Gefühl tausender Finger, die an meinen müden Muskeln arbeiteten.

„Nettes Spiel." Ich kannte die Stimme.

„Danke", antwortete ich Tate, der irgendwo links von mir stand. „Du hast auch gut gespielt."

„Ihr Jungs habt eine gute, solide Basis. Noch ein oder zwei Jahre und ihr seid ernst zu nehmende Gegner."

Ich warf ihm einen Blick zu, bereit, mich wegen dieses ein oder zwei Jahre Kommentars zu streiten, als mein Blick auf einen nassen, nackten Tate Collins fiel. Er hatte einen Körper, um den Adonis ihn beneidet hätte. Dicke Oberschenkel, einen süßen Knackarsch, schlanke Taille, breite Schultern. Die Arme hatte er gehoben, um seine Achseln zu waschen, seine Haare waren durchtränkt, seine mit Tattoos bedeckte Haut glitschig und ich saugte einen Atemzug und einen Mund voller heißem Wasser ein. Sein dunkler Blick bewegte sich zu mir. Ich schaute nach unten.

„In Dallas haben wir immer …"

Was er auch sagte, war ein unverständliches Durcheinander. Ich nickte, gab zustimmende Laute von mir und lächelte sogar einmal, als er wegen etwas lachte, das er gesagt hatte. Mein Blick blieb auf meine Füße gerichtet, die Decke, die Armaturen, oder die blaue, nach Meer riechende Seife in meiner Hand. Ich seifte mich schnell ein, nur eine Katzenwäsche, wie Eli es nennen würde, wusch mich ab, sagte etwas Dämliches darüber, irgendwann einmal ein Bier zu trinken, und verließ dann die Dusche. Ich zog mir meine Shorts an, ein Tanktop, Sneakers ohne Socken und sah dann zu, dass ich Land gewann und die Umkleide der Raptors verließ. Bier. Zur Hölle damit. Ich würde etwas Stärkeres als Bier brauchen.

DAS TRAININGSSPIEL HATTE MICH FERTIGGEMACHT, genau wie die Zeit unter der Dusche, in der ich meinen Blick von Tates tätowiertem Körper ferngehalten hatte. Diese Anziehung wuchs, anstatt schwächer zu werden, und ich musste wieder den richtigen Blick sowie Kontrolle zurückgewinnen. Unbekümmert zu sein war nicht meine bevorzugte Methode, um durchs Leben zu gehen. Ich war am zufriedensten, wenn ich alles im Voraus geplant hatte. Spontanität war nicht mein „glücklicher Ort", wie die Amerikaner es so gerne ausdrückten. Ich spürte, wie die Anspannung meine Schultern hart werden ließ und marschierte zu meiner Bar, schenkte mir zwei Finger hoch Stolichnaya ein, ließ einen Eiswürfel in den Wodka fallen, ließ die Zitronenschale weg, weil das zu viel Arbeit wäre und ging zu Franks großem Käfig, um ihn herauszulassen.

Er kletterte auf meine Hand, seine Krallen gruben sich in mein Handgelenk, als ich ihn aus seinem Käfig hob.

Der Ara liebte die Zeit im Freien und breitete seine leuchtend blauen Flügel aus, flog durch meine Wohnung, landete dann auf meiner Schulter, als ich mich auf das Sofa fallen ließ. Ich bemühte mich sehr, ihm so viel Zeit außerhalb des Käfigs zu bieten, wie ich konnte, arbeitete auch daran, ihn zu trainieren, weil er manchmal eine Attitüde hatte, wenn es um Leckereien ging.

„Alexa, spiel das *Fearless* Album von Taylor Swift", sagte ich, sank dabei tiefer in die Sofakissen. Sobald ihre Stimme durch die Luft hallte, ließ meine Anspannung nach. Wie war es möglich, dass eine Frau so talentiert sein konnte? Es gab nicht ein Album von ihr, das ich nicht als CD, Vinyl und für digitale Wiedergabe heruntergeladen hatte. Taylor war ein Geschenk der Götter der Musik und Schönheit. Wenn ich hetero oder bisexuell wäre wie mein Zwilling Dimi, hätte ich Taylor geheiratet, wenn sie mich hätte haben wollen.

Anders als bei meinem Bruder, hatten Frauen mich sexuell nie angesprochen. Was sein Leben in Russland und als Spieler in der KHL einfacher machte, als es das für mich je gewesen war. Er ging hin und wieder mit Männern aus, aber nur im

Geheimen. Im Moment war er mit einer wunderschönen Frau zusammen, Lada, in die er wahnsinnig verliebt war. Er hatte bereits einen Ring gekauft und hatte vor, ihr nächsten Monat, an ihrem zweiten Jahrestag, einen Antrag zu machen. Obwohl ich in Amerika lebte und spielte, hielt ich meine Präsenz in den Sozialen Medien und die Männer, mit denen ich ausging, an einer sehr kurzen Leine. Die Nachricht, dass ich schwul war, könnte nach Russland dringen und es dort für meine Familie vielleicht schwierig machen.

Darum ging ich mit Männern aus, die verstanden, dass ich diskret sein und kontrollieren musste, was in meinem Bett passierte. Bis jetzt war alles gut gelaufen, aber meine Vorlieben hatten mich zu Männern geführt, die ein ähnliches Alter hatten wie ich. Nicht jemanden, der jünger war, wie Tate Collins, der *das* Gesicht des professionellen Hockeys war.

„*Vinograd*", sagte der Papagei, nickte dabei mit seinem roten Kopf, während seine Krallen sich in meine Schulter gruben.

„*Nyet*, ich habe die Trauben nicht bekommen." Ich hob die Hand, um ihn zu streicheln. Er schnappte mit seinem großen, schwarzen, gebogenen Schnabel danach.

„*Mudak! Mudak!*", krächzte er, flog dann los und setzte sich auf seinen Käfig, von wo aus er mich finster anstarrte.

„Ja, ich bin ein Arschloch", antwortete ich, hob

meinen Drink in die Höhe, als wollte ich auf meinen Arschloch-Status prosten, bevor ich einen Schluck nahm. Der Alkohol brannte einen kalten Weg in meinen Magen hinunter. Mein Bruder hatte mich gewarnt, dass dem Vogel beizubringen, wie man auf Russisch fluchte, mir noch auf die Füße fallen würde. Er hatte recht gehabt, verdammt. Ich hätte mir niemals träumen lassen, dass mein eigenes Haustier mir Flüche entgegenschleudern würde – und jedem anderen – der ihm nicht auf Verlangen Trauben fütterte.

Mein Blick wanderte von Frank, der sich jetzt putzte, zu dem Ölgemälde an der Wand. Es war ein altes Ding, ein Bild vom Ankleidezimmer einer Dame oder etwas in der Art. Es hatte meiner Urgroßmutter gehört und es war vor vielen Jahren nach ihrem Tod in unseren Besitz übergegangen. Es hatte jahrelang in unserem Wohnzimmer gehangen, weil es meiner Mutter so gut gefallen hatte. Aus irgendeinem Grund hatte ich, als ich Russland verlassen hatte, den Drang verspürt, es mitzunehmen. Es sah seltsam fehl am Platz aus in meinem maskulinen Zuhause, aber es zu sehen, erinnerte mich an Russland und meine Familie. Gerade im Moment war der Drang, nach Hause zurückzukehren stark. Eine halbe Welt zwischen mich und meinen neuesten Teamkollegen zu bringen, wäre gut. Zu schade, dass die neue Saison gerade erst anfing …

DREI

Tate

„Ich habe mich mit Henry unterhalten und er ist verschwunden?"

Dreißig Minuten vor dem Aufwärmen vor unserem ersten Vorsaisonspiel musste ich ihn finden, weil ich bereits mit Sam, meinem anderen Flügelspieler, gesprochen hatte und als ich angefangen hatte, mit Henry zu plaudern, war er mitten im Satz davongegangen. Mit meinen Flügelspielern zu reden, war etwas, das in Dallas für mich funktioniert hatte und sich nur ein paar Minuten nett mit ihnen zu unterhalten setzte den Ton dafür, wie der Block funktionierte.

Ryker schaute von seinen Schlittschuhen auf.

„Was hast du mit ihm gemacht oder zu ihm gesagt?", schnappte er.

„Nichts, ich habe nichts gemacht. Wir haben nur über … vergiss, worüber wir gesprochen haben."

Mann, warum war ich hier in der Defensive? „Ich habe nur nach ihm gesucht."

Ryker fuhr fort, seine Schlittschuhe zu binden, aber ich konnte die Anspannung in seinen Schultern sehen und dann stand er auf und neigte seinen Kopf, um anzudeuten, dass ich ihm folgen sollte.

„Das hier ist Henrys erstes richtiges Spiel, seit er zurückgekommen ist", fing Ryker an, sobald wir außerhalb der Hörweite des restlichen Teams waren.

„Ich weiß." Ich war der Geschichte von Henrys Leben im letzten Jahr gefolgt und hatte mich von meinem ersten Tag bei den Raptors an zu ihm hingezogen gefühlt. Ich bezeichnete ihn als Freund und ich dachte, dass Ryker ebenfalls einer war, aber so wie er mich anstarrte, darauf wartete, dass ich etwas machte, was er nicht billigte, sorgte dafür, dass ich mich richtig beschissen fühlte.

„Bring ihn nicht durcheinander." Er verschränkte seine Arme vor seinem Brustkorb.

Ich zuckte zusammen. „Das tue ich nicht, das würde ich nicht, ich wollte mich nur wie üblich kurz mit ihm unterhalten, das ist mein ... als ich in Dallas war-"

„Das hier ist nicht Dallas", murmelte Ryker und richtete sich zu seiner vollen Größe auf, und da er seine Schlittschuhe trug, war er ein wenig größer als ich. Ich konnte seinen Dad in ihm sehen, dieselbe sture Haltung seines Kinns, diese kaltäugige

Warnung, dass er nicht wanken würde, vor allem, wenn es um seinen besten Freund ging.

„Ich weiß, dass das hier nicht Dallas ist", sagte ich so geduldig, wie ich konnte. Das hier war besser als Dallas, es war die Chance auf einen Neuanfang, aber das erzählte ich Ryker nicht.

„Wenn du nur hier bist, um auf dem Eis gut auszusehen und ihn herumzukommandieren-"

„Moment-"

„Er ist ein guter Kerl-"

„Ich wollte nur nach ihm sehen, redet ihr Jungs vor Spielen nicht miteinander? Das haben wir in Dallas getan-"

„Was ist los, Ry, ist etwas mit Henry?" Alex tauchte hinter ihm auf. Mann, Alex, die Verstärkung, war auch hier?

Was dachten sie, dass ich mit ihm machen würde? Ihn warnen, dass wenn er es verbockte, ich einen Auftragskiller anheuern würde? Ihn mit einer Kufe erstechen würde? Was?

„Er ist mein Flügelspieler, ich wollte nur sehen, ob es ihm gut geht." Ich verschränkte meine Arme vor meinem Brustkorb und fragte mich, wie es passiert war, dass ich, nachdem ich mich gestern mit Ryker über Colorado lachend auf dem Boden gewälzt hatte, heute dieser Steinmauer gegenüberstand.

„'Genau wie in Dallas'", ahmte Ryker mich nach und das schmerzte, weil Ryker einer der guten Jungs war, kein Mann, der auf jemanden losging und die

Person niedermachte. Ich konnte die Wut in seinen Augen aufblitzen und verschwinden sehen. „Das war unangemessen, es tut mir leid", murmelte er. „Wir machen uns nur Sorgen um ihn, das ist alles."

„Er hatte eine schlimme Nacht", murmelte Alex.

„Hattest du?" Ich schaute Ryker an. Er wirkte normal.

Ryker schnaubte. „Nicht ich, Henry. Sein Partner, Apollo, hat mit Adler gesprochen, der es Ten erzählt hat, der mir heute Morgen geschrieben hat, dass Henry mental nicht gut drauf ist."

Zuckte ich bei der Erwähnung von Tens Namen zusammen? War meine unerwiderte Lust für den verdammten Tennant Rowe mir ins Gesicht geschrieben?

Rykers Gesichtsausdruck veränderte sich nicht, darum dachte ich, dass ich davongekommen war und Alex seufzte. „Ich habe versucht, mit Henry zu reden, aber er war wirklich still und hat gesagt, dass es ihm gut geht. Wir denken nur … hör zu, dass Coach ihn dir zugeteilt hat, ist das zu viel?"

„Was?" Darüber machten sie sich Sorgen? „Nein! Ich möchte ihn in meinem Flügel, er ist … Moment, das will ich nicht euch erzählen, ich will es ihm sagen. Werdet ihr mir helfen und mir sagen, ob ihr wisst, wo er ist?"

Alex und Ryker wechselten einen Blick. Ich war mir sicher, dass Henry irgendwo versteckt war und bis zur letzten Sekunde zählte, in der er sich aufstellen musste, damit wir uns auf dem Eis aufwärmen konnten, aber ich kannte dieses Stadion noch nicht gut genug, um zu wissen, wo die besten Verstecke waren.

„Colorados Entspannungszimmer", sagte Alex nach einer Pause.

„Den Flur hinunter nach links, dann scharf rechts, da ist eine Tür, auf der Privat steht, dort ist er", erklärte Ryker.

„Wenn Vlad wissen will, wo wir sind …" Vlad und seine eisige Russenhaftigkeit schickten Schauder meinen Rücken hinunter, wenn er angepisst war, aber ich dachte, dass es aus den falschen Gründen war. Und den richtigen. Ich respektierte ihn als Kapitän, er hatte eine Kontrolle über dieses Team, die anfing, Früchte zu tragen, weil sie nicht nur aus Macht bestand, sondern auch aus gegenseitigem Respekt und harter Arbeit und steter Aufmunterung. Aber ich hatte mir bereits die Finger verbrannt, als ich mich aus der Ferne nach Ten verzehrt hatte und man hatte ja gesehen, wie das gelaufen war. Er hatte Dallas verlassen, ohne einmal zurückzublicken, und wir hatten nie den Kontakt gehalten, obwohl wir in Dallas mit nur einem Jahr Abstand angefangen hatten und die Neulinge im Team gewesen waren.

„Wir werden Vlad sagen, dass ihr Teambuilding macht", schlug Alex vor.

Ich drehte mich schnell um und ging in die Richtung, die mir gesagt worden war und blieb dann vor der Tür stehen, auf der *Privat* stand. Das hier war kein offizielles privates Zimmer. Das konnte ich sehen, weil daran nicht das vornehme Schild mit dem Raubvogel in der Ecke hing, stattdessen handelte es sich um ein handbeschriebenes Stück Papier, das von Hockeytape gehalten wurde.

Bleibt gefälligst draußen, Privatraum, es könnten Leute ficken und es war mit einem *C* unterschrieben.

Jep, das war Colorado.

Er hatte entweder die beste Idee gehabt, diesen Raum als privat zu kennzeichnen, oder das Management war einfach noch nie so weit in die Eingeweide des Raptors-Stadions vorgedrungen und hatte ihn darum nicht gefunden.

Ich klopfte. Nur, weil der Zettel mich ein Bild sehen ließ, in dem drinnen Sex stattfand und ich nichts unterbrechen wollte.

„Henry? Ich bin's", sagte ich. „Tate", fügte ich hinzu, weil er mich vielleicht nicht an meiner Stimme erkannt hatte.

„Komm rein", rief Henry.

Ich öffnete vorsichtig die Tür, stellte fest, dass er an die Wand starrte, in voller Montur, mit den Kufenschonern an, die Arme vor seinem Brustkorb verschränkt. Ich schloss die Tür hinter mir und stellte mich neben ihn, bemerkte, als ich das tat, die beiden gemütlichen Sofas und den schmalen Schreibtisch mit einer Mini-Kaffeemaschine und einer Lampe. Jemand hatte sich große Mühe gegeben, diesen Raum in einen Himmel für einen Spieler zu verwandeln, an den er entkommen konnte. Ich folgte seinem Blick zur Wand und blinzelte das glitzernde Poster an, das beinahe so hoch war wie wir und halb so breit.

„Apollo hat es gemacht", erklärte Henry und lockerte seine Arme nicht.

Es war von Ecke zu Ecke glitzernd und rosa. Winzige Sterne formten Worte und ganz unten befand sich ein Herz.

Henry räusperte sich und fing an, die Worte auf dem Poster zu lesen. „Ich kann das. Ich bin ein brillanter Hockeyspieler. Ich kann fahren. Ich werde viele Tore schießen. Ich kann alles sehen. Ich bin der Beste." Er hielt inne.

„Ich werde geliebt", fuhr ich fort und dann sah ich, dass es mit einem glitzernden goldenen Stift unterschrieben war. „Und derjenige, der dich am meisten liebt, ist Apollo."

„Warum wolltest du mich in deinem Flügel?", platzte Henry heraus.

Das war leicht zu beantworten.

„Wir arbeiten so gut zusammen, du, ich, der junge Sam." Ich war nur fünf Jahre älter als Sam Bennett, aber da er noch ein Neuling war, würde er immer der junge Sam sein. Bis Colorado ihm einen Spitznamen gab und dann würde sich alles ändern.

„Was, wenn ich dich nicht richtig hören kann, was, wenn die stilleren Trainings es leichter gemacht haben zu wissen, wo du bist?"

„Du hast eine übernatürliche Begabung, immer zu wissen, wo ich mich befinde." Ich deutete auf das Poster und jeden einzelnen Punkt. „Du kannst das. Du bist ein brillanter Hockeyspieler. Du kannst fahren, bist schneller als einhundert Spieler in der NHL. Du wirst viele Tore schießen. Du kannst Dinge sehen und hören, die anderen entgehen und du bist der Beste."

„Wirst du mir sagen, dass du mich liebst?" Er grinste.

Ich erwiderte das Lächeln. „Nicht heute. Aber ich mag dich, Kumpel. Also, willst du dich aufwärmen und ein bisschen Hockey spielen?"

Er wiederholte die Worte noch einmal und schüttelte sich dann. „Lass es uns angehen."

Als wir wieder in die Umkleide kamen, hatten alle anderen schon ihren Platz in der Schlange eingenommen, um aufs Eis zu gehen. Nur Vlad war noch da und er sah sowohl angepisst als auch besorgt aus. Ich nahm an, dass er sich Sorgen um Henry machte und wütend auf mich war, aber ich würde nicht über seine Gründe nachdenken.

„Geht es Henry gut?" Sein Tonfall war warm und aufmunternd und ich konnte mir vorstellen, wie er so in mein Ohr flüsterte, während er … *Hör sofort auf. Erinnere dich an das Tennant Rowe Chaos, erinnere dich daran, wie deine dämliche Schwärmerei dich dazu gebracht hat, dich wie ein absoluter Idiot zu benehmen.*

Henry nickte. „Ja, Kapitän."

„Dann in die Schlange, Junge."

Dann wandte er sich mir zu, musterte mich von Kopf bis Fuß und schaute mir dann wieder ins Gesicht. „Sollte ein Wunderkind wie du nicht wissen, dass man auf dem Eis Schlittschuhe braucht?"

Autsch. Darauf hätte ich etwas erwidern können, tat es aber nicht. Ich war niemals unhöflich zu irgendjemandem, das war mein Markenzeichen, aber ich konnte ein wenig gegenhalten, weil die Art, wie Vlad mich mit seinen wunderschönen, eisblauen Augen anstarrte, absolut heiß war.

„Was?" Ich griff mir an den Brustkorb. „Du sagst mir, dass ich Schlittschuhe brauche, um Hockey zu spielen?" Ich versuchte, lustig zu sein, aber vielleicht klang es respektlos. Ich war nur der reine Tate – der lächelnde Sonnenschein-Hockeyspieler. Aber war mein Glanz von der ganzen Sache mit Lacey gedämpft worden? Würde ich aus dem Team geworfen werden? Oder eine fangen? Oder für die Dauer des Spiels im Sex-Zimmer eingesperrt werden?

Großartig, jetzt werde ich unsicher.

„Schlittschuhe an, dann in die Schlange", schnappte Vlad mich an.

Ich salutierte, schürte meine Schuhe und nahm meinen Platz in der Schlange ein. Während des Aufwärmens begab sich das Team vor einem Spiel auf das Eis und fuhr herum, versuchte dabei, cool auszusehen, während es die Muskeln lockerte, mit so vielen sexy Dehnungen, wie wir schaffen konnten.

Beim Aufwärmen hatte ich keinen Platz, der Glück brachte, aber ich landete bei Ryker und Alex, die mir Blicke zuwarfen, die all die Fragen darüber stellten, ob es Henry gut ging. Ich nickte nur so subtil, wie ich konnte.

Wir begaben uns aufs Eis und sobald die kalte Luft mich traf und meine Kufen das kalte Zeug berührten, war ich im Himmel. Der Jubel war nicht so laut wie er es in Dallas gewesen war, aber andererseits war dies ein Vorsaisonspiel und die Raptors waren schon zu den besten Zeiten nicht für volle Stadien bekannt. Ich fuhr eine lässige Runde um unsere Hälfte des Eises herum, kam dicht an den Spielern der San Diego Suns vorbei, die mir immer wieder Blicke zuwarfen. Ich war Tate Collins gewesen, der Center des ersten Blocks von Dallas, mit einem A auf meinem Brustkorb, respektiert, ein Wunderkind, sogar noch besser als der großartige Tennant Rowe und hier war ich in einem Team, das es dieses Jahr, wenn kein Wunder geschah, nicht einmal in die obere Hälfte der Liga schaffen würde. Jedes Mal, wenn ich mich in einem Spiegel sah, schockierte das Dunkelrot und Gold der Raptorsfarben mich. Ich hatte sieben Jahre lang Grün getragen, sieben verdammte Jahre und ich fragte mich, ob ich mich je an die Farben des Herbstes auf meiner Haut gewöhnen würde?

Wir gaben Schüsse auf Colorado ab, unseren ersten Goalie, der ausnahmsweise zu tun schien, was er tun sollte. Ihr wisst schon, die Art Goalie zu sein, der tatsächlich im Netz blieb und nicht einfach Räder schlug.

Ich sah jede Menge Colorado-Fans mit Schildern, eine Menge für Ryker und ein ganzes Nest für Vlad, dessen Kopf in ein Top Gun Poster eingefügt worden war und zwei für mich.

Zwei.

Wo ich daran gewöhnt war, das gesamte verdammte Stadion einzunehmen.

Ich fuhr zu diesen Personen, einer Familie mit zwei Kindern und zwei kichernden Mädchen.

Willkommen in Arizona! stand auf dem Schild der Familie und ich warf für die Kinder zwei Pucks über die Bande.

Ich habe heute Geburtstag und alles, was ich will, ist ein Puck von Tate Collins! Dieses Schild war mit Herzen aus Lippenstift bedeckt.

Ich warf zwei weitere Pucks und die Mädchen schickten mir Küsse und ich lächelte sie höflich an. Was das genaue Gegenteil von Colorado war, der jetzt etwas Seltsames mit seinem Schläger anstellte und seine Fans damit ganz wild machte. Ich würde nicht genauer hinsehen.

Wir passten Pucks hin und her, arbeiteten mit den Blocks, zuerst der JAR-Block, Ryker, Jens und Alex, so harmonisch, dass es Poesie in Bewegung war, und dann kamen ich, Sam und Henry. Der SHT-Block?

Ja, genau. Ich wollte wetten, dass wir nur zwei

Spiele abwarten mussten, bis jemand von einem gegnerischen Team ein Poster mit SHT machte und ein kleines ‚I' in der Mitte einfügte. Wir gingen es langsam an, arbeiteten unseren Block, schafften ein paar Pucks an einem posierenden Colorado vorbei und erwischten ihn mit dem letzten am Hintern.

Ich wollte ihn nur wissen lassen, dass wir da waren.

Dann waren wir runter vom Eis, und ich war zufrieden, dass das Stadion sich noch ein wenig weiter gefüllt hatte. Es konnte sein, dass die Leute Ryker sehen wollten, den aufgehenden hellen Stern der NHL oder Vlad, den eisigen Verteidiger mit seinem makellosen Hockey, oder vielleicht, um Henry zu unterstützen. Zur Hölle, vielleicht waren sie sogar hier, um auch mich zu sehen. Vielleicht waren ihnen die Lügen in der Reality-Show egal oder die Andeutung, dass ich Lacey betrogen oder sie körperlich verletzt hatte, vielleicht wollten sie einfach nur Hockey sehen.

Dann sah ich ein Schild. Von dem ich mir wünschte, ich hätte es nicht entdeckt. Ein sehr großes von mir und Lacey. Und eine riesige, gezackte Linie in der Mitte und die Worte waren einfach. *Tate ist beschissen!*

Großartig.

Wir kehrten für die kurze Zeit, bevor das Spiel begann, in die Umkleide zurück. Ich war zwischen Sam und Henry, aber ich war niedergeschlagen und ich konnte nicht umhin, einige der Blicke zu sehen, die in meine Richtung geworfen wurden. Seit ich in Arizona angekommen war, war niemand zu mir gekommen und hatte gefragt, ob das, was Lacey behauptete, stimmte, niemand hatte die genauen Gründe wissen wollen, warum Dallas mich verkauft hatte. Niemanden hatte es genug gekümmert, um zu fragen, aber sie verurteilten mich definitiv mit ihrem Schweigen.

„Jungs …", fing ich an, aber Ryker stupste mein Bein mit seinem Schläger an.

„Zur Hölle mit diesem Scheiß, Tate, lass uns die Suns niedermachen."

Die Anspannung war hoch, doch als Colorado anfing, ‚Don't let the sun go down on me' zu singen, mit anzüglichen Gesten, fingen alle zu lachen an.

Ich hielt mich am Ende der Schlange. In Dallas war ich immer der Erste auf dem Eis gewesen, aber ich schuf mir einen neuen Weg und ich glaubte nicht so sehr an die Sache mit dem Glück wie einige der anderen hier.

„Ich gehe als Letzter", sagte Vlad in dieser strengen Stimme mit dem weichen Akzent.

„Dann gehe ich als Vorletzter", schlug ich vor und niemand meldete sich und wollte diese Stelle, weil sie angeblich Glück brachte. Ein Muskel zuckte in Vlads Schläfe und ich war nicht dumm. Ich konnte sehen, dass er etwas dazu zu sagen hatte, aber die Schlange setzte sich in Bewegung, als jeder Spieler aufs Eis ging und was auch immer er hatte sagen wollen, verlor sich im Jubel der Menge.

Ernsthaft auf das Eis zu gehen, war, als würde ich nach Hause kommen, die Geschwindigkeit, das Leben, das ich spürte, wenn ich fuhr, war mein Glücksort. Rykers Block löste sich, zusammen mit Vlad und Eli, dazu Colorado, der im Netz stand, der Rest von uns machte sich auf den Weg zur Bank und blieb stehen, während Mitzy J, eine Sängerin in der örtlichen Mall, uns durch die Nationalhymne führte. Ich neigte respektvoll meinen Kopf und mein Herz schwoll an, als die sechstausend Fans mitsangen.

In Dallas wäre ich derjenige gewesen, der für die Hymne auf dem Eis stand, erster Block. Ich wäre dort gestanden und hätte das Team repräsentiert. Jetzt saß ich auf der Bank und wartete darauf, dass ich an die Reihe kam. Ich war ein integraler Teil beim Penalty Kill, da würde ich neben Ryker spielen, aber für den Moment wartete ich mit Henry und Sam.

Die Sirene erklang und das Spiel begann.

Ryker war schnell, der ganze JAR-Block von Anfang an in Harmonie, aber die Suns hatten ein Verteidiger-Paar, das sie nicht in Ruhe ließ und so funktionierte es eben. Sie brachten die beste Verteidigung gegen die heißesten Spieler aufs Eis, aber mit mir im zweiten Block würden wir vielleicht ihre Verteidigung splitten. Ich war besser als Ryker, das wusste ich, alle wussten das, schneller, ich konnte

Dinge sehen, die anderen entgingen und vielleicht würde das zu unserem Vorteil sein.

Ich wollte diesen ersten Block, ich wollte ein A auf meinem Brustkorb, ich wollte, dass die Raptors es in die Cup-Finals schafften und ich würde helfen, sie dorthin zu bringen.

Ich werde beweisen, dass ich ein guter Spieler bin.

Und ein guter Mann.

Sobald Henry, Sam und ich über die Bande kamen, wurden wir bedrängt und genervt und ich hatte den Eindruck, dass Henry nervös war, während Sam, andererseits, wie ein übereifriger Welpe agierte. Die Harmonie war noch nicht da, aber ich schaffte einen Schuss auf das Netz und wenn der Puck nicht ganz leicht vom Schläger eines Verteidigers der Suns abgefälscht worden wäre, wäre das unser erstes Tor gewesen.

Das nächste Mal, als wir über die Bande kamen, war Henry selbstbewusst, Sam immer noch ein Welpe.

Im dritten und letzten Drittel, bei einem Unentschieden mit zwei Toren auf jeder Seite, brannte Henry förmlich, wusste im Voraus, wo ich sein würde oder wo Sam war und er passte blind. Ich fing den Puck, wurde aber in der Ecke geblockt. Sam war da, nicht länger übereifrig, sondern entschlossen, diese Scheibe aus Gummi auf seinen Schläger zu bekommen, angriffslustig und gegen den größten Verteidiger der gegnerischen Mannschaft kämpfend.

Als Block bekamen wir den Puck aus der Ecke, ich fädelte ihn durch die Verteidiger hindurch, passte ihn zu Henry, der um die Rückseite des Netzes flog, auf einer Münze die Richtung wechselte und an dem Goalie der Suns vorbeischoss, der auf mich und Sam fixiert gewesen war. Tor!

Als die Sirene erklang, packte ich Sam und Henry und wir schrien vor Freude.

Das hier mochte nur ein Übungsspiel gewesen sein, wir bekamen nicht einmal Punkte für die Liga-Statistik, aber verdammt, wir standen unter Strom!

Die Fans der Raptors waren ekstatisch, die Fans der Suns skandierten etwas, das ich nicht verstehen konnte und wir beschlossen das letzte Drittel mit einem Tor Vorsprung. Sie bezeichneten uns als die Craptors und wir besiegten die Suns, ein Team, das es letztes Jahr ins Rennen um den Cup geschafft hatte, auch wenn sie in der zweiten Runde ausgeschieden waren.

Okay, vielleicht hatten sie heute nicht ihre volle Aufstellung rausgeschickt, nicht ihre Besten, so wie wir, aber der Klaps auf den Kopf, den wir von Coach bekamen, war die großartigste Sache aller Zeiten.

Beinahe so gut wie das Fäuste aneinanderschlagen, das ich von Vlad bekam und das Nicken, das er auf seine unglaublich coole Art hinzufügte.

„Ich habe ein Tor gemacht", schrie Henry mir ins Ohr.

„Du bist der Beste!", schrie ich zurück, als im Stadion Applaus ausbrach.

Ich schaute hoch. Einer der Suns hatte Vlad umgeworfen, ihn ins Netz schlittern lassen, wodurch er das Netz und Colorado in einem rutschenden Durcheinander aus Gliedmaßen gegen die Wand schickte. Niemand war verletzt, aber das war es, wir bekamen ein Power Play.

Die Geste zu bekommen, dass ich mit Ryker über die Bande ging, war wie der Guss auf dem verdammten Kuchen.

Ein Tor von Ryker später – der Puck strafte die Schwerkraft Lügen und wackelte auf seiner Kante, bevor er unter dem Goalie hindurchglitt – und es bestand keine Chance, dass die Suns uns einholen würden.

Dieses zusammengewürfelte Raptors-Team, das so verdammt hart arbeitete, um besser zu werden?

Ja. Wir rockten.

Und alles war ruhig und gesichert.

Bis Lacey etwas über meine Schwärmerei für Tennant Rowe postete, nur eine Stunde bevor ich mich auf den Weg zu einer Team-Party machte.

Zur. Hölle. Mit. Meinem. Leben.

VIER

Vlad

Ich summte Taylors Hit 'You Need to Calm Down' und wischte über den beschlagenen Spiegel über meinem Waschbecken, um ein kleines Loch zu bekommen, in dem ich mich sehen konnte. Frank badete jetzt unter der Dusche, das Wasser war kühler gestellt und auf den hölzernen Sitz gerichtet, der extra für meine begehbare Dusche angefertigt worden war.

„Genießt du deine Dusche?", rief ich dem Vogel auf Englisch zu. Er antwortete mit einem Pfeifen. Lächelnd strich ich mit meiner Hand über mein Kinn, entschied mich, mich nicht zu rasieren. Der heutige Abend war eine Party für das Team, keine vornehme Veranstaltung. „Bist du ein gut aussehender Vogel?" Ich warf einen Blick in den Spiegel und sah, wie er mit ausgebreiteten Flügeln mit dem Rücken zum Wasser dastand. „Wer ist ein gut aussehender Vogel?"

„*Khut!*", schrie Frank und hüpfte fröhlich auf seinem Sitz herum.

Ich blinzelte angesichts des Schimpfworts. Verdammt. Ich hasste es, wenn Dimi recht hatte. „Es ist nicht so freundlich, den Mann, der dir seine Dusche überlässt, einen Schwanz zu nennen."

Sein blauer Kopf neigte sich zur Seite und er klackte mit seiner Zunge. Dann nannte er mich wieder einen Schwanz.

Ich warf ihm ein Schimpfwort auf Russisch zurück, drehte das Wasser ab und ließ ihn für ein paar Momente auf seinem Sitz tanzen und stolzieren. Als ich ihm meine Hand hinhielt, kletterte er darauf und ich trug ihn ins Schlafzimmer, wo er sich auf einen Platz am Fenster setzte, um sich zu trocknen und sein Gefieder zu pflegen, während ich mich anzog. Ich hatte mir gerade eine Unterhose über meinen feuchten Hintern gezogen, als mein Handy klingelte.

„Alexa, geh ans Telefon."

„Alexa fuck Telefon", rief Frank und flatterte. Wie wunderbar war es, dass mein Vogel in zwei Sprachen fluchen konnte? Das kleine Gerät neben meinem Fernseher übermittelte mir die Stimme meines Bruders.

„*Privet,* Rüpel", sagte Dimitri unbeschwert.

„*Privet*", antwortete ich, öffnete dann meinen Schrank, um mir die viele Kleidung anzusehen, die kunstvoll nach Farbe geordnet war. „Warum rufst du mich um diese Zeit an?" Ich warf einen Blick auf den Wecker neben dem Bett. Es war nur wenige Minuten nach sieben Uhr abends. Das bedeutete, dass es in Russland ungefähr zwei Uhr in der Nacht war. „Warte, lass mich raten. Deine feste Freundin hat endlich das mit deinen hässlichen Füßen herausgefunden und dich rausgeschmissen?"

„Arschloch, deine Füße sind genau wie meine."

Ich lachte und schob dabei ein paar graue Hosen beiseite. Es würde laut Henry eine zwanglose Angelegenheit sein. Sein Partner Apollo war für diese Team-Partys bekannt. Sie entwickelten sich zu einem Teil der Raptors und fanden ohne große Vorankündigungen statt. Diese hier feierte das Ende einer ziemlich guten Vorsaison.

„Mein Schwanz ist größer", warf ich über meine Schulter, während ich ein silbriges Hemd hochhielt, um es zu mustern.

„Nein, meiner. Ich bin älter."

„Um sieben Minuten und das hat keinen Einfluss auf die Größe des Schwanzes."

„Großer Schwanz! Großer Schwanz!", krächzte Frank.

„Dafür gebe ich dir die Schuld", erklärte ich Dimi, während ich mit den Armen in das Oberteil schlüpfte. Es würde gut zu einer Jeans und Sandalen aussehen. Nicht, dass ich versuchte, mich für meine Teamkollegen hübsch zu machen …

„Ich habe dich gewarnt, ihm schlimme Worte beizubringen. Mama denkt, dass er von einem Dämon besessen ist", sagte er, bevor er leise kicherte. „Übrigens, Mama und Papa geht es gut. Sie haben sich erst gestern gestritten, welcher ihrer Söhne der Klügere ist."

Ich verdrehte die Augen. „Sie haben sicher mich gewählt."

„Sicher nicht. Sie haben gesagt, dass ich der Klügste und Bestaussehendste bin. Außerdem möchten sie, dass du sie anrufst."

„Ja, das werde ich, diesen Sonntagmorgen, wie immer. Warum rufst du an?"

„Oh, ja, ich hatte vergessen, dass du gefragt hast. Wir planen eine Party für Mamas und Papas vierzigsten Hochzeitstag. Wirst du nach Hause kommen?"

„Natürlich. Warum solltest du mich das fragen?" Ich ging zur Kommode um mich durch zwei Schubladen voller gebügelter, gefalteter Jeans zu wühlen.

„Weil dein Hirn verwirrt und weich ist, wie dein Schwanz."

Frank pfiff zu diesem Kommentar. Dimi brüllte vor Lachen.

Ich schüttelte meinen Kopf. „Dein Hirn und das meines Vogels haben dieselbe Größe", murmelte ich, hob dabei eine neue Levi's aus der Schublade.

„Das behauptest du. Gut, ich bin froh, dass du

nach Hause kommen wirst. Bringst du jemanden mit?"

Das verwirrte mich. „Nein, ich bin … nein, im Moment gibt es niemanden."

„Das tut mir leid. Vielleicht ist es besser, sich nicht zu zeigen."

„Ja, vielleicht." Sein Kommentar klang grausam und vielleicht war er das, aber so war er nicht gemeint. Trotz des ständigen Aufziehens standen Dimi und ich uns so nahe, wie zwei Menschen das sein konnten. Er wurde verletzt und ich fühlte seinen Schmerz. Wir hatten denselben Uterus geteilt. Er sprach nur die Wahrheit aus. Mein Schwulsein zu Hause zu zeigen, bedeutete, um Ärger zu bitten.

„Du weißt, dass ich dich glücklich sehen möchte", sagte er, seine Stimme war leise und sanft.

„Ja, ich weiß."

„Wie du jemanden mit so einem kleinen Schwanz glücklich machen kannst, weiß ich nicht, aber …"

„Ich habe einen talentierten Mund", warf ich ein.

Dimi verschluckte sich vor Lachen. Wir plauderten noch ein wenig länger, über Hockey, unsere Teams und dass er die Auszeichnung als bester Goalie des Jahres bekommen würde, wenn er weiter so spielte wie in der letzten Saison. Er dachte nicht, aber ich war mir seiner Chancen ziemlich sicher.

„Geh ins Bett", sagte ich zu ihm. Wir waren schon immer Nachteulen gewesen. „Sag Mama, dass ich am Sonntag anrufen werde. Schlaf gut. Richte deiner

Freundin aus, dass sie mir leidtut, weil sie es mit dir aushalten muss."

„Sie liebt jeden Moment. Schlaf gut, Bruder."

„*Spokoynoy nochi.*"

Der Anruf zauberte mir ein Lächeln ins Gesicht, wie das immer der Fall war. Nun, nicht immer, aber in der Regel. Frank beobachtete mich, als ich meine Jeans anzog, sie zumachte und dann in Ledersandalen schlüpfte.

Ich schnippte mit den Fingern und der Vogel, der jetzt teilweise trocken war, flog los. Er segelte durch die Wohnung, landete auf seinem großen Käfig. Ich hatte ihm die Flügel nicht gestutzt, obwohl viele Vogelbesitzer das taten. Ich zog es vor, dass er fliegen konnte, und ging mit ihm so oft wie möglich mit einem Fluggeschirr nach draußen, damit er Spaß haben konnte.

„Rein", sagte ich auf Russisch, hielt dabei meine Hand hoch. Er zögerte kurz, kletterte dann aber auf mein Handgelenk und ließ zu, dass ich ihn in den Käfig setzte. Sein Wasser und sein Futter waren aufgefüllt, der Käfig war von den Hinterlassenschaften des Tages gesäubert und es gab ein neues Trapezspielzeug, an das er sich klammerte und sich dann kopfüber hängte. Ich schloss die Tür, sperrte sie dann mit einem zweiten Vorhängeschloss ab. Er wusste, wie er das Schloss öffnen konnte, das zu dem Käfig gehörte, eine Lektion, die ich innerhalb der ersten Tage gelernt hatte, nachdem ich Frank bekommen hatte. Nach Hause zu kommen und zu sehen, dass der Vogel mein ganzes sauberes Heim vollgeschissen und sein Körpergewicht in Brot und Nachos gegessen hatte, hatte mich gelehrt, wie unglaublich intelligent Aras waren. „Sei brav."

„*Vinograd?*"

„Später." Der Vogel war ein Fass ohne Boden, was Trauben betraf. Ich warf eine Decke über den Käfig, sammelte meine Börse und meine Schlüssel ein und verließ mein Haus. Die Wüstennacht dämmerte gerade herauf, als ich die Treppe zu meiner Garage hinunterjoggte. Meine Wohnung war eines von vielen neugebauten Stadthäusern in der Swan Lake Condominium Community, die sich ungefähr fünfzehn Minuten außerhalb von Tucson befand. Es gab über zweihundert Einheiten in meiner abgeschlossenen Wohnanlage, alle in derselben Form und mit denselben Farben – hellbraun und weiß – und alle mit Garagen für zwei Autos, kleinen Gärten und zentraler Klimaanlage. Es gab auch einen Gemeinschaftspool, eine Eigentümerversammlung und eine Nachbarschaftswache. Nicht, dass ich viel Zeit mit Schwimmen verbrachte oder damit, auf die Nachbarschaft aufzupassen. Ich spielte entweder während der Saison Hockey oder war zu Hause in Russland, wenn die Saison vorbei war. Dennoch es ein schönes Heim, es war ruhig und niemand schaute mich seltsam von der Seite an, weil ich ein mürrischer Russe war, der Kindern Angst zu machen schien. Ich stieg in mein Auto, öffnete das Dach und fuhr den Audi A7 rückwärts hinaus.

Die Fahrt in die Berge, wo Henry und Apollo wohnten, war wunderbar, der Himmel war lila und rosa, der Wind trocken und warm und Taylor sang ‚Shake it Off', als ich vor der Lockhart-Villa parkte. Sie war jetzt als das Desert Lights Halfway House bekannt, oder würde es sein, sobald die Renovierungen in ein paar Monaten beendet waren. Der Klang von Musik und Lachen kam von der Rückseite der Villa, darum folgte ich dem Partylärm bis ich zum Pool kam. Das große Haus war abgesperrt, überall gab es Baustellenschilder, aber das Poolhaus, in dem Henry und Apollo wohnten, stand weit offen.

Der Bereich um den Pool war voll mit Spielern und ihren Dates/Frauen/Groupies. Colorado spielte Krocket und ritt dabei auf Rykers Rücken. Oh, vielleicht war es Polo. Ja, es war Polo, aber mit Krocket-Schlägern und einem regenbogenfarbenen Strandball. Wie das funktionierte, konnte niemand sagen. Henry trug Apollo auf seinem Rücken und Alex hatte seinen festen Freund Sebastian auf seinem nackten Rücken. Ich lachte über diesen Unfug und suchte mir einen Weg zu der Bar in dem hell erleuchteten Poolhaus. Apollos Tante Sofia spielte Bartenderin, während sie mit einem von Colorados Groupies flirtete. Unser Goalie ging nirgendwohin ohne spärlich bekleidete junge Männer und Frauen, die ihn umschwärmten. Rockmusiker brauchten eine Entourage, erklärte Penn uns ständig.

Andere standen in kleinen Gruppen herum, schauten auf ihre Handys und plauderten leise. Ich wollte nicht wissen, was ihre Aufmerksamkeit erregt hatte, es sei denn, es handelte sich um ein Vogelvideo.

„Guten Abend, Kapitän!", sagte Sofia und schenkte mir ein breites Lächeln. „Lass mich raten, zwei Finger hoch Wodka mit einem Stück Zitronenschale?"

„Orangenschale, bitte." Ich zwinkerte ihr zu.

Sie war eine atemberaubende Frau, voller Leben und Liebe. Apollo hatte Glück, sie in seinem Leben zu haben. Familie war so wichtig. Ich vermisste meine schrecklich. Sie schenkte mir einen Drink ein, dann flirtete sie weiter mit dem Groupie. Ich drehte mich rechtzeitig um, um zu sehen, wie Ryker und Colorado unter donnerndem Applaus in den Pool fielen. Ein Emu, der einen Bowler trug, rannte mit einem Pulled Pork Sandwich in seinem Schnabel vorbei. Zwei junge Frauen mit großen Brüsten und winzigen Bikinis jagten den Vogel, dessen Name Kricker, der Fluglose Herr des Ozons war. Gerüchte besagten, dass er Colorados Haustier war und er mit ihm reiste wie ein Hund.

Aus dem Augenwinkel sah ich eine Bewegung und bemerkte, dass Tate in den Schatten stand. Er sah aus, als ob seine Welt untergegangen wäre, doch als er entdeckte, dass ich ihn anschaute, wurde der reine

Schmerz von einem Lächeln ersetzt. Die Schultern zurückgezogen, näherte er sich mir, dann stand er viel zu nahe, als dass es mir angenehm war.

„War das ein Emu?"

Ich hatte mich sehr bemüht, eine sichere professionelle Distanz zu dem Mann zu halten, bis ich diese Anziehung, die ich für ihn empfand, ersticken konnte. Sein nackter Arm strich über meinen und der Geruch seines Zitronenshampoos blies mir ins Gesicht und mir wurde bewusst, dass ich dieses Sehnen nicht lang genug erwürgt hatte, weil es jetzt tiefe, volle Atemzüge nahm.

Ich schaute in seine Richtung und dann noch einmal. Er wirkte nicht wie der glückliche, lächelnde Typ, den wir alle bis jetzt immer gesehen hatten. In seinem Blick stand eine Traurigkeit, eine Vorsicht und ich dachte auch eine große Portion ungelenkter Wut.

Gab es so etwas überhaupt? *Konzentriere dich auf die Emu-Frage.*

„Ja, sein Name ist Kricker. Er gehört Colorado, genau wie die halb nackten Frauen und Männer. Ich brauche etwas Pulled Pork, bitte entschuldige mich." Ich machte mich auf zu den Tischen mit dem Essen, umging den Pool und glitt in die länger werdenden Schatten. Die Tische sahen aus, als ob ein Emu sich an dem Essen bedient hatte, was auch der Fall war. Ich seufzte, nahm einen Schluck von meinem Drink und nahm mir eine Handvoll Chips aus einer Schüssel, in der sich keine Federn befanden. Als ich mich umdrehte, um herauszufinden, wer schrie und warum – der Emu hatte irgendwie ein Bikinioberteil gestohlen und seine Besitzerin kreischte, während sie so tat, als würde sie ihre hüpfenden Brüste bedecken – fand ich Tate Collins direkt vor mir.

Dieses Mal gab es keine Unsicherheit oder irgendwelche Seltsamkeit mit unstetem Blick. Nein, er ging in die Vollen und er hatte vorsichtig hinter sich gelassen und war bei wütend und außer sich gelandet. Ich hatte das auf dem Eis gesehen, als Corey Mason von LA ihn mit dem Schläger gefoult hatte, aber trotzdem, wir waren nicht auf dem Eis und hier hatten wir normalerweise den netten, höflichen Tate und er hatte nicht wütend geklungen, als er sich nach dem Emu erkundet hatte.

„Na gut, was ist los?", schnappte er, während Kricker eine weitere Runde drehte, seine großen Füße klatschten auf dem nassen Beton und ein gelbes Bikinioberteil war um seinen langen Hals geschlungen. Er hatte seinen Hut verloren.

„Ich habe keine Ahnung, was du meinst."

„Du hast den Post gelesen, oder? Ich weiß, dass alle anderen das haben!"

„Ich habe keine Ahnung, wovon du sprichst." Das hatte ich wirklich nicht, aber er polterte weiter.

„Denkst du, ich will heute Abend hier sein? Denkst du, ich will nach diesem Post Ryker in die Augen sehen?"

„Was ist mit -?"

„Trotzdem bin ich hier und stelle mich dem Gelächter, genau wie ich auf jeder verdammten Party bin, genau wie ich auf dem Eis bin, wenn ich Ratschläge gebe und die Leute mich ansehen, als wäre ich ein Eindringling."

„Tate-"

„Aber das bist du und das ist schlimmer. Manchmal willst du mir nicht einmal in die Augen sehen. Was habe ich getan? Was muss ich tun? Weil es beinahe so ist, als würdest du mich aus irgendeinem Grund hassen und ich möchte wissen, was los ist."

„Hass ist ein starkes Wort, das ich nicht-"

„Wusstest du, dass ich ein Ersatz-Kapitän in Dallas war?" Seine Wut änderte sich und jetzt war seine Stimme tief, aber voller Leidenschaft. Es war ein erregender Laut, wie er die Worte mit diesem subtilen texanischen Näseln umhüllte. Es schickte das Blut in mein Gemächt. „Zur Hölle, noch ein Jahr und sie hätten mir das K gegeben."

„Ich freue mich über deine Errungenschaften in Dallas, aber was die meisten deiner Teamkollegen dir sicher gerne sagen würden, es aber nicht tun, weil sie zu höflich dafür sind, du bist nicht mehr *in* Dallas. Du bist in Tucson."

Sein attraktives Gesicht verzog sich vor Wut. „Ich weiß, wo zur Hölle ich bin!", bellte er und mehrere Köpfe drehten sich in unsere Richtung.

Ich spürte, wie die Röte der Scham an meinem

Hals nach oben kroch. „Sprich leiser, du Idiot!", knurrte ich tief.

Er hatte genug Vernunft, um sich kurz umzusehen, bevor er davonmarschierte, die Schultern hochgezogen, die Hände zu Fäusten geballt. Ich hätte ihn gehen lassen sollen. Aber Nein, ich musste der sture Russe mit der übersteigerten Einbildung meiner eigenen Wichtigkeit im Leben anderer sein. Ich trank einen Wodka auf ex, stellte das leere Glas auf den Tisch neben eine umgekippte Schüssel Guacamole und stürmte Tate hinterher. Vielleicht war es der Mond, voll und fett und strahlend gelb über uns, der mich ihm folgen ließ. Vielleicht war es mein Ego. Der Himmel wusste, dass viele Liebhaber mir schon gesagt hatten, dass ich eine sehr hohe Meinung von mir selbst hatte, was nicht stimmte. Ich wusste nur, dass ich einige Fähigkeiten im Hockey und beim Sex hatte. Vielleicht fühlte ich mich schlecht, weil ich den Mann als Idioten bezeichnet hatte, weil er ganz sicher kein Narr war.

„Ich schwöre bei Gott, wenn du mich nicht in Ruhe lässt …", knurrte Tate, als ich um einen kunstvoll beschnittenen Busch trat, wo ich ihn vor einem kleinen Koi-Teich fand. Die Geräusche der Party waren leiser geworden, nur das *wump-wump-wump* eines alten Madonna Songs und hin und wieder das Kreischen einer Frau waren zu hören.

Ich konnte seine Wut und seinen Schmerz aus zehn Schritten Entfernung spüren. „Ich muss mich entschuldigen", sagte ich, machte einen kleinen Schritt. Das üppige Gras benetzte meine Zehen.

„Fick dich und deine Entschuldigungen", kochte er. Sein Blick war auf den kleinen Cherubim gerichtet, der in den Teich pinkelte. „Ich habe mir meinen verdammten Arsch aufgerissen, in dem Versuch, den Übergang problemlos zu machen, trotz all des Mists in der Presse und alles, was ich von dir bekomme, ist Kritik. Du weißt, dass ich für dieses Team wertvoll sein könnte, wenn du mich nur lassen würdest."

Ich zuckte mit den Schultern und kam näher. „Tate, es tut mir leid. Mein … es liegt nicht an dir, es liegt an mir. Ich habe … es gibt … du wirst in ein paar Jahren einen hervorragenden Ersatz-Kapitän abgeben. Dir ist sicher klar, dass du dich erst als loyaler Raptor erweisen musst, bevor wir dir einen Buchstaben geben?"

Ich trat neben ihn, beobachtete die Emotionen, die über sein Gesicht tanzten. Er war wirklich unglaublich schön im Mondlicht. Ich riss meinen Blick von ihm los, zwang ihn zurück auf den Cherubim aus Beton.

„Ja, das verstehe ich schon, aber du solltest über all diesem kleinlichen Scheiß stehen. Es spielt keine Rolle, was ich privat machte, solange es mein Spiel nicht beeinträchtigt, was soll das also mit deinem Verhalten? Habe ich dir in einem früheren Leben auf die Füße gepisst oder so?"

„Ich bin mir nicht einmal sicher, ob ich an Reinkarnation glaube."

„Kumpel, das war nur eine Redewendung. Verdammt, ihr Russen seid so sprichwörtlich. Es ist, als würde man mit Drax abhängen."

„Ich kenne niemanden, der Drax heißt-"

„Aus *Guardians of the* – Weißt du was, damit fange ich erst gar nicht an."

Ich musste die Kontrolle über dieses Gespräch wieder erlangen, weil mit Tate definitiv etwas nicht stimmte. „Vielleicht müssten wir Russen nicht so sprichwörtlich sein, wenn ihr Amerikaner nicht in so verwirrenden Kreisen voller Doppeldeutigkeiten und örtlichen Besonderheiten reden würdet."

Das brachte ihn dazu, in meine Richtung zu schauen. Was, mit dem Mond, der sich in seinen dunklen Augen spiegelte und seinen Haaren, die im trockenen Wüstenwind tanzten, der winzige Funke war, der ein Buschfeuer entfachte. Seine Lippen teilten sich. Mein Blick fiel auf seinen Mund, die volle Unterlippe, die Vertiefung über seiner Oberlippe und die leichten Stoppeln, die ihm so gut standen.

„Zorya hat dich mit der Schönheit des Abendsterns gesegnet." Er blinzelte mich an, als hätte ich gerade gesagt, dass er eine dreiköpfige, Groschen stehlende Ziege wäre. „Ich … du bist kein Idiot. Ich bin der Idiot."

Ich hob die Hand, um mit meinen Fingern über seinen stoppeligen Kiefer zu streichen. Er rannte nicht davon oder schlug mir gegen die Kehle oder trat mir in die Eier. Er stand da und die Sterne und der Mond erhellten sein Gesicht. Und ich wusste, dass dieser Moment ohnehin bereits schrecklich außer Kontrolle war, aber dennoch konnte ich mich nicht davon abhalten, mich ein paar Zentimeter nach unten zu lehnen und mit meinen Lippen über seine zu streichen.

FÜNF

Tate

Ich wich vor dem Beinahe-Kuss zurück, der zärtlichen Berührung seiner Lippen auf meinen.

„Fick dich", schnappte ich und schaute mich um. Wurde mir ein Streich gespielt?

„Nein, ich-"

Ich machte auf dem Absatz kehrt und ging durch den nächstgelegenen Ausgang, den Hügel hinunter, bis ich zu einem Sitzbereich mit einer niedrigen Mauer kam, der vollkommen von Büschen abgeschirmt wurde. Ich hatte heute das Limit für den Scheiß erreicht, den ich ertragen konnte und dennoch war ich zu dieser Party gekommen, nur um dem Team zu beweisen, dass nichts von dem, was Lacey in der Öffentlichkeit sagte, stimmte oder zumindest, dass mir egal war, was sie sagte.

Als sie bei dieser dämlichen Hockey-Feste-Freundinnen-Realityshow unterschrieben hatte, hatte ich das nicht einmal gewusst, aber am Anfang war es in Ordnung gewesen. Sie hatte von mir als ihrem Verlobten geschwärmt, hatte der Welt erzählt, dass ich hinter verschlossenen Türen genauso war wie in der Öffentlichkeit. Respektvoll, liebevoll, ein guter Freund. Dann gerieten die Dinge ins Rutschen. Rita Dremin, die mit dem Hunde liebenden Joe von den San Diego Suns verheiratet war, fing an, Geschichten über ihren Ehemann zu erzählen und über seine Hunde und die Tatsache, dass sie versuchten, schwanger zu werden und die Dinge änderten sich. Lacey war nicht länger der Star der Show, weil sie mit *dem* Tate Collins, Wunderkind, Sonnenschein-Typ verlobt war, denn *dieser* Tate Collins war langweilig.

Darum hatte sie gelogen und in diesen Lügen hatten sich Wahrheiten verborgen, die sie sich zusammengereimt hatte.

Ich hatte ihr erzählt, dass Devin, der Kapitän von Dallas, uns aus keinem ersichtlichen Grund beim Training hart rannahm. In der Show hatte sie sich eine Geschichte ausgedacht, dass Devin durchgedreht war und dass alle Angst vor ihm hatten. Sie hatte sich sogar für die Kamera die Augen getupft, weil sie Angst um ihren armen, süßen Tate hatte, und hatte geschmollt, dass es Kapitänen nicht gestattet sein sollte, ihre Teams mit Furcht zu führen.

Ich hatte das nie gesagt. Ich hatte das nicht einmal gedacht. Aber das war die erste so vieler Lügen, die sie erzählt hatte, dass es zwischen mir und den

Unwahrheiten, die die Leute gehört hatten, keinerlei Distanz mehr gab. Sie hatte allen erzählt, dass ich *Star Wars* Figuren sammelte und zur Hölle, ist das ein Verbrechen? Nur dass sie die Lüge erzählt hatte, dass ich welche von einem Kind bei einem Krankenhausbesuch gestohlen hatte, aber sie sagte es, als wäre es ein Witz und, was noch schlimmer war, sie hatte angedeutet, dass das Kind ohnehin im Sterben lag.

Sie war ein abscheuliches menschliches Wesen, das nur das Scheinwerferlicht wollte.

Zum Glück war die Show jetzt vorbei, denn nachdem die Dinge in Dallas jetzt so falsch liefen, konnte ich das alles hinter mir lassen, einen Neuanfang wagen und meinem Team zeigen, dass ich nicht so war, wie sie mich dargestellt hatte.

Dann war das Schlimmste von all dem passiert – die Interviews, die Blogposts – und sie ritt diesen falschen Ruhm in den Sonnenuntergang. Zuerst war es nicht zu schlimm. Sie hatte angedeutet, dass ich manipulativ war, mein Geld benutzte, um Leute zu kaufen. Als nachgehakt wurde, was ich angeblich gemacht hatte, hatte sie nur ihre Augen getupft und den Kopf geschüttelt. Manchmal hatte sie ihre Seite gerieben, impliziert, dass ich sie verletzt hatte.

Ich hob einen Stein auf und warf ihn in die Dunkelheit, wohin auch immer, dann noch einen und noch einen.

Ich hatte endlich gedacht, dass ich es irgendwie in

ein Team geschafft hatte, in dem ich neu anfangen konnte. Hier war ich nur ein Spieler, einer, der sein Team in die Play-offs bringen wollte, ich hatte Lacey sogar dafür bezahlt, keine Lügen mehr zu verbreiten.

Eine Million Dollar für ihr Schweigen. Nicht, dass es als eine Million für ihr Schweigen begonnen hatte, aber das war daraus geworden. Mein Herz schmerzte und ich rieb meinen Brustkorb. Für wenige kurze Wochen hatte ich wirklich gedacht, dass ich … *Nein. Fang nicht damit an.*

Mir war das Geld egal, ich wollte nur, dass sie mich in Ruhe ließ, dass sie aufhörte zu lügen, dass sie darüber hinwegkam, dass ich unsere Verlobung gelöst hatte.

Schuld fraß mich auf und ich hörte damit auf, Steine zu werfen, beugte mich nach vorne, als meine Kopfschmerzen stärker wurden. Ich hatte wirklich gedacht, ich könnte mir mit Lacey ein Leben aufbauen, vielleicht ein paar Kinder haben und ich hätte ihr Freundschaft, Respekt und Treue geboten. Nichts von dem, was wir gehabt hatten, war real gewesen, nur mein Agent, der sagte, dass ich in der Öffentlichkeit schlecht dastand, aber wenn ich von Anfang an Nein gesagt hätte, wenn ich ihr niemals den Antrag gemacht hätte, wenn …

Und jetzt hatte sie das Schlimmste, das sie wusste, ihrem Blog hinzugefügt, dass ich in den verdammten Tennant Rowe verschossen gewesen war. Aber dennoch war ich zu dieser dämlichen Party gekommen. Ich war beschämt, entsetzt, wütend, aber ich hatte mich geduscht, rasiert, meine Haare gemacht, mich hübsch angezogen und ich hatte tatsächlich gedacht, es wäre eine gute Idee, hierherzukommen.

Mich der Sache zu stellen, dazu zu stehen, darüber zu lachen.

Und dann hatte Vlad bei dem verdammten Witz mitgemacht und mein Herz schmerzte. Ich wusste, dass der Kapitän mich nervig fand, wahrscheinlich dachte, dass ich die Raptors zerstören würde und aus seinem Handeln war klar, dass er abseits des Eises keinen Wert in mir sah, aber zu nehmen, was heute ins Internet gekommen war und den Witz so weit zu treiben? Das war beschissen und es schmerzte und ich musste mich durch die Wut hirndurcharbeiten.

„Habe nach dir gesucht." Eine Stimme kam aus der Dunkelheit und die Wut über Vlad ließ sofort nach und stattdessen überflutete mich Scham. Ryker hatte mich gefunden.

„Du hast mich gefunden." Ich stand nicht von der Bank auf, aber ich rutschte zur Seite, für den Fall, dass Ryker sich setzen wollte.

„Wir sollten uns wahrscheinlich unterhalten", murmelte Ryker und setzte sich am anderen Ende auf die Bank.

„Müssen wir das?" Ich war entsetzt, dass ich mit der einen Person in der Dunkelheit feststeckte, von der ich gehofft hatte, dass ich es vermeiden könnte, mit ihr allein zu sein. In meinem Kopf lachte ich über den Blogpost dieses Tages. Ryker wäre in einer Gruppe unserer Teamkollegen gestanden und ich hätte es ertragen, aufgezogen zu werden, aber dann wäre es vorbei gewesen. Mich hier zu verkriechen, ganz aufgebracht wegen Vlad, hatte mich für ein eindringliches Gespräch verletzlich gemacht.

„Nun, in dem Blog stand, dass du in Ten verliebt warst und dass er deswegen Dallas verlassen hat, weil du ihm das Gefühl gegeben hast, dass er dort nicht hinpasst."

„Es tut mir leid, Ryker-"

„Nun, das ist absoluter Mist. Er wurde wegen der Finanzen verkauft, das wissen wir alle. Dallas konnte euch nicht beide halten. Jedenfalls, die Railers sind das Beste, was ihm je zugestoßen ist und er hat Dallas *nicht* wegen dir verlassen."

Was sagte Ryker da? Er klang nicht so, als ob er mich beschuldigen würde, wenn überhaupt klang es so, als würde er mich unterstützen.

„Nichts davon war die Wahrheit."

„Ten hat immer gedacht, dass du der bessere Spieler warst."

„Das hat er?"

„Ja, er hatte das Gefühl, dass er immer nur der Zweitbeste sein würde und dass er woanders Erfolg im ersten Block haben würde. Und er hat nicht nur das bei den Railers gefunden, er hat auch Dad gefunden."

Ich vergrub mein Gesicht in meinen Händen.

Ryker sagte mir, dass ich die Finger von seinem Stiefvater lassen sollte. Ich hatte gewusst, dass das passieren würde. Verdammte Lacey und ihr verdammter Blog.

„Es tut mir leid, Ry, du weißt, ich würde niemals-"

„Ich hatte dieses riesige Poster an meiner Wand, von dir und Ten, erinnerst du dich an dieses Foto für Bauer, auf dem ihr Rücken an Rücken steht?" Er wartete nicht auf eine Antwort. „Zwei wirklich wunderschöne Typen und ich hatte so viel Fantasien."

„'Fantasien'?"

„Du und Ten, wie ihr euch küsst und alle möglichen romantischen Geschichten in meinem Kopf. Das ist es, was Teenager machen, weißt du? Du darfst das aber niemandem erzählen, weil du jetzt eine peinliche Sache über mich weißt und wir quitt sind."

Ich brauchte einen Moment, um das zu verarbeiten. „Du bist nicht wütend über das, was gepostet wurde?"

„Dass du heiß auf meinen Stiefvater warst? Du bist ein bisexueller Mann mit rotem Blut, du wärst ein Idiot, wenn du nicht auf ihn gestanden hättest. Nun, ich nehme zumindest an, dass du bi bist, wegen der ganzen Beinahe-Hochzeit und so, es sei denn, das war …"

„Bi, ja, aber ich verspreche, dass es eine Schwärmerei war und ich würde niemals dem, was ich für Ten empfunden habe, nachgeben-"

„Du meinst zu versuchen, dich zwischen Dad und ihn zu schieben?" Ryker schnaubte und rutschte dann näher, um mich mit dem Ellbogen anzustoßen. „Kumpel, da würdest du verlieren. Außerdem hat mein alter Herr es immer noch drauf."

Ich wollte Ryker alles anvertrauen, dachte, dass ich hier vielleicht einen Freund hatte, ich wollte ihm erzählen, wie Vlad so getan hatte, als würde er mich küssen und dass ich mich deswegen beschissen gefühlt hatte, aber ich tat es nicht. Ich hatte solche Dinge schon Lacey erzählt und seht, wohin mich das geführt hat.

„Also, gibt es noch andere Geheimnisse, die deine Ex enthüllen wird?"

Mir fielen keine Wahrheiten ein, die sie herumreichen konnte wie Süßigkeiten, in der Hoffnung, Freunde zu gewinnen und Menschen zu beeinflussen. Ich dachte, die Sache mit Ten war wahrscheinlich das Schlimmste. Oh, Moment, da war noch etwas.

„Ich habe am Ende von *Titanic* und *Ein Hundeleben* geweint", gestand ich. „Und das machen große, starke, hart spielende Hockeyspieler nicht."

Ryker zog sein Handy heraus und mit ein paar Anschlägen hatte er etwas auf Instagram gemacht und mein Handy vibrierte, denn natürlich folgte ich den Jungs im Team, die Accounts in den Sozialen Medien hatten. Der von Ryker war einer der Lautesten, für LGBTQ+-Inklusion, für Streiche,

Welpen, Kätzchen, Kinder, die Hilfe brauchten. Er postete beinahe jeden Tag irgendetwas und oft waren es Bilder von ihm und seinem wunderschönen Jacob.

„Schau auf dein Handy", befahl Ryker mir.

Ich zog mein Handy heraus, klickte auf den Hinweis, dass er gepostet hatte und ich konnte ein Lachen nicht unterdrücken. Ich las seinen Post vor. „Bin ich der Einzige, der am Ende von *Titanic* und *Ein Hundeleben* weint? Ich frage für einen Freund." Dann gab es noch die Ja und Nein Option und sogar in den wenigen Sekunden, die der Post jetzt live war, hatte es schon Abstimmungen gegeben.

„Du musst es vorwegnehmen, verstehst du?", murmelte Ryker. „Wie dem auch sei, wir brauchen deine Hilfe, Kumpel. Apollo droht, Emu-Steak auf dem Grill zu machen, willst du das sehen?"

Solange ich nicht mit Vlad reden muss. „Ich komme gleich." Dann, sobald Ryker mir ein High Five gegeben hatte und gegangen war, drückte ich auf den Nein-Button bei der Instagram-Frage und indem ich das tat, stand ich zu der Tatsache, dass ich auch weinte, und es war kein Geheimnis mehr.

Ich musste mich immer noch den Railers stellen, ich musste immer noch gegen Tennant Rowe spielen und ihm in die Augen sehen können und auch dazu stehen, aber zur Hölle, ich war ein erwachsener Mann und ich konnte das auf der Stelle tun.

Darum kehrte ich zurück und beteiligte mich an der Debatte, wie großartig Emu-Steak schmecken würde, vor allem mit einer ordentlichen Texas Barbecue-Soße und es endete erst, als Colorado sich auf Alex' Kopf setzte.

Vlad war nirgendwo zu sehen und ein kleiner Teil von mir sorgte sich. Natürlich blieb ich vor allem wütend, dass er sich entschieden hatte, bei dem ganzen Aufziehen auf so intime Art und Weise mitzumachen, mich zu küssen, um Himmels Willen, aber dennoch, wo war er? Vielleicht hatte er mir gar keinen Streich gespielt, vielleicht hatte er, aber ich wollte keinen Streit mit ihm, darum machte ich mich, bewaffnet mit zwei Tellern voller Essen, auf zu der letzten Stelle, an der ich ihn gesehen hatte und fand ihn mit Leichtigkeit. Er saß im Lotussitz im Gras in der Nähe des Wassers und für eine Sekunde fragte ich mich, ob ich eine seltsame Yoga-Session mitten während der Party unterbrach. Dann drängte die Wut sich wieder vor und ich pfiff, ein wenig erfreut, als er zusammenzuckte und sich entknotete. Ich hielt ihm den Teller hin, als er aufstand. Er erwischte ihn nicht richtig, fing ihn aber, bevor er ihn vorsichtig auf den Boden stellte.

„Ich entschuldige mich", quetschte er hervor. „Es war unangemessen-"

„Nur weil ich früher auf Tennant Rowe gestanden habe, heißt das nicht, dass jeder einfach-"

„Du stehst auf Tennant Rowe?"

„Stand. Ich *stand* auf-"

„Oh." Er sah aus, als ob er nicht wüsste, was er sagen sollte, wirkte sogar ein wenig enttäuscht.

Ich stellte mein Essen neben seines. „Moment, du willst damit sagen, dass du den Blogpost meiner ehemaligen Verlobten wirklich nicht gelesen hast?"

„Nein. Ich habe einen Naturartikel über die globale Erwärmung und Vögel gelesen, die-"

„Dann hattest du *keine* Ahnung, dass ich scharf auf Tennant Rowe war?"

„Ich verstehe nicht, was du meinst, hattest du eine Beziehung mit -?"

„Himmel, nein."

Wenn das möglich war, schien er noch verwirrter zu sein und ich stellte fest, dass es mir gefiel, wenn sein Selbstbewusstsein wankte. Das war ein winziger Blick auf den Mann unter der eisigen Fassade.

„Also …", fing er an. „Die Entschuldigung."

„Warum hast du mich geküsst?"

„Tate-"

„Ist das so ein russisches Anti-Schwulen-Ding, wo du die Leute dazu bringst, sich zu outen und ihnen dann das Leben zur Hölle machst?"

Bei diesen Worten wich er zurück und der Schock auf seinem Gesicht war echt. „Nein-"

„Wer zur Hölle ist dann Zorya und warum denkt sie, dass ich es verdiene, ein Stern zu sein?"

Er keuchte, trat dann von mir weg und ich dachte wirklich, dass er fliehen würde, aber ich brauchte eine Antwort, darum folgte ich ihm. Schon bald wurde mir mein Fehler klar, weil wir jetzt tiefer in der Dunkelheit standen, isoliert vom Rest des Teams und er lehnte mit dem Rücken an einer Palme. Nicht nur das, aber zwischen uns befand sich nur noch ein halber Meter.

„Vlad, wer ist Zorya?", fragte ich erneut. „Schwester, Mom, Freundin ... feste Freundin?"

Er räusperte sich. „Zorya ist die Göttin des Sonnenaufgangs und die Tochter des Sonnengottes Dazbog. Es ist eine ... Sache."

Götter und Göttinnen? Wer hätte gedacht, dass unser fokussierter, sturer, eisiger Kapitän das Herz eines Poeten hatte? Gut zu wissen. Außerdem war sein rauer russischer Akzent verdammt sexy und ich hatte ihn an einen Baum gedrängt. Aus irgendeinem Grund dachte er, dass diese Göttin mich mit etwas so Tollem gesegnet hatte, wie ein Stern zu sein. Warum zur Hölle also hatte er mich geküsst? War es überhaupt möglich, dass meine Lust für ihn erwidert wurde? War es möglich, dass ich all diese Zeit, die ich damit verbracht hatte, mich nach Ten zu verzehren, vergessen und ich einen ordentlichen Kuss von Vlad bekommen konnte?

„Wenn du mich vorhin nicht verarscht hast, wie wäre es dann, mich jetzt noch einmal zu küssen?" Ich richtete mich auf, Brustkorb raus, Schultern zurück.

„Das ist eine schlechte Idee", sagte er und versuchte, an mir vorbeizukommen. Er war ein Verteidiger, er war größer als ich, er hätte mich mit der Hüfte aus dem Weg schubsen können und ich wäre geliefert gewesen, aber ich war jünger und schneller. Ich blockte ihn sofort und hoffte, dass er nicht dumm genug war, einen seiner besten Spieler ins Gebüsch zu stoßen.

Er trat nach links, ich folgte ihm und er knurrte mich an. „*Eto glupo nepravil'no.*"

„Was heißt das?"

Er murmelte es erneut, seufzte dann. „Dass das hier dämlich falsch ist", erklärte er.

Er täuschte rechts an, dann links, aber ich kannte seine Bewegungsabläufe. Ich hatte ihn auf dem Eis beobachtet, war in den letzten sieben Jahren oft genug gegen ihn angetreten, um die Absicht in seiner Haltung zu sehen, kannte ihn so gut und plötzlich waren wir direkt voreinander und es befand sich rein gar nichts mehr zwischen uns.

Mit einem Knurren packte er meine Arme, hob mich hoch und drehte uns, sodass ich derjenige mit dem Rücken zum Baum war. Ich war bereits hart, denn, verdammt, er hatte mich gerade hochgehoben und gedreht und –

Der Kuss war zunächst brutal, aneinander krachende Zähne und sich bekriegende Zungen und er war Hitze und Feuer und Lust und alles, das mich hart machte. Er fluchte zwischen den Küssen, presste mich gegen den Baum und ich fluchte zurück, zumindest in meinem Kopf. Ich bemühte mich, ihn zu greifen, packte sein Oberteil, seine Arme, hielt mich einfach nur fest.

Dann wurden die Küsse langsamer und er umfasste mein Gesicht. „*Eto glupo nepravil'no*", wiederholte er.

Ich schob meine Hand von seiner Hüfte an seinem Brustkorb hinauf zu seinem Gesicht und ich hatte alle Worte in mir, die ich sagen wollte.

„Kapitän!", rief Colorado irgendwo aus der Nähe. „Yo, Iceman, wir haben einen Barbecue-Soße-Emu-Notfall!"

Wir trennten uns so schnell, dass Vlad taumelte und ich die Hand ausstreckte, um ihn zu halten, aber er drehte mir den Rücken zu und marschierte davon. So viel zu einer Verbindung.

Ich blieb gute fünf Minuten wo ich war oder zumindest so lange, bis mein Schwanz entschieden hatte, dass er nichts bekommen würde und wieder einschlief, dann schlenderte ich zu den anderen.

„Sugar!", schrie Colorado und alle drehten sich zu mir um. „Iceman war keine Hilfe. Sag du diesen Arschlöchern, dass Emu-Steak nicht auf dem Speiseplan steht!" In seinen Augen stand Erheiterung, er wusste, dass dies alles nur ein Scherz war und ich wusste, dass er einen Scherz liebte, der immer weiterging.

„Ich möchte zuerst sehen, wie einer von euch ihn fängt", sagte ich trocken und mehrere der Jungs fingen an damit anzugeben, dass der Emu keine Chance gegen sie haben würde. Vor allem, wenn besagter Emu Schlittschuhe trug und darum im

Nachteil war. Es gab Gelächter und Vlad war mittendrin, auch wenn er immer wieder zu mir schaute, als ob ich eine Frage wäre, auf die er eine Antwort brauchte. Ich war mit dem heutigen Abend durch und ich hoffte inständig, dass das Drama vorüber war. Ich stand so kurz davor, mich zu entschuldigen und zu gehen, aber Colorado ließ mich nicht so einfach davonkommen.

„Also, Sugar, stimmt das, was ich über dich und Tennant Rowe gelesen habe?"

Ich griff mir gespielt entsetzt an den Brustkorb. „Ich wusste nicht einmal, dass du lesen kannst, Colorado."

Er schnaubte und machte dann eine anzügliche Geste mit seinen Händen. „Habt ihr es getrieben?" Colorado grinste mich an.

Alex schlug ihm auf den Hinterkopf, Ryker schubste ihn und nicht einer der Jungs starrte mich mit Abscheu oder Hass an. Tatsächlich lachten alle, sogar Vlad zeigte ein vorsichtiges Lächeln.

„Das wünschte ich", sagte ich trocken und Ryker lachte schnaubend und schlug mir auf den Rücken.

Vielleicht war ich doch nicht müde. Tatsächlich dachte ich, dass ich hierbleiben, mich an dem Geplänkel beteiligen und ein wenig Vlad anstarren würde, wenn er nicht hinschaute. Und ich würde chillen.

Perfekt.

Nun, perfekt, wenn ich nicht Vlad dabei erwischt

hätte, wie er mich mehrmals mit absolutem Fokus anstarrte.

Verdammt sollte der Mann sein, weil er der personifizierte Sex war, mit seinen faszinierenden Augen und seinem knackigen Hintern und seinen Muskeln und verdammt sollte meine Schwäche für all diese Dinge sein.

SECHS

Vlad

Wochen waren seit diesem Kuss vergangen und ich klammerte mich fest an ein Sprichwort meines Vaters, das in etwa so lautete: „Wenn du hart genug arbeitest, dann werden all deine Sorgen verschwinden."

Mein Vater, so sehr ich ihn auch liebte, irrte sich in dieser Hinsicht. Ich arbeitete seit über dreißig Tagen härter als je zuvor und die größte Sorge, die ich je hatte, duschte immer noch nackt. Natürlich erwartete ich nicht, dass Tate sich voll bekleidet reinigte, das wäre dumm gewesen. Aber er hätte weniger attraktiv sein können. Sein Hintern hätte schlaff sein können, sein Schwanz winzig, seinem Lächeln könnten Zähne fehlen. Vielen Spielern fehlten Zähne. Warum nicht auch ihm? Und warum dachte ich über sein Lächeln, seinen Hintern und seinen Schwanz nach, während ich ein paar

Kilometer auf dem Trainingsrad absolvierte? Ich musste schneller in die Pedale treten. Schweiß lief mir in die Augen, meine Oberschenkel beschwerten sich, aber ich erhöhte die Geschwindigkeit und die Steigung.

„Du weißt, dass wenn das Rad sich je löst, dein fahler Hintern in Mammoth sein wird, bevor du anhalten kannst?"

Ich warf Colorado einen finsteren Blick zu, der an der Wand des Trainingsraums lehnte und irgendeinen roten Guaven-Drink nippte. Er trug nur eine kurze Hose und Flip-Flops mit großen lila Blumen aus Gummi. Und natürlich Tattoos. Die meisten zeigten brennende Schädel oder brennende Gitarren oder brennende Schweine. Sein neuestes prangte auf seinem Brustmuskel und zeigte diesen dämlichen Emu komplett mit Bowler.

„Mein fahler Hintern kommt zurecht." Ich wurde langsamer, behielt aber die Steigung bei. Er machte um seinen Strohhalm herum ein Geräusch, warf seine langen dunklen Haare aus seinem Gesicht und blieb weiter stehen und schaute. Nach einem weiteren Kilometer musste ich fragen. „Gibt es etwas, das du von mir brauchst?"

„Ja, nun, irgendwie." Er flip-floppte zu mir und kletterte auf das unbesetzte Rad neben mir. Ich verdrehte die Augen. Das war es nicht, was ich heute Morgen wollte. War ihm nicht klar, dass ich meinen

Körper und Geist reinigen musste, bevor der Rest des Teams auftauchte? „Mann, ich hasse Räder. Sie quetschen meine Eier."

Ich nahm das Handtuch, das über dem Lenker hing, um mein Gesicht zu trocknen. „Dann solltest du dir vielleicht etwas anderes suchen. Das Laufband, ganz weit da drüben?" Ich ruckte mit meinem nassen Kopf in Richtung der anderen Seite des Raums.

„Nein, das hier passt. Ich werde die Jungs einfach richtig hinschieben." Was er mit seiner freien Hand machte. „Also, was dich und Tate betrifft …"

Mein Fuß glitt vom Pedal. Ich warf ihm einen weiteren finsteren Blick zu. Er wackelte mit einer dunklen Braue, während er weiter unschuldig an dem gelben Strohhalm saugte.

„Sei kein Idiot. Da ist nichts zwischen Tate und mir."

„Stimmt, weil du hetero bist und er nicht diese verdammt sexy Bestie ist. Komm schon, Iceman, spuck es aus."

Ich blinzelte ihn wegen seiner verwirrenden Worte an und weil das Salz meines Schweißes in meinen Augen brannte. „Ich will nicht spucken."

„Nein, du Arschloch. Spuck es aus. Wie, den Tratsch, du weißt, was Tratsch ist, oder?" Er machte eine rüde Geste mit seinem Strohhalm, ein schlürfender Laut, der meine bereits zerrütteten Nerven belastete.

„Natürlich weiß ich, was Tratsch ist. Ich lebe und spiele in diesem Land seit über dreizehn Jahren. Mein Verständnis für eure chaotische Sprache ist wahrscheinlich besser als deines."

„Du wusstest nicht, was etwas ausspucken bedeutet, ich meine ja nur." Er zuckte mit den Schultern, schlürfte und richtete dann seinen Blick auf mich. „Wie dem auch sei, du und Tate, ihr habt einen Vibe. Ich sehe das seit der Party zum Ende der Vorsaison vor einem Monat."

Ich hörte komplett auf zu treten. „Du hast nichts gesehen. Es gibt nichts zu sehen. Er ist mein Teamkollege. Ich bin sein Kapitän. Mit ihm etwas anzufangen wäre unprofessionell."

„Kumpel, ernsthaft? Unprofessionell?"

„Ja, unprofessionell. Die Leute würden sagen, dass er einen unfairen Vorteil hatte, dass ich ihn verhätschelt und ihn bevorzugt behandelt habe. Außerdem bin ich nicht schwul."

„Oh, so ist das also? Versteckst du es, weil du Russe bist? Ich würde es verstehen, wenn dem so ist. Du musst an die Familie zu Hause denken und all das …"

„Nein, es liegt nicht daran, dass ich Russe bin. Ich … es gibt nichts zu verstecken, weil ich nicht … Warum schaust du mich so an?" Ich glitt von dem Rad, meine Beine waren wackelig und ich taumelte in Richtung Tür.

„Hey, Icey Cool, komm schon, zeig mir nicht die kalte Schulter." Er lachte heulend über seinen Kommentar. Ich knurrte. Penn tauchte neben mir auf, grinste wie ein betrunkener Dodo. „Kumpel, Ice, Cap, komm schon. Im Ernst, ich versuche nur, dich dazu zu bringen zu sehen, was wir *alle* sehen."

Ich wirbelte zu unserem Goalie herum, mir juckte es in den Fingern, ihn gegen die nächste Wand zu schubsen und etwas Vernunft in seinen Schädel zu prügeln. „Du hast zu viel an der Titte von Rock and Roll gesaugt!"

„Oh mein Gott, das ist so ein cooler Songtitel. An der Titte von Rock and Roll gesaugt! Kumpel! Du bist ein verdammtes Genie!" Er warf sein Getränk über seine Schulter, packte mein Gesicht mit beiden Händen und küsste mich auf den Mund.

Ich stotterte und rieb mir den Geschmack von Guave von den Lippen. Penn raste aus dem Raum, brüllte, dass er auf der Stelle ein Klavier brauchte. Ich schaute mich um und sah Alex, Ryker, Henry und natürlich Tate mit offenen Mündern in der Tür stehen.

„Ich habe nicht … er hat mich für … einen Songtitel geküsst. Ich bin nicht schwul."

Vier Köpfe nickten langsam.

„Absolut."

„Ja."

„Habe nie etwas anderes gedacht."

Tate sagte nichts, marschierte dann mit steifem Rücken davon.

Ich warf den jungen Spielern, die mich anstarrten, eine Reihe russischer Flüche hin, folgte dann Tate. Verdammt sei dieser verfluchte Colorado Penn mit seinen losen Lippen. Ich joggte, um den schlankeren, schnelleren und jüngeren Mann einzuholen. Er kam abrupt zum Stehen, als ich seine Schulter berührte. Ich trat um ihn herum, von Angesicht zu Angesicht, um seinen Weg zur Umkleide zu blockieren.

„Ich gehe in der Regel nicht herum und küsse Männer", erklärte ich ihm, meine Stimme war leise und zielte auf Geheimhaltung ab.

„Du hast mich geküsst, aber Hey, das war vor einem Monat und dann, als ich dich geküsst hatte, hieß es verpiss dich, Tate! Darum habe ich mich verpisst."

„Ich habe dir nie gesagt, dass du dich verpissen sollst. Ich habe nur …" Ich schaute den Flur entlang. Hier waren viel zu viele Leute. „Das ist hier nicht der richtige Ort. Komm zu mir nach Hause. Zum Abendessen. Dann können wir reden."

Er plusterte sich ein wenig auf. „Du bist auf dem Eis mein Kapitän, aber nicht abseits davon. Wenn du möchtest, dass ich zu dir komme, dann bitte mich nett darum, wie ein Freund, der seine Zunge ein paar Mal in meinem Mund hatte."

Dieser Mann. Es gab nicht einen meiner Knöpfe,

den er nicht drückte, wiederholt, jeden verdammten Tag. Ihm so nahe zu sein, raubte mir meine Sinne.

„Na schön", quetschte ich durch zusammengebissene Zähne hervor. „Würdest du zu mir zum Abendessen kommen? Zum Abendessen. Zu mir. Fick dich."

Der Bastard besaß die Frechheit zu lächeln, nur ein wenig. „Ich werde um sieben da sein. Fick dich." Und weg war er, huschte um mich herum, den Flur hinunter zurück zu seinen Freunden. Mit dem verschwitzten Handtuch in der Hand stand ich da und sah wie ein absoluter Vollidiot aus.

„*Bolvan*", murmelte ich, bezeichnete mich selbst als Vollidioten in einer zweiten Sprache, um es ganz klar zu machen.

Eli warf mir eine stinkende Socke an den Kopf. Das brach den Zauber von Tate, seinem Lächeln und seinem Hintern in dieser kurzen Hose. Wir würden heute Abend reden. Alles würde geklärt werden und dann konnte mein Leben wieder so werden, wie es gewesen war, bevor Tate Collins wie ein Taifun hindurchgewirbelt war.

MEIN ERSTER FEHLER, von denen ich in den letzten zwei Monaten eine Menge gemacht hatte, war, dumm genug zu sein zu denken, dass Tate in meinem Haus zu haben die Anziehung unterdrücken würde, die wir füreinander empfanden. Er passte gut in meine

Wohnung, sah viel zu gut aus, wie er durch mein Wohnzimmer ging. Seine dunklen Augen wurden groß, als er Frank entdeckte.

„Redet er?", fragte Tate, während er sich dem großen Käfig in der Ecke näherte. Seine Jeans und sein Tanktop waren gut geschnitten, entblößten seine Arme und den Großteil seiner Schultern und seines Halses. Ich liebte einen langen Hals bei einem Mann.

„Ublyudok!", schrie Frank, klickte mit seinem Schnabel in Richtung des Fremden, der ihn anstarrte.

Tates strahlend brauner Blick wanderte von dem Ara zu mir. „Wie cool! Er spricht Russisch. Was hat er gerade gesagt? Hallo, oder etwas in der Art?"

„Bastard", antwortete ich. Tate lachte lauthals. Ein Klang, der sich in meiner sonst stillen Wohnung warm und schön anfühlte. „Bitte steck nicht den Finger in den Käfig. Er beißt. Das ist ein Problem, das sein Vorbesitzer mit ihm hatte und ich habe es noch nicht in Ordnung gebracht. Wir arbeiten daran."

„Verstanden." Er schob seine Hände in seine vorderen Taschen, stand aber weiter da und bewunderte den Vogel.

Der Alarm in der Küche ging los.

„Ich muss unser Abendessen aus dem Ofen holen. Bitte, setz dich und mach es dir bequem. Magst du ein Glas Weißwein?"

„Mir reicht ein Bier oder … nein, ähm, nur etwas Wasser mit Zitrone."

„Ja, natürlich. Setz dich."

Ich eilte in die Küche, um die Knoblauchkartoffeln mit Huhn, die ich zubereitet hatte, aus dem Ofen zu holen. Mit einem großen Salat war es das perfekte Abendessen für zwei Athleten, die sich unterhalten wollten. Ich stellte das Huhn auf einen Untersetzer, ging dann zum Kühlschrank, wo der Salat wartete.

„Du magst also Taylor Swift?" Ich schaute aus meinem Kühlschrank heraus und entdeckte Tate in der Küche. Hörte er nie zu, wenn ihm etwas gesagt wurde? „Du besitzt jede CD, die sie je gemacht hat? Oder hast du ihr Weihnachtskonzert im Kindergarten nicht?"

„Schnüffeln ist nicht schön", murmelte ich, während ich die große Schüssel Salat aus dem Kühlschrank zog. Er lachte. „Meine Liebe für Taylor ist privat."

„Ja, nun, wenn du versuchst, etwas zu verbergen, solltest du vielleicht nicht so offensichtlich sein."

Ich wusste, dass er das in Bezug auf all die CDs und Vinyl-Platten meinte, die auf einem langen Brett in meinem Buchregal aufgereiht waren. Oder zumindest dachte ich, dass er es so meinte. Eine große kalte Glasschüssel in den Händen haltend, die mit Romana-Salat, Eisbergsalat, Rettichscheiben, Karotten und winzigen Stücken schwarzer Olive gefüllt war, starrte ich ihn offen an, war nicht in der Lage, eine vernünftige Antwort zu formulieren. Was mein Standard war, wenn Tate sich in der Nähe befand.

„Er hat mich geküsst", sagte ich aus irgendeinem bizarren Grund. Es war wichtig, dass er wusste, dass ich nichts initiiert hatte, so wie es bei uns gewesen war. „Für einen Song über Titten." Er hob eine Braue. „Es war … du hättest dabei sein müssen, um es zu verstehen. Du … Diese Sache zwischen uns, diese Anziehung … das bringt mich durcheinander. Macht mich wackelig. Ich denke, dass wir unseren Gelüsten nicht mehr nachgehen sollten, bis die Saison vorbei ist."

„Uh-huh. Willst du das wirklich?" Er kam zu mir, nahm den Salat, stellte ihn auf die Kücheninsel und pflanzte sich dann direkt vor mich. „Ich werde dich nicht unter Druck setzen. Ich habe genügend Mist an der Backe und muss nicht unbedingt ‚ich date meinen Teamkapitän' hinzufügen."

Seine Augen waren reizend. Dichte, geschwungene Wimpern und Augen, die braun waren, mit goldenen Flecken, wie diese kleinen russischen Schokoladen-Karamell-Bonbons, die ich immer allen mit zurück in die Staaten bringen musste.

„Du solltest im Wohnzimmer sein."

„Es ist schwer, im Wohnzimmer zu essen, wenn das Essen hier ist."

„Ich habe Fleisch."

„Ja, das ist mir aufgefallen."

Ich sprang ihn an, im selben Moment, als er auf mich zukam. Ich packte seinen Kopf mit meinen Händen, legte meinen Mund auf seinen und tauchte ein wie ein verhungernder Mann. Das war ich wirklich gewesen. Es waren ungefähr fünf Wochen vergangen, seit wir uns auf der Party geküsst hatten. Ein ganzes Leben, sicherlich. Er klammerte sich an meine Hüften, zog wie irre, damit unsere Schwänze sich berührten. Als sie aneinander rieben, keuchte er. Ich inhalierte seinen Atem, genoss ihn und wanderte dann von seinen Lippen zu seinem Hals. Ein kehliges Stöhnen blubberte aus ihm heraus. Ich drehte seinen Kopf hin und her, leckte über seinen Adamsapfel, seine frischen Stoppeln waren rau auf meiner Zunge. Ich knabberte an einem Ohr, zupfte an dem Ohrläppchen und spürte, wie er in meine Arme schmolz.

„Verdammt, ja", keuchte er, als ich seine Hände einfing und sie über seinen Kopf hob. Dann war er gegen den offenen Kühlschrank gedrückt, die kalte Luft in seinem Rücken, sein Kopf am Gefrierfach, das immer noch geschlossen war. Ich leckte erneut in seinen Mund, verlangte eine heißere Reaktion, die er mir gab.

„Bleib so, die Arme oben, beweg dich nicht", schnaufte ich neben seinem Ohr. Er grunzte, rieb sein Gemächt an meinem. Ich stand bereits kurz davor, darum bewegte ich mich weg, ging auf die Knie, um den Schwanz zu befreien, über dessen Geschmack ich gefühlt Jahre fantasiert hatte.

„Fuck, oh, verdammt, ja", keuchte Tate, als ich ihn in die Hand nahm und am Schlitz seines Schwanzes leckte. Ein Liebestropfen erschien. Ich leckte ihn ab, strich mit meinem Fingernagel über die Unterseite seines Schaftes, lächelte breit, als er meinen Namen wimmerte. „Scheiße, ich ..." Ich hörte, wie seine Finger über die Oberseite des Kühlschranks kratzten, während er sich bemühte, so zu bleiben, wie ich ihn hingestellt hatte. „Verdammt, nur ... ah, Scheiße."

„Jetzt gehörst du mir, Süßer."

„Sag das auf Russisch. Nenn mich Zucker auf Russisch."

Ich leckte an seiner Eichel, beobachtete sein Gesicht, als Leidenschaft ihn überwältigte. Himmel ja, er war wunderschön und er gehörte mir. Vielleicht nur für diese halbe Stunde oder vielleicht für eine Nacht, weil dies wohl das Unprofessionellste war, was ich je gemacht hatte.

Ich flüsterte, was er hören wollte, bevor ich seinen fetten Schwanz ganz schluckte. Er schrie auf. Frank antwortete mit einem harschen Schimpfwort, das Tate zum Glück nicht verstehen konnte. Der Mann löste sich auf. Er war laut, aber gehorsam. Er bewegte seine Hüften, um seinen Schwanz in meinen Mund zu pumpen, während er sich an die Tür des Gefrierfachs klammerte und meinen Mund schamlos fickte. Ich trieb ihn an, saugte härter, wenn er etwas machte, das mir gefiel, ließ nach, wenn nicht. Der erste Spritzer

Wichse, der meine Zunge traf, ließ meine Eier sich zusammenzuziehen, aber ich beherrschte mich. Ich wollte, dass er es mir besorgte, mit einer Hand, hier in der Küche.

Sein Geschmack füllte meinen Mund. Ich schluckte jeden Spritzer, stand dann auf. Seine Augen waren schwarz vor Lust. Ich bedeckte seinen Mund mit meinem, schmierte seinen Geschmack über seine Zunge. Er bockte noch einen Moment länger, verloren in den letzten Zuckungen seines Orgasmus. Dann nahm ich eine seiner Hände mit einem keuchenden Atemzug und presste sie an mein Gemächt.

„Benutz deine Hand", sagte ich über seinen vom Küssen geschwollenen Lippen. Er nickte, sein Blick war benebelt und sinnlich. Ich küsste ihn immer und immer wieder. Er befreite meinen Schwanz. Ich biss auf seine Unterlippe, zärtlich, und er stöhnte. Ich wölbte mich in seine Handfläche, als seine Hand mich umfasste. Er zupfte mit ruckartigen Bewegungen, seine Finger spielten mit meiner Vorhaut, als wäre das neu für ihn. „Warst du noch nie mit einem Mann zusammen, der nicht beschnitten ist?"

„Ich … nein … nicht nur … ähm, es gab auf dem College ein paar Typen, Handjobs, alle beschnitten. Ich … verdammt, das ist sexy."

„Du bist sexy. Zu sexy für meinen Verstand."

„Auch zu sexy für dein Shirt?", fragte er mit einem leisen Lachen.

„Dein Shirt *ist* sexy."

„Oh mein Gott, Drax, hör nie auf, so du zu sein."

Seine Handfläche rollte über meine Eichel und ich verlor meinen gedanklichen Faden. Für einen Mann, der wenig Erfahrung mit anderen Männern hatte, bearbeitete er mich definitiv mit Können. Oder vielleicht lag es nur daran, dass es Tate war, der sich in meinen Armen wand, mir einen runterholte, dabei die Knutschflecke trug, die ich ihm gegeben hatte. Als ich die dunklen Markierungen sah, senkte ich meinen Kopf, um ihm weitere zu verpassen, während er mich auf den Höhepunkt zutrieb. Als ich kam, sanken meine Zähne in seinen Hals. Er verteilte meine Wichse überall auf mir, flüsterte, dass ich härter saugen, ihn markieren sollte. Also tat ich es. Ich saugte härter. Als ich wieder normal atmen konnte, kehrte ich von seinem gefleckten Hals zurück zu seinem Mund. Unsere Küsse waren jetzt sanfter, weil das Feuer ein wenig heruntergebrannt war.

„So hätte das nicht laufen sollen", gestand ich, knabberte dabei an seinem Mundwinkel.

„Ja, das dachte ich mir." Er zog seine Hand aus meiner Hose. Ich stöhnte bei dem Verlust. Dann richtete er sich ein wenig auf, um meinen Mund einzufangen. „Mein Hintern ist kalt, aber ich möchte nicht aufhören, dich zu küssen."

„Ja, ich …" Ich trat zurück, mochte die kalte Luft nicht, die zwischen uns blies. „Ich auch nicht, aber …" Ich schaute ihn an, sein gerötetes Gesicht, seine braunen Augen voller Befriedigung und Wärme, sein Arm immer noch gehorsam über seinem Kopf, seine Kleidung nach oben geschoben und verdreht und in diesem Moment wusste ich, dass ich niemals in der Lage sein würde, einfach nur wieder sein Teamkollege zu sein. „Ja, wir sollten ... du solltest dir die Hände waschen."

„Sag mir, dass ich mich bewegen kann", flüsterte er. „Gib mir die Erlaubnis."

Oh. Fuck. Er hatte das viel zu schnell herausgefunden.

„Geh dich waschen, dann reden wir." Ich strich mit meinem Daumen über seine Unterlippe und spürte, wie er zitterte. Ich stahl mir einen letzten Kuss, bevor ich zur Seite trat, damit er Platz hatte, sich zurechtzumachen. Ich schob meinen Schwanz zurück und schloss den Reißverschluss, mein Blick blieb auf Tate gerichtet, während er dasselbe machte.

„Bad?", fragte er, seine Stimme war weich und bittend. Wie hatte er mich so schnell lesen können? Und warum war ich jetzt nicht mehr in der Lage, mir ein Morgen vorzustellen, das nicht in seinen Geschmack auf meiner Zunge gewickelt war und dem subtilen Neigen seines Kopfes, als wir mit dieser neuen Dynamik spielten?

„Neben der Eingangstür gibt es ein Gästebad. Geh dich waschen." Ich schloss die Tür des Kühlschranks. Farbe erleuchtete seine Wangen. „Komm zurück und dann essen und reden wir." Er nickte und er schien unfähig oder unsicher zu sein, was er sagen sollte oder wie. Ich lächelte ihn an. „Geh dich waschen. Wir werden das schon irgendwie hinbekommen. Geh jetzt, Tate."

Er schlurfte davon, sein Gang war ein wenig unsicher. Genau wie meine Gedanken, zur Hölle, meine ganze Welt es jetzt waren.

SIEBEN

Tate

Das Gästebad hatte einen Spiegel über dem Waschbecken und während ich mir die Hände wusch, starrte ich mein Spiegelbild an und fragte mich, warum ich nicht anders aussah. Sicherlich hätte mich das, was ich gerade getan hatte, die Verbindung, die Lust, auch äußerlich verändern müssen. Ich konnte die Zeichen von Vlads Berührung an mir sehen, dunkle Flecken neben meiner Kehle, meine Haare standen in alle Richtungen ab und meine Haut war gerötet von seinen Stoppeln, aber es war nicht mein Aussehen, das mir das Gefühl gab, als wäre meine Welt auf den Kopf gestellt worden.

Ich fühlte mich immer noch unsicher auf meinen Füßen.

Die Art wie er mir gesagt hatte, dass ich meine Hände dort lassen sollte, wo sie waren, die Härte des Kühlschranks hinter mir, Vlad auf seinen Knien, wie er mich einsaugte, dann seine Hitze, die sich über meine Hand ergoss. Es war eine sensorische Überladung und ich umklammerte das Waschbecken. Ich hatte noch nie einen so intensiven Orgasmus erlebt, noch nie hatte jemand so mit mir gesprochen.

Der perfekte Tate Collins, mit seinen Manieren und seinem sauberen All-American-Aussehen, blütenrein, nett zu jedem? Das war nicht die Person, die ich gerade in mir spürte. Innerlich bestand ich aus Lust und Begehren und war wund vor Emotionen.

„Geht es dir gut?", fragte Vlad leise hinter der Tür. Ich wusste nicht einmal, wie lang ich mich selbst auf der Suche nach Unterschieden angestarrt hatte, aber das Wasser lief noch und der Spiegel beschlug. Es war, als ob der alte Tate von Nebel bedeckt wurde und vielleicht war dieser neue Tate, der von Lacey und ihrem Mist befleckt war, jetzt frei zu tun, was er wollte. Er konnte immer noch der Mann sein, der er innerlich war, fürsorglich, ein guter Freund, höflich zu allen, der für Wohltätigkeitsorganisationen arbeitete, gutes Hockey spielte, aber vielleicht konnte er seine andere Seite jetzt freilassen.

Wenn Vlad das wieder machen wollte.

„Tate?", murmelte Vlad und ich hörte ein Geräusch, als würde er seine Stirn an die Tür lehnen. Ich verbockte es, indem ich hier drin blieb wie ein Feigling, wo ich doch *da draußen* sein wollte, bei Vlad, ihn besser kennenlernen, küssen, es vielleicht weitertreiben wollte, vielleicht …

Hör auf zu denken und komm endlich aus dem Bad.

Ich öffnete die Tür vorsichtig, für den Fall, dass Vlad daran lehnte, aber er war zurückgetreten und lehnte jetzt an der gegenüberliegenden Wand.

„Ich kann dich nach Hause bringen", sagte er, seine Hände hatte er in seinen Taschen, bewegte sich keinen Zentimeter und ich sah sofort, was mein Zögern im Bad verursacht hatte. Zweifel. So viele Zweifel. Er dachte wahrscheinlich, dass ich bedauerte, was wir getan hatten.

„Nein, ich-"

„Als dein Kapitän kann ich dir sagen, was du auf dem Eis tun sollst, aber hier drin, wenn wir unter uns sind, würde ich dich bitten, dass du den Leuten nicht von mir erzählst … Ich habe eine Familie, an die ich denken muss und ich weiß, dass du ein guter Mann bist, aber-"

Ich warf mich auf ihn, schnitt seine Worte mit einem schlampigen, unkoordinierten Kuss ab und kletterte beinahe auf ihn wie auf einen verdammten Baum. Er packte mich und hielt mich fest, als wir an der Wand nach unten glitten und ich rittlings auf seinem Schoß saß. Er war schockiert, seine Augen geweitet und wir starrten einander für eine ganze Weile an.

„Ich würde niemals jemandem erzählen-"

„Es tut mir leid, wenn ich-"

Wir redeten gleichzeitig und wegen meines höflichen Gens lächelte ich. „Du zuerst."

„Es tut mir leid, wenn ich angedeutet habe, dass du jemals-"

Ich küsste ihn erneut. „Keine Entschuldigungen, aber vielleicht möchtest du das hier ins Schlafzimmer verlegen?"

Er schob mich von sich herunter, fing mich, bevor ich fallen konnte, und zog mich dann an der Küche vorbei.

Wir waren schon beinahe im Schlafzimmer und ich stand kurz davor, alles zu erleben, was ich mir erträumt hatte, als sein Handy einen grauenvollen Alarmton von sich gab und er stoppte.

„Colorado *Ublyudok*!"

Frank ahmte ihn auf der Stelle nach. Obwohl ich nicht wusste, warum Colorados Name dabei war.

Er ließ mich los und zog sein Handy heraus, nahm den Anruf an und entließ dann einen Strom aus Obszönitäten in einer Mischung aus Russisch und Amerikanisch. Ich hörte, wie jemand zurückschrie.

„Was!" Er klang ungläubig. „Nein, ich bin nicht – *Ublyudok*! Dreißig Minuten und beweg dich ja nicht von der Stelle, du dämliches Arschloch, *kusok der'ma*."

Er knallte das Handy auf den kleinen Tisch im Flur, neigte seinen Kopf und ich konnte die Anspannung in jedem seiner harten Muskeln sehen, seine Hände waren zu Fäusten geballt, als wollte er jemanden so fest schlagen, dass die Person durch das Plexiglas im Stadion flog. Seine Reaktion machte mir keine Angst, weil es ihm immer um Kontrolle ging, aber hin und wieder, wenn es um die Raptors ging, erhaschte ich Blicke auf ein wunderbares russisches Temperament. Das hier war aber etwas anderes.

„Was ist passiert?", fragte ich und machte einen Schritt auf ihn zu, fragte mich, ob wir schon so weit waren, dass ich seinen Arm berühren konnte, um ihn zu beruhigen.

„Du willst es nicht wissen", quetschte er hervor. „Verdammter Colorado! Er wird mich noch umbringen."

Wir alle wussten, dass Colorado ein offenes Stromkabel war oder eine tickende Zeitbombe oder irgendeine Kombination dieser Worte, die jemanden beschrieb, der nur begrenzte Selbstkontrolle besaß, aber ich war mir nicht sicher, ob ich Vlad je so hatte fluchen hören. Er war der Kapitän, der sich auf ruhige, professionelle Art und Weise mit den Schiedsrichtern auseinandersetzte, derjenige, der jedem Teammitglied den Rücken stärkte, aber was auch immer Colorado getan hatte, war eindeutig weit hinter den Grenzen von schlimm.

„Was hat er gemacht?"

Er seufzte, drehte sich dann zu mir um. „Er hat sich in seinem Haus verbarrikadiert, mit diesem verdammten Emu und weigert sich, herauszukommen."

„Woher weißt du das? Warum hat er dich angerufen?"

„Weil der Tierschutz vor seinem Haus steht, er hat

einhundert Gesetze gebrochen und jetzt rufen sie die Polizei und er ruft mich jedes einzelne verdammte Mal an, wenn er Mist baut. So oft, dass ich sogar einen Klingelton nur für ihn habe."

„Ich komme mit."

Wut flammte in seinen Augen auf. „Wie wird das aussehen? Willst du, dass Colorado uns zusammen sieht, mit meinen Markierungen an deinem Hals?"

Ich bedeckte instinktiv die Stelle, wo ich den Knutschfleck gesehen hatte, und die Wut verließ ihn so schnell, wie sie aufgetaucht war. Er zog mich in seine Arme und hielt mich fest.

„Es tut mir leid, *dorogoy*."

„Was heißt das?"

Er schaute an mir vorbei zur Tür. „Ich muss mich um das hier kümmern, das Management anrufen, es zu weniger machen, als es ist, bevor er alles zerstört."

„Ich verstehe."

„Du solltest nach Hause gehen."

„Ich kann hierbleiben." *Auf dich warten, bis du zurückkommst.*

„Geh nach Hause, wir haben morgen einen Flug nach Calgary", sagte er und ich stellte mir vor, dass er tröstend klingen wollte, aber seine Gedanken waren woanders. Er benutzte seine Kapitän-Stimme und ich diskutierte nicht. Dann umfasste er mein Gesicht und küsste mich zärtlich. „Es tut mir leid, *dorogoy*. So leid."

. . .

ALS ICH NACH HAUSE KAM, wusste ich nicht, was ich in dem riesigen Haus machen sollte. Ich duschte, machte mir ein Omelett, nachdem mein Magen mich daran erinnert hatte, dass ich noch nichts gegessen hatte, und dann wanderte ich ziellos durch leere Zimmer. Grundstücke waren in Tucson billiger, als sie es in Dallas gewesen waren, aber ich hatte auch ein Apartment in Downtown Dallas in der Nähe des Kunstviertels als Investition gekauft und dort war es natürlich absolut teuer. Dieses Haus war gemietet. Mir gehörte nicht ein kleiner Teil davon und es war zu groß für mich. Ich wollte etwas, das eher wie die Wohnung von Vlad war, offenes Konzept mit Aussicht, eine Küche, in der man Essen zubereiten konnte, während Freunde an der Arbeitsplatte lehnten. Zu mieten war Verschwendung, aber ich hatte all dieses Geld, das nur herumlag, Investments, über die ich die Kontrolle hatte, einige Grundstücke, ein paar davon eher spekulativ und ich verdiente mehr als Vlad, mehr als alle anderen bei den Raptors. Sie hatten einen hohen Preis bezahlt, damit ich hierhergekommen war und unser erstes Auswärtsspiel würde ihnen zeigen, ob ich es wert war. Nur dass wir gegen ein Calgary-Team antraten, das immer noch heiß war vom Cup letztes Jahr.

Von dort aus ging es weiter nach Vancouver, dann den ganzen Weg zurück nach Toronto. Acht Tage weg von Tucson, der kanadische Ausflug kam früh in der Saison und würde für das Team ein Weckruf sein.

Ich packte meine Tasche effizient, stellte sie an die Tür, rollte meine Schultern, nahm dann mein Handy mit ins Bett. Es war ein kalter Trost, wenn man bedachte, dass ich Sex mit einem heißen Russen hätte haben können, aber ich suchte auf Twitter und es dauerte nicht lang, bis ich die erste Erwähnung von Colorado fand.

„Hockeyspieler hält exotischen Emu als Geisel" las ich laut vor und folgte Links, die mir sagten, dass der Tierschutz, unterstützt von Tucsons Gesetzeshütern, den Emu von einem sehr traurig dreinschauenden Colorado gerettet hatte. So wie die Szene erhellt war, war klar, dass Licht von oben kam, wahrscheinlich ein Helikopter? Als der Emu weggeführt wurde, wechselte ich zum örtlichen Fernsehkanal.

Colorado stand an seiner Tür, diskutierte ausführlich mit einem Polizisten und dann sah ich Vlad, nun, ich sah seine Hand, als Colorado zurück in sein Haus gerissen wurde. Die Polizei ging ebenfalls hinein und der Clip endete, obwohl sowohl Colorado als auch Kricker auf Twitter trendeten, als ich einschlief.

Es blieb bis zum nächsten Morgen in den Nachrichten. Viele Regularien wurden erwähnt, bei denen es um verbotene wilde Tiere ging und es schien keine Rolle zu spielen, dass Colorados Aussage, dass er den Vogel vor einem Drogendealer gerettet hatte, glaubwürdig klang. Vor allem, weil das Wort Drogendealer in der Nähe seines Namens und des

Teams erschien und auch, weil er mit seinen langen Haaren und seinen Tattoos und seinem schlanken Körper als der Bösewicht in einer Polizei-Serie durchgehen konnte. Sie interviewten das Management in den Frühstücksnachrichten und dann Vlad, und er hatte eine steinerne Miene, war aber ruhig, fest, dennoch ernst, während er erklärte, dass dies alles nichts als ein großes Missverständnis war.

Als ich bereit war, zu dem kleinen Privatflughafen zu fahren, von dem aus wir losflogen, war die ganze Sache zu einem Witz geworden, mit zehn neuen Memes in der letzten Stunde. Nur dachte ich nicht, dass es *wirklich* vorbei war, denn als ich am Flying Diamond Airport eintraf, war Colorado nirgendwo zu sehen und unser Ersatz-Goalie, Andre, war an Bord. Alle waren um ihn versammelt und unterhielten sich über den Vorfall.

„Er ist raus aus dem Team, ganz sicher."

„Erzähl mir noch einmal von der Sache mit der nackten-"

„War der Emu nackt?"

„Nicht der Emu, du Idiot, alle Emus sind nackt, ich meine die Frauen-"

„Ich wette, das Management ist angepisst-"

„Aber wenn wir ihn verlieren-"

„Warum hat er nicht gewusst, dass -?"

Alle verstummten und ich schaute über meine Schulter und sah, dass Vlad angekommen war, und hinter ihm kam ein zerknirschter Colorado. Nun, so zerknirscht, wie ein grinsender Colorado sein konnte.

„Auf diesem Flug wird nicht über Emus gesprochen", befahl Vlad.

Wir alle nickten und hinter seinem Rücken biss Colorado sich auf die Lippe. Er nahm den Vorfall, über den nicht gesprochen werden durfte, nicht ernst, aber ich bezweifelte, dass es irgendetwas gab, das ihn dazu bringen konnte, die Dinge wirklich ernst zu nehmen. Musik, Sex und Hockey, das war sein Leben und ich wusste nicht, wie er überhaupt noch am Leben war. Ich wusste, dass seine Drogentests immer sauber waren und dass er nüchtern war, aber wenn man nur für Hockey, Musik und Sex lebte, welche Art Zukunft hatte man dann?

Vlad schaute sich in der Kabine um und unsere Blicke trafen sich für eine Millisekunde, nicht annähernd lang genug, um ihm ein aufmunterndes Lächeln zu zeigen oder irgendetwas zu tun, damit er sich besser fühlte.

„Setz dich!", befahl er Colorado und deutete auf den Platz neben sich.

„Iceman, zur Hölle, nein. Ich muss auf meinen Glückssitz."

Vlad richtete sich über ihm auf und schubste ihn dann nicht allzu sanft auf den Sitz, bevor er sich auf den daneben setzte. „Du brauchst kein Glück, wenn du nicht spielst", schnappte er. Ich war mir nicht sicher, ob er wollte, dass das gesamte Flugzeug ihn hörte, aber das taten wir.

Wir würden wirklich mit Andre im Tor gegen Calgary antreten, der nach Hockey-Goalie-Maßstäben gerade erst aus den Windeln war, wenn wir Colorado haben und vielleicht einen Sieg herausleiern hätten können?

„Wir sind am Arsch", stöhnte Andre leise, aber Ryker stieß ihn mit dem Ellbogen an.

„Kumpel, wir schaffen das", versicherte er ihm.

WIR SCHAFFTEN das so was von gar nicht.

Vier Gegentore und wir hatten gekämpft, aber ihr Goalie war besser als unserer und das war nur das erste Drittel. Als die Sirene nach diesen ersten zwanzig Minuten erklang, war ich noch nie so erleichtert gewesen. Der JAR-Block hatte sich bemüht, mein Block hatte sich bemüht und unsere dritten und vierten Blocks hatten hart gekämpft, aber wir konnten nichts an dem großen Tschechen im Netz von Calgary vorbeibekommen und Vlads Verteidigerpaar war so viel auf dem Eis, dass er erschöpft war. Als wir in die Umkleide zurückkehrten, waren wir niedergeschlagen, spulten nur das Programm ab und machten unserem Namen, das schlechteste Team der ganzen verdammten Liga zu sein, alle Ehre.

Colorado war in voller Montur, unser Ersatz, auf

der Bank und ich dachte wirklich, dass er trotz des Vorfalls mit dem Emu ins Tor gestellt werden würde. Ich glaubte, dass er das auch erwartete.

Coach Carmichael tigerte um das Logo in der Mitte der Umkleide herum, mit schmalen Lippen und voller Anspannung.

„Na gut", fing er an und wechselte einen Blick mit Assistant Coach Anderson, die an der Wand lehnte und nickte, bevor er weiterredete. „Ich habe da draußen tatsächlich ganz gute Arbeit gesehen."

Ich konnte die Überraschung im Raum spüren. Neben mir schnaubte Alex.

„Andre hat vier Tore durchgelassen", fuhr er fort und ich hatte verdammtes Mitleid mit dem Jungen, der erschöpft aussah. „Das erste, ja, das war seine Schuld, er war zu weit von seinem Netz entfernt und das weiß er." Er schaute zu Andre.

„Ja, Coach." Andre klang gebrochen, als ob das alles zu viel für ihn wäre.

„Tor zwei, was zur Hölle hast du so weit hinten überhaupt gemacht, Alex?"

Alex blinzelte Coach an. „Ich war-"

„Tor drei, Vlad, Eli, ihr wart so dicht, dass Andre nichts sehen konnte. Warum?"

Vlad versteifte sich. „Bei allem Respekt-"

„Und vier, nun, unser Penalty Kill Team, was zur Hölle, Ryker? Eli? Tate? Machen wir nicht genügend Drills?"

Mittlerweile war uns allen klar geworden, dass er nicht *wirklich* Antworten von uns wollte.

„Lasst Andre seinen Job machen." Er hielt eine Tafel in die Höhe, ein kompliziertes Durcheinander aus Os und Xs, die für uns alle Sinn ergaben. „Vlad, die Verteidigung, ich möchte, dass ihr euch von ihm fernhaltet, hört auf, ihn zu blockieren, er braucht eure Hilfe dabei nicht, ich möchte, dass ihr ihre Angreifer jagt, verstanden?"

„Coach", antworteten alle Verteidiger gleichzeitig. Kapitän oder nicht, wenn Vlad es verbockt hatte, dann ließ er sich das auch gerne sagen.

„JAR-Block, Tate, dein Block, sie haben eine solide Verteidigung, die euch blockt, darum wechsle ich euch aus, werde sie absolut verwirren. Ich schicke Tate, Alex und Ryker zuerst hinaus, in den restlichen zweiundfünfzig Sekunden dieses Penalty Kills. Ich möchte Geschwindigkeit sehen, Genauigkeit und ich möchte jedes Penalty, das sie vielleicht bekommen, toter als einen Emu haben."

„Ich glaube, du meintest einen Dodo", meldete Colorado sich und zuckte zusammen, als Coach ihn finster anstarrte.

„Vlad?", hakte er nach.

Dann war Vlad an der Reihe zu reden. Ich war mir sicher, dass er etwas Inspirierendes mit so wenigen Worten sagen würde, wie er konnte. So war er. Er wusste, was er sagen musste und wann, darum war er der Kapitän und darum hörten wir alle auf ihn. Mein

Blick wanderte zum Boden und wieder hoch, als ich mich daran erinnerte, wie er mich an den Kühlschrank gedrückt hatte und ich wurde auf der Stelle hart, was in einem Tiefschutz verdammt unangenehm war.

„Wollen wir dieses Jahr am Ende der Liga beenden?"

Schweigen und dann ein leiser Chor aus Nein, inklusive mir.

„Wollen wir es in die Finals um den Stanley Cup schaffen?"

Dieses Mal kam die Bestätigung schneller, aber ich spürte Zweifel im Ton und Coach runzelte die Stirn. Dass die Raptors es bis zur Hälfte in der Tabelle schafften, wäre ein Ziel. Ich war gut, Ryker war gut, Alex, Sebastian, Colorado, wenn er nicht ein komplettes Arschloch war, wir konnten es dort hinschaffen, wir brauchten nur den Glauben.

„Wollt ihr dieses Team besiegen?"

„Zur Hölle, ja", schnappte Ryker neben mir, ein wenig lauter als alle anderen.

Vlad nickte ihm zu. „Sauber. Spielt das Spiel. Haltet die Augen offen. Bedrängt Andre nicht. Und vor allem, gebt ein paar Schüsse auf das Tor ab. Verstanden?"

Die Antwort war ein Chor aus „Ja, Kapitän!" und er war laut und nachdrücklich. Wir wussten, was wir falsch machten, und es war Zeit, da rauszugehen und Calgary zu besiegen.

Natürlich machten sie es uns nicht leicht. Wir schafften es, ihre vier Tore Vorsprung einzuholen, zwei von mir, zwei von Ryker und ein wunderschöner Slap Shot von Eli. Es stand fünf zu fünf unentschieden, wir trugen das in die Nachspielzeit, aber wir alle wussten, dass Andre im Tor nicht in seinem Element sein würde. Er bemühte sich so sehr, aber Calgary bekam dieses entscheidende Tor und gewann die zwei Punkte. Dennoch, wir bekamen einen Punkt, weil wir das Spiel auf unentschieden gesetzt hatten und ihr könnt wetten, dass dies das beste Gefühl auf der ganzen verdammten Welt war. Bei all den High Fives, die stattfanden, dachte ich, dass ich dasselbe mit Vlad tun könnte, aber er hatte eine Rede gehalten, in der er uns erklärte, dass wir rockten, bevor er sich entschuldigt und Colorado aus der Umkleide gezerrt hatte.

Wir übernachteten im Regency, das mit dem Bus zwanzig Minuten vom Stadion entfernt war und als wir auf unsere Zimmer gingen, hatten wir jedes Penalty, jedes Tor, jeden winzigen Spielzug auseinandergenommen und sogar Vlad hatte mitgemacht, obwohl er mich nicht einmal anschaute oder direkt mit mir redete.

Ich war erschöpft, high und machte mir Sorgen, dass Vlad und ich nichts weiter als einen One-Night-Stand gehabt hatten und jetzt saß ich in meinem winzigen Hotelzimmer, und Gott sei Dank war die ganze Sache mit dem Zimmer teilen aus meiner

Collegezeit vorbei. Ich duschte mich, tigerte herum, suchte nach Neuigkeiten über Emus, schaute mir die Wiederholungen des Spiels an, die langsam gezeigt wurden, checkte den Tate Collins Hashtag nach Neuigkeiten von Lacey und das war es.

Ich konnte nichts weiter tun, als ins Bett zu gehen und darüber nachzudenken, dass vielleicht, *nur vielleicht*, mit Vlad in seiner Küche herumzumachen überhaupt nicht gut gewesen war.

ACHT

Vlad

_____

Vernunft: Eine Handlung, die mit Bedacht ausgewählt wird.

So erklärt das Wörterbuch das eine Wort, auf das ich immer versucht hatte, mein Handeln zu begründen. Ich war niemand, der voreilig handelte oder sich in Dinge stürzte. Das war eher mein Bruder Dimi. Ich war der coole, der vernünftige Zwilling, der Mann, der ein Problem systematisch und voller Kontrolle anging. Wenn man die Beherrschung verlor, machte man dumme Dinge. Dinge, die dir auf eine Art und Weise schaden konnten, die du dir nicht vorstellen konntest, wenn du ein Idiot warst. Mein Bruder Dimi und der Vorfall mit dem Teich auf der Farm kamen mir in den Sinn.

Er hatte darauf bestanden, dass das Eis auf dem kleinen Teich bei der Farm, wo wir oft spielten, nach ein oder zwei kalten Nächten dick genug war. Papa hatte uns den Tag zuvor gewarnt, auf den Teich zu gehen. Und weil er stur war, fuhr Dimi hinaus, drehte sich um, schaute mich an und zeigte mir das *shish*, eine alte russische Geste mit dem Daumen zwischen dem Mittel- und Zeigefinger. Es war eine kindische Geste, die wir benutzten, wenn wir uns stritten. Gerade als er die Hand gehoben hatte, war das Eis unter ihm gebrochen. Er hatte seine neuen Schlittschuhe verloren und hatte triefend nass mit klappernden Zähnen nach Hause schleichen und Papa erklären müssen, wo seine Schlittschuhe waren. Kein vernünftiger Junge, mein Bruder.

Jetzt schien es, dass ich anfing, mich wie mein waghalsiger Bruder zu benehmen. Noch als ich den Anruf tätigte, wusste ich, dass ich unbesonnen war, aber der Drang, ihn zu sehen, war zu stark, um ignoriert zu werden.

Tate nahm nach dem fünften Klingeln ab, als ich einen Schuh zwischen die Tür und den Rahmen klemmte, damit sie sich nicht sofort schloss.

„Hey", sagte er und mein Ohr war sofort erfreut von dem Klang von Texas, der es umschmeichelte.

„Hallo. Komm in mein Zimmer. Bring dein digitales Playbook mit."

„Ich … ähm … was?"

„Komm in mein Zimmer. Bring ein digitales Playbook. Sei in zehn Minuten da. Die Tür ist offen. Bring den Schuh mit rein."

Ich legte auf, lehnte mich auf dem grauen Stuhl mit der kurzen Lehne vor dem üblichen

Hotelzimmer-Schreibtisch zurück und nahm meinen Drink. Drei Finger hoch Stoli mit einem Stück Orangenschale über zwei Eiswürfeln. Mini-Bars in Hotels waren ein Wunder. Die Heizung ging an, wirbelte die trockene Luft durcheinander. Ich nippte an meinem Wodka. Würde er kommen? Oder nicht? Ich hoffte es. Die letzten beiden Tage, in denen ich den Babysitter für einen außer Kontrolle geratenen Rockstar/Goalie gespielt hatte, hatten meine zerrütteten Nerven weiter beschädigt. Ich wollte Zeit mit Tate verbringen. Sehen, wie er mental drauf war, spüren, wie weit er bereit war zu gehen bei diesem langsamen Tanz aus Dominanz und Unterwerfung. Er würde sich meinen Wünschen beugen müssen, wenn er in mein Bett wollte. Der Himmel wusste, dass ich ihn als meinen Liebhaber begehrte, so dumm das auch war. Ein scharfes Klopfen an der Tür brachte mich zum Lächeln. Ich schaute auf die silberne Rolex an meinem Handgelenk. Sieben Minuten. Beeindruckend. Ich rief ihn herein.

Mein Puls wurde schneller. Er musste durch einen kurzen Flur, am Bad vorbei, um ins Zimmer und zum Bett zu kommen. Als er um die Ecke trat, lächelte ich ihn über meinen Drink hinweg an. Er trug eine lockere Hose und ein Tanktop mit einer Muschel darauf, seine Füße steckten in Sneakern. In seinen Händen hielt er ein iPad und meinen schwarzen Schuh. Er schaute sich kurz im Raum um, fand mich in der Ecke bei den zugezogenen Vorhängen und zeigte mir dieses Lächeln, das so süß war wie Apfelkuchen. Es ließ meinen bereits harten Schwanz schmerzen.

„Ich habe das Tablet mitgebracht, aber hast du nicht ein eigenes?" Er kam ein paar Schritte näher. Ich hob meine linke Hand, um ihn zu stoppen.

„Zieh dich aus", sagte ich, überrascht vom Timbre meiner Stimme. Seine braunen Augen flammten auf. „Zieh dich aus." Er schaute sich um, als würde er erwarten, dass Colorado oder Ryker vorsprangen und „Erwischt!", brüllten, aber außer uns war niemand hier. „Zieh. Dich. Aus."

Ich sah, wie freudige Nervosität in seinen Blick kroch. „Meinst du das ernst?"

„Ich meine es immer ernst. Ich möchte es nicht noch einmal sagen müssen. Zieh dich aus. Langsam", fügte ich hinzu, als er das Tablet und den Schuh auf den Nachttisch warf und an seinem Tanktop zerrte. „Langsam. Zieh dich für mich aus. Mach, dass ich dich will."

„Was machen wir hier, ein LGBT-Remake von *Wahre Lügen* oder was?", scherzte er nervös.

„Ich weiß nicht, wovon du sprichst."

Er verdrehte die Augen. „Schau dir hin und wieder einen Film an. *Wahre Lügen*? Arnold und Jamie Lee? Sie macht diesen sexy Striptease für Arnold, der auf einem Stuhl sitzt und – vergiss es. Ich weiß nicht … willst du, dass ich mit dem Hintern wackle oder soll ich mich nur ausziehen?"

„Zieh dir langsam deine Kleidung aus und komm dann auf deinen Händen und Knien zu mir."

Seine Augen weiteten sich noch mehr, aber ihm gefiel, was ich vorschlug. Ich konnte es daran sehen, wie er seine Lippen befeuchtete und anfing, sich zu bewegen, sein Oberteil Zentimeter um Zentimeter hob, seine Bauchmuskeln entblößte, dann seinen Brustkorb. Seine winzigen Nippel waren hart. Meine Zunge sehnte sich danach, sie zu lecken. Ich nahm noch einen weiteren Schluck Wodka und schaute zu. Er würde keine Preise für sinnliche Bewegungen gewinnen, aber andererseits war er auch ein großer, muskulöser Hockeyspieler, kein schlanker Tänzer.

Als er nackt vor mir stand, ließ ich meinen Blick über ihn wandern, verharrte auf seinen Oberschenkeln und dem harten Schwanz, dann weiter nach oben, über seinen Bauch zu seinem Gesicht. Seine Pupillen waren bereits riesig. Oh ja, er mochte diese Art Dynamik.

„Komm zu mir. Krieche. Leg deine Wange auf mein Gemächt, deine Nase an meinem Schwanz." Ich war überrascht, wie glatt meine Stimme klang. Mein Herz hämmerte, als Tate mit mehr Anmut nach unten ging, als er während seines improvisierten Striptease gezeigt hatte. Den Blick fest auf mich gerichtet, kam Tate auf seinen Händen und Knien zu mir. Ich spreizte meine Beine für ihn, als er näherkam. Er zögerte keine Sekunde, schob sich zwischen meine Oberschenkel und legte seine Wange auf meine Erektion. Ich legte meine linke Hand auf seinen Kopf, drückte sachte und rieb meinen Schwanz an seiner Nase und seinen Lippen. Er keuchte, drehte seinen Kopf ein wenig, um an meinem Schaft zu knabbern. Ich bewegte mich mehr, stieß gegen seine Lippen. Seine Zunge kam heraus und ich hätte beinahe meinen Drink fallengelassen. „Genug. Heb deinen Kopf."

Er tat es. Ich glitt mit meiner freien Hand um seinen Nacken und hob ihn nach oben, zog ihn über mich, sein nackter Brustkorb lag auf meinem bekleideten. Er öffnete sich für mich, sobald meine Lippen seine berührten. Herr im Himmel, er war für mich gemacht. Sein Mund schmeckte süß, nach Limonade. Ich drang tief ein. Er hielt mit, leises, lustvolles Stöhnen schlich sich aus seinem Mund, wenn ich seinen Kopf in diese oder jene Richtung neigte.

„Vlad", keuchte er, der Klang meines Namens in diesem heißen Atemzug sorgte beinahe dafür, dass ich in meiner Hose kam. Das würde nicht passieren. Heute Nacht würde ich in ihm kommen.

„Mm, du bist so ein wunderschöner Mann", schnurrte ich, knabberte an seinem Kiefer nach unten zu seinem Hals, wo ich saugte und biss, bis er wimmerte. „Aufs Bett mit dir."

Ich ließ ihn los, hoffte, ein wenig der verlorenen Kontrolle zurückzugewinnen, als er mich verließ. Das passierte nicht. Tate zu sehen, wie er sich auf dem massiven Kingsize-Bett ausbreitete, den Hintern in der Luft, war mehr, als ich ertragen konnte. Ich trank den Wodka aus, griff nach meinem kleinen Toilettenbeutel neben meinem Stuhl, in dem sich meine Rasiersachen befanden, meine Zahnbürste und ein Kamm, sowie Kondome und Gleitgel, und stand auf.

Seine abgehackte Atmung füllte den Raum. Ich streckte einen Finger aus, strich damit über seine Poritze. Er zuckte und winselte, murmelte etwas darüber, dass er den Verstand verlor.

„Möchtest du, dass ich dich so nehme, von hinten?" Ich umfasste seine Eier. Er sog einen langen Atemzug zwischen seinen Zähnen ein. „Ist es das, was du willst?"

„Ich … ja … vielleicht. Das ist in den Schwulenpornos passiert, die ich gesehen habe."

Lächelnd rollte ich seinen schweren Hodensack. „Hast du immer Schwulenpornos geschaut?"

„Vielleicht."

Dieses Geständnis ließ mich sogar noch breiter lächeln. Natürlich hatte er das. „Das mache ich auch, wenn ich das Bedürfnis verspüre. Holst du dir dazu einen runter?"

„Manchmal." Er bewegte seine Hüften von einer Seite zur anderen. Ich tätschelte eine Backe, knetete den Knackarsch, der meinem so sehr ähnelte und dem jedes anderen Hockeyspielers, den ich kannte. „Himmel, können wir … etwas tun?"

„Das tun wir. Du erzählst mir Dinge, die mich erfreuen und ich erfreue dich. Also, bist du sicher, dass du dein erstes Mal von hinten willst?" Sein winziges kleines Loch lockte mich, darum strich ich mit einem Finger um den Rand. Er keuchte und zuckte. „Wenn ich dich so nehme, wird es sich tiefer anfühlen."

„Okay, tief, ja, tief ist gut. Ja? Oder nein, ich … verdammt, ich weiß es nicht." Er stieß gegen meinen Finger, begierig, dachte er wohl. „Ich will dich in mir."

Ein Schauder aus Lust raste an meinem Rückgrat nach unten. Ich öffnete das Gleitgel und bedeckte seine Poritze, verteilte das Gel nach unten über sein Loch, seine Eier und schmierte seinen tropfenden Schwanz ein. Er stöhnte lang und leise, als ich das Gleitgel in seinen Schwanz einarbeitete. Während ich mit meiner linken Hand streichelte, fing ich an, einen Finger in ihn zu drücken. Sein Stöhnen war wie Hymnen, süß und himmlisch. Er zog sich nicht einmal zurück. Wenn überhaupt war er *zu* gierig auf die Penetration.

„Mehr", schnaubte er, nachdem ich meinen Mittelfinger ganz in ihm hatte. Ich beugte mich nach unten, um in seine Pobacke zu beißen, dann schob ich einen weiteren Finger hinein, während ich weiter seinen Schwanz pumpte. Liebestropfen flossen aus ihm heraus, machten die Angelegenheit noch glitschiger. „Mehr, fuck. Oh, Scheiße … ich … Scheiße!"

Ich lachte und tippte seine Prostata erneut an. „Hat keine deiner Frauen das je für dich getan?"

„Nein. Ich … fuck! Stopp, stopp … es ist zu kurz davor."

Ich zog meine Finger heraus und fing an, meine Kleidung auszuziehen, Stück für Stück, warf sie neben ihn auf das Bett. Er schaute zu, als meine Jeans, Unterwäsche, Socken und T-Shirt direkt neben ihm landeten.

„Du wirst es lieben, sobald du dich daran gewöhnt hast", flüsterte ich, während ich eine Packung aufriss und das Kondom anzog. „Du wirst aber wund sein, ich kann das nicht verhindern, aber ich habe etwas für deinen Hintern, wenn ich damit fertig bin. Ich werde mich um dich kümmern, *Zvedva moya*."

Mein Stern. So hatte ich ihn genannt und das war er. Ein brillanter Körper … ein Segen von einer Göttin. Und er gehörte mir. Seine ganzen ein Meter neunzig plus. Er wusste es und ich ebenfalls. Ich drückte ein Knie auf das Bett, dann das zweite und benutzte sie, um ihn weiter zu öffnen. Seine Fingernägel kratzten über das hölzerne Kopfteil.

„Es wäre gut, wenn du atmest", flüsterte ich, während ich meine Eichel an seinen Hintern presste. Er drückte nach hinten, als ich vorstieß. Meine Eichel war in ihm. Er spannte sich an, seine Hände fanden einen Hebel am Rand des Kopfteils. „Atme, gut, gut, ja, schöner Mann. So schön. So strahlend. *Zvedva moya*, mein Stern. Atme, ja … ja … ja."

Die Anspannung lockerte sich. Ich stieß tiefer und tiefer, Zentimeter um Zentimeter, bis er mich ganz in sich hatte, genau wie er mich gebettet hatte.

„Oh, fuck, fuck ... Ich ... Beweg dich nicht, ich ... fuck", schnaufte er.

Ich zog mich ein wenig zurück und glitt dann wieder hinein. Er grunzte. Ich machte es erneut, bis er sein Rückgrat aufwölbte, um mehr zu bekommen. Erst da ließ ich seine Hüften los und legte meine Hände auf seinen Brustkorb, riss ihn an mich, sein Rücken an meinem Brustkorb. Er schrie auf. Ich nahm seinen Schwanz in meine Hand, während ich in ihn pumpte. Sein Kopf fiel zur Seite, entblößte seine Kehle. Ich fiel über seinen Hals her wie ein Vampir, der gerade aus seinem Grab befreit worden war. Beißend und saugend labte ich mich an ihm, während wir fickten.

„Gib mir ... deinen Mund", knurrte ich. Er drehte seinen Kopf und ich sah sein Gesicht. Gerötet und verschwitzt, die Augen ganz schwarz, der Mund geteilt. So ein wunderschöner Anblick. Ich leckte in seinen offenen Mund, der Kuss schlampig und feucht, meine Hüften bewegten sich schneller und schneller. „Komm für mich, jetzt. Lass los. Komm für mich, mein süßer Stern."

Bei diesem Befehl explodierte er. Heiße Spritzer Wichse bedeckten meine Hand und das Bettzeug. Ich bearbeitete ihn, molk ihn trocken und stieß dann nach oben, um mich so tief in ihm zu vergraben, wie ich konnte. Funken rasten an meinem Rücken nach oben, als mein Orgasmus kam. Er griff mit beiden Händen nach hinten, um meinen Hintern und meine Hüften zu packen, damit ich dortblieb, wo ich war. Mit zuckendem Schwanz ruckte ich nach vorne und stöhnte, küsste ihn voller Leidenschaft. Er erwiderte jede hungrige Bewegung meiner Zunge mit seiner eigenen.

Wir schmeckten einander eine Ewigkeit, die Küsse wurden weicher. Genau wie mein Schwanz. Ich zog mich aus seinem Körper zurück, meine Arme lagen noch um ihn und wir beide fielen Gesicht voran auf das Bett.

„Heilige Scheiße", murmelte er, sein Gesicht hatte er in einem dicken Kissen vergraben. Ich rollte vom Bett herunter und tätschelte seinen Hintern. „Du bist eine verdammte Bestie."

Das brachte mich zum Lachen, während ich das Kondom verknotete und es in den Mülleimer neben dem Schreibtisch fallen ließ. Ich drehte mich um und genoss für einen Moment den Anblick eines gut gefickten Tate Collins in meinem Bett, auf dem Bauch, die Beine gespreizt, sein wunderschöner Hintern zeigte einen Liebesbiss. Ich wollte ihn damit bedecken. Damit die Welt und all die anderen geilen Bastarde und Miststücke da draußen wussten, dass er jemandem gehörte. Und dass dieser jemand nicht gut im Teilen war. Oder überhaupt teilte.

Er rollte sich auf seinen Rücken, als ich zurück ins

Bett kam, seine Augen glühten. Ich stahl mir einen Kuss, zog ihn dann in meine Arme, ließ mich nach hinten fallen und nahm ihn mit. Er lag jetzt auf mir, sein Schwanz tropfte immer noch, sein Körper war rosig und feucht.

„Das hier ist entweder sehr schlecht oder sehr gut", sagte ich und starrte in seine Augen. Er zog die Brauen zusammen. „Ich hoffe, dass es gut sein wird, aber es gibt so viele Dinge, die es vielleicht schlecht machen."

„Ja, ich weiß." Er stützte sich auf, um sich auf meinen Oberschenkeln aufzurichten, und verzog das Gesicht. „Autsch, okay, verdammt, mein Hintern tut weh."

„Wir werden uns gleich darum kümmern."

Ein schwaches Lächeln umspielte seine Lippen. „Novocain für meinen Hintern?"

„Nein, Arschlochcreme für ein Arschloch."

„Wirst du deinen Schwanz benutzen, um sie in mir zu verteilen?"

Er sah überhaupt nicht wie der typisch amerikanische gute Junge aus, als den die Liga ihn bewarb. Er war zerzaust, markiert, bedeckt mit Schweiß und Samen und bat um einen weiteren Arschfick von seinem männlichen Kapitän. Wenn die PR-Leute der Raptors Mr Süßer Apple Pie jetzt sehen könnten, wären sie sprachlos.

„Nein, heute nicht mehr. Aber ein paar Finger …" Das lockte sein bezauberndes Lächeln hervor.

„Tate, diese Beziehung, die wir haben. Du musst wissen, dass es nicht leicht ist, mit mir zusammen zu sein. Unsere Liebesaffäre darf nicht publik werden. Meine Familie ist in Russland verletzlich. Ich weiß, dass die Amerikaner ganz dafür sind, Out und Proud zu sein, und ich wünschte, ich könnte es sein, vielleicht später, aber gerade im Moment-"

Er beugte sich nach unten, um seine Lippen auf meine zu legen. Ein sanfter, zum Schweigen bringender Kuss. „Das ist in Ordnung. Wir werden es für uns behalten. Es vielleicht nur ein paar Freunden sagen." Meine Augen flammten auf. „Das Team weiß es bereits oder vermutet es. Stark. Colorado sieht, wie ich dich ansehe oder du mich oder vielleicht hat er einfach nur einen sechsten Sinn, wenn Leute heiß auf andere Leute sind."

„Sprich heute Abend nicht über Colorado, während wir uns so nahe sind. Das verschlechtert meine Stimmung", grummelte ich. Er breitete sich über mich wie eine große, schwere Männerdecke. „Er ist die größte Hämorride in der National Hockey League."

„Ja, er hat Feuer", seufzte Tate, seine Wange auf meinem Brustmuskel. „Er ist ein Freigeist und du bist Mr Kontrolle, darum ist es vorprogrammiert, dass ihr beide aneinandergeratet."

„Hmm", gab ich zurück, meine Finger bewegten sich auf seinem Rückgrat auf und ab, als unsere Haut anfing, zu trocknen und abzukühlen. „Nun, ich bin kein lustiger Mann."

„Ich finde dich zum Schreien komisch."

„Deine Gedanken werden sich bald ändern. Ich bin streng und kontrollierend, im Bett und außerhalb."

„Ja, das ist mir aufgefallen. Ich stehe irgendwie darauf, dass du mir sagst, dass ich mich ausziehen soll und all diesen Scheiß."

Ich lächelte. „Das ist gut. Ich mag keine Männer in meinem Bett, die drängen und dominant sind. Das ist meine Rolle." Er summte wie eine zufriedene Katze. „Ich bin aber anstrengend. Ich muss Ordnung haben. Sauberkeit, Kontrolle, und viele Männer finden das irritierend."

„Wir werden daran arbeiten, dich ein wenig lockerer zu machen, Iceberg."

„Pfft."

„Das Erste, was wir machen, ist uns etwas Junkfood zu bestellen, uns duschen, deine Hinterncreme finden und dann schauen wir ein paar Superheldenfilme." Er küsste meine Nippel, wand sich dann aus meinem Griff, seine Füße trafen auf den Boden und gleichzeitig schnitt er eine Grimasse. „Himmel, du verdammtes russisches Pflugpferd." Er griff vorsichtig nach seinem Hintern. Ich verspürte einen kleinen Moment des Stolzes, wie die meisten Männer es tun würden, wenn sie mit einem Pferd verglichen wurden. „Vielleicht zuerst die Arschcreme, *dann* Essen, gefolgt von Marvel-Filmen."

„Superheldenfilme sind albern. Wer trägt Capes und Spandex?", erkundigte ich mich, während ich mich aus dem Bett rollte und ihn an mich zog. „Warum schauen wir uns nicht etwas mit Substanz an, bei dem unsere Hirne arbeiten müssen?"

„Oh mein Gott, sag mir nicht, dass du ein Arthouse-Fan bist?"

„Vielleicht. Verklag mich doch, weil ich intelligente Unterhaltung möchte."

Er nahm mein Gesicht in seine Hände. „Wir werden daran arbeiten müssen, dich lockerer zu machen."

„Ich habe vor, das mit dir zu machen", flüsterte ich, küsste ihn dann. Er seufzte in den Kuss und irgendwie landeten wir wieder im Bett, ohne Essen oder Filme bis gut nach zwei Uhr morgens. Ich kümmerte mich um seinen wunden Hintern mit ausreichend Creme. Dann kamen gegenseitige Handjobs, eine lange, gemeinsame Dusche und ein Last-Minute-Anruf beim Zimmerservice für Hühnchenstreifen, gedrehte Pommes und Root Beer. Was ich als den Geschmack auf seinem Mund erkannte, als er hierhergekommen war. Root Beer.

Er lag neben mir, fütterte mir eine lange, spiralförmige Fritte, während *Guardians of the Galaxy* auf seinem Handy spielte, das an einem Kissen lehnte, das wiederum auf meinem Bauch lag.

„Ich mag diesen Drax", erklärte ich, nachdem wir eine Stunde lang geschaut hatten. Vielleicht waren nicht *alle* Superheldenfilme schlecht.

„Das liegt daran, dass du und er ein und dieselbe Person seid", antwortete er um einen Mund voller spiralförmiger Pommes herum.

Er schlief mit seinem Kopf auf meinem Brustkorb ein. Ich strich mit meinen Fingern über seine Wangenknochen, wünschte mir, ich könnte meine Augen schließen und einschlafen, während ein Waschbär mit einer riesigen Waffe redete. Aber das durfte nicht sein.

„Tate, du kannst morgen früh nicht hier sein", sagte ich und schüttelte ihn leicht, als der Film zu Ende war. Er setzte sich auf, schaute sich benommen um und nickte dann. „Es tut mir leid, es ist nicht so, wie ich es mir wünschen würde."

„Nein, schon gut. Wir beide haben im Moment viel zu viel Mist in unserem Leben. Wir brauchen nicht den Medien-Albtraum, den Tennant Rowe durchgemacht hat." Er glitt aus dem Bett, nahm sein Handy mit und zog sich an. Ich war an die Tür gegangen, als der Zimmerservice gekommen war und hatte meine Jeans anbehalten, nachdem das Essen gekommen war.

„Möchtest du das restliche Essen?" Ich hielt den Teller hoch, auf dem sich nur noch zwei von dreißig Hühnchenstreifen befanden. Er schüttelte seinen Kopf und schlüpfte in sein Tanktop. „Ich wünschte, du könntest bleiben. Mit dir aufzuwachen wäre schön."

„Ja, das wäre es. Vielleicht, wenn wir wieder zu Hause sind, ohne neugierige Coaches und Teamkollegen direkt gegenüber im Flur?"

„Das wäre schön, sehr schön." Er gab mir einen sanften, flüchtigen Kuss. Ich reichte ihm sein iPad, begleitete ihn zur Tür, warf einen Blick hinaus, um zu sehen, ob die Luft rein war und dann ließ ich ihn in den Flur treten. „Wir sehen uns zum Frühstück."

„Ja, cool. Danke für … nun, danke." Er bewegte sich, als würde er einen weiteren Kuss wollen und beinahe hätte ich kapituliert. Es war das *Ping* des Aufzugs weiter den Flur hinunter, das mich davon abhielt, ihn für einen weiteren Kuss gegen die Wand zu drücken oder, schlimmer noch, ihn zurück in mein Bett zu führen.

„Gute Nacht", sagte ich, lächelte schwach und schloss die Tür vor seiner Nase. Ich hatte viele Liebhaber gehabt, alle im Geheimen, aber mich von Tate zu verabschieden war das Schwierigste, was ich je erlebt hatte. Ich sehnte mich bereits nach ihm.

Offensichtlich war die Vorsicht zum sprichwörtlichen Fenster hinausgeflogen.

NEUN

Tate

Unser Spiel gegen Vancouver war ein Desaster. Es war chaotisch, hässlich, mit Schubsen und Rempeln, die reine Hölle und als wir das Eis mit einer fünf zu zwei Niederlage verließen, war das eher eine Erleichterung als ein Schock. Vancouver war diese Saison heiß, hatte bis jetzt all seine Spiele gewonnen und Mann, hatte Kanada dieses hier geliebt. Die Schilder im Stadion waren tödlich akkurat, inklusive dem ersten Auftritt des SHT-Block-Posters mit dem kleinen ‚I' in der Mitte.

„Ich glaube, die Zamboni hat mich erwischt." Andre schleppte sich aus der Dusche und ich konnte noch keine Prellungen sehen, aber einige dieser Pucks, die mit hundertsechzig Kilometern die Stunde angekommen waren, hatten ihn hart getroffen und zwei Mal war er von der Verteidigung überrollt worden, dazu einem ganzen Haufen seines eigenen Teams, das durchdrehte und versuchte, den Puck aus unserem Netz zu bekommen. Zu Andres Verteidigung musste man sagen, dass er sich gut gewehrt hatte und ich dachte nicht, dass Colorado es besser hätte machen können.

„Dieses letzte Halten, Kumpel, das war irre." Ich gab ihm ein High Five, als er vorbeikam, und zumindest lächelte er, bevor er wieder wimmerte. Wie er diesen Puck gesehen und sich so schnell im Netz bewegt hatte, wusste ich nicht, aber es war herrlich gewesen, das zu sehen, ein Blick auf eine wunderbare Zukunft.

Alex hatte sich mit einem Verteidiger von Vancouver angelegt, aber der Kampf hatte nicht lang gedauert und es war Alex, der auf dem Eis landete und der Verteidiger, der auf ihm saß. Nach diesem Vorfall und den dazugehörigen Penaltys, hatte der JAR-Block seinen Rhythmus nicht gefunden und mein Block verdiente die Bezeichnung SHiT.

Andre machte sich nicht die Mühe, sich anzuziehen, der Team-Arzt nahm ihn mit. Ein paar der Jungs machten sich auf, um sich auf Rädern abzukühlen, und Alex humpelte definitiv.

Was zur Hölle? Es war noch nicht einmal Weihnachten und wir hatten bereits das Gefühl dafür verloren, wer wir auf dem Eis waren.

Vlad saß still vor seinem Spind, sein blonder Kopf war nach unten geneigt, er trug immer noch seine Schlittschuhe und tippte rhythmisch mit einem Finger auf sein Knie. Ich hatte den irren Drang, zu ihm zu gehen und ihn zu fragen, ob alles in Ordnung war, aber dann riefen sie zu den Interviews und er, ich und Alex wurden geschickt.

Ich konnte nicht hören, was sie Vlad fragten, aber ich konnte seine Antworten hören, die Standardphrasen waren, dass wir nicht das Raptors-Spiel gespielt hatten, und dass wir diese Lektionen mitnehmen würden und ein Glückwunsch an Vancouver für einen eindeutigen Sieg.

Alex befand sich auf der anderen Seite des Raums, versuchte zu erklären, warum er einen Kampf mit einem Verteidiger verloren hatte, der doppelt so groß war wie er.

Und ich? Ich bekam eine Menge beschissene Fragen. Nach sieben Jahren war ich daran gewöhnt, manche Reporter stellten Fragen, die den Spieler zwangen, scharf nachzudenken, aber dieser Abend hatte den Geruch des Versagens gehabt.

„Hattest du vor, den Puck am Ende des zweiten Drittels abzugeben?"

„Hat das irgendjemand vor?" Ich versuchte, lustig zu sein, und las dann das Publikum. „Wir alle machen Fehler, aber wir lernen aus ihnen. Das war komplett meine Schuld."

„Denkst du, die Investition in dich war für die Raptors eine gute Entscheidung?"

Scheiße. Die Geldfrage, bist du tatsächlich 23.1 Millionen wert? „Unser Team arbeitet gut. Es lernt, sich anzupassen." Ein Ausweichmanöver.

„Hattest du erwartet, dazuzustoßen und das Team grundlegend zu verändern?"

„Das Team ist stark. Ihr habt uns noch nicht in Bestform gesehen."

„Warum hast du keinen Unterschied gemacht?"

Himmel, das ging auf die Schlagzeilen zurück, als ich angeblich zu den Raptors gekommen war, um das Team zu retten. Sie mussten nicht gerettet werden und ich hasste die Annahme, dass mein Auftauchen in Arizona irgendeine verdammte Erlösung war. Ich war gut, aber das gesamte Team musste gut sein. Und heute Abend hatten wir beschissen gespielt.

„Wir arbeiten hart", war alles, was ich sagte.

„Folgt dir der Ärger, den du in Dallas hattest, hierher?" Ein gewiefter Reporter schob mir das Mikrofon ins Gesicht, mit einem Funkeln in den Augen und ich erwartete eine Frage über Tennant Rowe.

„Nein."

Ich warf unserer Medienrepräsentantin einen schnellen Blick zu, nachdem ich alles beantwortet hatte, worauf ich vorbereitet gewesen war und sie schob sich zwischen mich und sie und nutzte dann alle möglichen Taktiken, um sie wegzudrängen.

„Tate! Weißt du, dass deine Verlobte-?"

Ich drehte mich um und ging. *Ehemalige* Verlobte und ich war mit diesem Abend durch.

Ich ging nicht zu Vlads Zimmer, er bat mich nicht darum, aber er hatte sich auch mit Coach Carmichael und Colorado eingeschlossen und zweifellos würde die Kacke ohnehin bald anfangen zu dampfen. Das Spiel heute Abend, Colorado und sein verdammter Emu und der Himmel wusste, was noch alles und Alex' Humpeln wurde als Muskelfaserriss diagnostiziert, was vielleicht bedeutete, dass er bei dem finalen Spiel gegen Toronto nicht dabei sein würde.

Konnte es noch schlimmer kommen?

Der Flug von Calgary nach Toronto war lang und anstrengend und so still. Nicht viele Kartenspiele oder Jungs, die versuchten, sich mit Spielekonsolen gegenseitig umzubringen, nur das unregelmäßige Summen von Unterhaltungen. Alex war auf seinem Platz zusammengesunken, Kopfhörer auf, die Augen geschlossen. Colorado war von Vlad eingeschlossen, der mit seinem eisigen, steinernen Gesichtsausdruck vor sich hinschaute. Ryker und Eli hatten ihre iPads gezückt, Ryker kontaktierte wahrscheinlich Jacob und ich wusste, dass Eli für einen Abschluss lernte, für den er nur noch wenige Punkte brauchte. Ich hatte von Henry gehört, der es von Ryker erfahren hatte, dem Sam es gesagt hatte, dass Kricker, der Emu, sich jetzt an einem besseren Ort befand – einem Wildtierreservat am Rand von Tucson, und es bestand die sehr reale Möglichkeit, dass Colorado eine Strafe dafür zahlen musste, einen Emu besessen zu haben, was in Arizona auf der Verbotsliste stand.

Ich versuchte, mich nicht darauf zu fokussieren oder den Mangel an sexy Russen in irgendwelchen Betten und setzte mir meine Kopfhörer auf, wählte irgendeine Playlist, Muse verschmolz mit Kings of Leon und wechselte dann zu Queen und Pink Floyd. Ich mochte die Prog-Rock-Bands, mit schwebenden Lyrics und einem Biss in der Musik und obwohl ich nicht komplett auf die Art Musik stand, die Colorado machte, hatte er doch kluge Worte und heftige Beats, die meinen Lieblingsbands nahe genug kamen, dass ich ihn liebend gern eines Tages spielen sehen würde.

Natürlich nur, wenn er nicht ins Gefängnis kam, weil er im Staat Arizona ein illegales Haustier gehalten hatte.

Es war spät, als wir landeten und immer noch kein Anruf von Vlad, dass ich auf sein Zimmer kommen sollte. Nachdem ich mir unter der Dusche einen runtergeholt hatte und dann zwei Stunden später noch einmal zu den Erinnerungen daran, was wir getan hatten, brachte ich den Mut auf, ihm eine Nachricht zu schreiben, ein einfaches *möchtest du über das Spiel reden?* Niemand konnte denken, dass dies etwas anderes war als ein Teamkollege, der sich an einen anderen wandte, aber er antwortete zweiunddreißig Minuten später mit einem einfachen *nicht heute Nacht.*

Nur der Himmel wusste, was da los war.

Unser freier Tag in Toronto drehte sich um den CN-Tower, sechs von uns, die versuchten, nicht wie Hockeyspieler auszusehen, als wir auf dem gläsernen Gang des Towers standen und hinunter auf den großen Wal starrten, der auf das Dach des Aquariums gemalt war. Das gelbe Schild besagte, dass das Glas das Gewicht von dreieinhalb Orkas halten konnte, was natürlich zu Witzen über Gewicht führte, vor allem, als wir zu dem Teil kamen, dass das Glas das Gewicht von eintausendeinundneunzig Bibern halten konnte, was wir alle zum Brüllen komisch fanden. Es war nicht mein erstes Mal oben auf dem Tower und ich hatte kein Problem, mich in die Mitte zu stellen und durch die Wolken zu schauen, als diese sich auflösten und die winzigen, ameisenhaften Menschen enthüllten, aber es war mein erstes Mal mit neuen Freunden und ich liebte es.

Natürlich wurden wir erkannt, machten Selfies mit Fans, gaben Autogramme und wurden auf nette Art über die Raptors aufgezogen. Aber ich hatte die Begegnung, die als schlimmster Ort, um erkannt zu werden, in die Geschichte eingehen würde – die Toilette, ausgerechnet. Da ich gerade meinen Schwanz hielt und pinkelte, als der Typ mich grüßte, war es ein wenig ungeschickt, aber zumindest lachten er und ich darüber, dass wir keinen Stift zur Verfügung hatten. Einmal Händewaschen später fand ich heraus, dass er ein Calgary-Fan war, und mein Magen sank in meine Kniekehlen. Wir unterhielten uns über das Calgary-Spiel und ich blieb so höflich und bezeichnete ihn nicht einmal als eingebildetes Arschloch, als er meinen Block als SHiT-Block bezeichnete.

Ich schüttelte sogar seine Hand und als ich zu den Jungs kam, die im Geschenke-Shop warteten und Hüte anprobierten, warfen sie nur einen Blick auf mich und mussten es wohl gewusst haben.

„Du hast ewig gebraucht", kommentierte Ryker, zerrte an dem Cap, das seine weichen, fluffigen Strähnen nicht ganz halten konnte, wenn er sie nicht nach oben und darunter schob.

„Calgary-Fan", war alles, was ich sagte.

Sie nickten in stummem Verständnis, wechselten dann das Thema. So kamen wir klar.

Wenigstens kam Vlad am Abend mit uns zum Essen, aber er schaute nicht in meine Richtung oder eigentlich zu irgendjemandem und er hatte sein Mürrischer-Russe-Ding laufen. Colorado war still und Coach Carmichael gab sein Bestes, um die Gruppe aufzumuntern.

Der nächste Tag war ein Nachmittagsspiel gegen Toronto. An einem Samstag. Kinder, jede Menge Kinder, Familien, und man konnte wetten, dass das Stadion voll sein würde. Das hier war schließlich das Heim der Hall of Fame und die Fans waren hingebungsvoll.

Ich wünschte nur, Vlad würde … was? In mein Zimmer kommen, mir schreiben, dass ich in seines kommen sollte, damit wir Strategien besprechen konnten, mich zumindest bemerken. Denn wenn er das nicht tat, hieß das dann, dass es nur eine One-Night-Sache gewesen war? Waren wir nach einem Fick und einem Blowjob und anderen interessanten Dingen fertig miteinander?

Wir waren gut gegen Toronto, sogar besser als gut. Der SHT-Block war nicht ganz so beschissen, wie die Toronto-Fans sich das erhofft hatten. Da Alex wegen seiner Verletzung ausfiel, ging Sam in den JAR-Block und irgendwie klickten sie und wir hatten Lewis, einer aus dem dritten Block und wir klickten ebenfalls. Es war Poesie und es stand unentschieden mit zwei Toren auf jeder Seite und nur noch drei Minuten zu spielen. Vlad war ein Tier, er war überall, er war groß und einschüchternd, Andre war absolut fokussiert, Ryker war ein verdammtes Genie und schoss unser erstes Tor, unser Penalty Kill rockte und ich schoss das zweite Tor.

Nehmt das, Interviewer, die denken, ich wäre beschissen und nicht würdig, ein Raptor zu sein.

Die Uhr tickte. Alles, was wir tun mussten, war noch ein Tor zu bekommen, nur eines und wir hätten einen klaren Sieg. In Toronto. Alles war auf Anschlag und verging auch seltsamerweise gleichzeitig in Zeitlupe. Ich bekam das Signal, meinen Block über die Bande zu bringen und wir kamen aufs Eis, gerade, als Toronto die Kontrolle über den Puck verloren hatte, ein Turnover von einem erschöpften Stürmer und Vlad hatte ihn für eine Sekunde, knallte ihn hart gegen die Bande, damit er um das Netz herumflog, direkt auf meinen Schläger. Dort blieb er nicht lange, ich machte, ohne hinzusehen, einen Pass zu Henry, weil ich wusste, dass er da sein würde, Lewis war nahe beim Netz, wartete darauf, dass Henry den Puck zu ihm schoss. Der Goalie von Toronto hatte seinen Blick auf Lewis, der ein angriffslustiger Kämpfer vor dem Netz war und er beging den Anfängerfehler, mich aus den Augen zu lassen.

Henry täuschte einen Pass zu Lewis an, schickte den Puck stattdessen zu mir und mit einen Goalie, der nicht in der richtigen Position war, rammte ich den Puck so heftig ins Netz, dass die Wasserflasche des Goalies flog. Die Lampe leuchtete auf und es gab kein Signal, dass das Tor nicht zählte. Wir waren drei-zwei in Führung und es waren noch siebenundzwanzig Sekunden auf der Uhr.

Toronto zog seinen Goalie für das nächste Faceoff ab, sie ließen ihr Netz unbewacht und ersetzten den Goalie durch einen weiteren Stürmer, aber es reichte nicht. Wir bekamen kein Tor ins leere Netz, aber wir bekamen definitiv den Sieg.

Und es war die beste verdammte Sache auf der ganzen Welt.

Das Abendessen fand in einer Pizzeria statt, die Alex kannte und er wartete dort auf uns, gratulierte uns zu dem Sieg, wütend, dass er kein Teil davon hatte sein können, freute sich aber dennoch für uns alle. Wir waren auf einem High und alles in meinem Kopf leuchtete. Ich bekam sogar ein Lächeln von Vlad und ein Fäuste aneinanderschlagen mit einem aufmunternden Nicken. Ich fragte mich, ob ich vielleicht heute Abend einen Anruf erhalten würde? Nur der Gedanke daran machte mich halb hart und er wusste es.

Das Essen war großartig, das Gespräch war großartig, alles war *großartig*.

Nur dass während des Abendessens Rykers Handy plötzlich aufleuchtete und er schaute sich die Nachrichten an und dann zu mir. Dann leuchtete Sams Handy auf, dann Henrys. Wir waren alle in einem Gruppenchat, aber mein Handy hatte nicht in meiner Tasche vibriert, darum war das kein Post im Gruppenchat oder ein Witz oder irgendein dämliches Tik-Tok-Video, das mich unter Garantie zum Lachen bringen würde.

„Tate." Ryker fing meinen Blick ein und hielt ihn und mein Brustkorb verengte sich. War das irgendein Tennant Rowe Scheiß, der vor mir explodierte? Zur Hölle, war es Ten selbst, der seinem Stiefsohn schrieb? Ich verstand die stumme Botschaft, dass ich auf mein Handy schauen sollte und musste mich gegen Eli drücken, der grummelte und scherzte und einen Kommentar abgab, dass ich seinen Oberschenkel berührte.

„In deinen Träumen", murmelte ich und er stieß mir den Ellbogen in die Seite.

Ich war mir nicht sicher, wonach ich suchte, aber es dauerte nicht lang. Ich hatte eine lange Liste an Nachrichten auf Instagram und über dreihundert Twitter-Benachrichtigungen, die Kommentare zu einem Link abgaben. Als ich auf den Twitter-Link klickte, kam ich direkt zu einem innigen Essay auf Laceys Hockey-feste-Freundinnen-Blog, dem, dem sie all ihre Zeit gewidmet hatte, als ich noch im Süden gewesen und sie noch meine Verlobte und in dieser verdammten Liveshow gewesen war. Die Überschrift reichte aus, dass ich vor Entsetzen und Schock aufstand und mich in einer neuen Hölle wiederfand.

Manchmal weiß man nicht einmal, dass der Missbrauch stattfindet.

ZEHN

Vlad

Der Flug zurück nach Arizona verlief extrem angespannt. Sobald wir den Charter-Jet betreten hatten, war die Nervosität der Spieler offensichtlich. Tate saß allein ganz hinten, begraben in seiner eigenen Hölle. Ich sehnte mich danach, meinen Sitz gegenüber von Colorado zu verlassen und zu ihm zu gehen, ihn in meine Arme zu nehmen, ihn schützend auf meinen Schoß zu ziehen und ihm zu versichern, dass alles gut werden würde. Ich konnte das aber nicht tun. Aus mehreren Gründen. Einer war, dass ich Coach versprochen hatte, Penn an einer kurzen Leine zu halten, der bereits unruhig wurde. Der Mangel an Groupies, konnte ich mir vorstellen. Der zweite Grund war der offensichtlichste.

Meinen sexy Teamkollegen in der Öffentlichkeit auf meinen Schoß zu ziehen, könnte als Erklärung meines Schwulseins gewertet werden, etwas, das nicht auf meiner To-do-Liste stand. Und drittens, ich blieb auf meinem Sitz, weil ich mir nicht sicher war, ob die Anschuldigungen, die Tates Ex-Verlobte gegen ihn vorgebracht hatte, irgendwie begründet waren. Ja, ich kannte Tate Collins im biblischen Sinn, aber ich kannte den Mann selbst nicht wirklich gut. Und was sagte das über mich? Meine Mutter wäre beschämt. Papa, dachte ich, würde es verstehen, weil er sehr viel von Blüte zu Blüte geflogen war, bevor er Mama geheiratet hatte.

„Kumpel, bitte, du hemmst meinen kreativen Vibe mit der negativen Energie, die du ausstrahlst", grummelte Colorado, schaute dabei von der akustischen Gitarre auf, auf der er gezupft hatte. „Rede einfach mit ihm."

„Ich habe keine Ahnung-"

„Oh, ja, stimmt, wir unterdrücken unseren inneren Queer. Wie du meinst." Er wedelte mit der Hand, der auffällige Daumenring reflektierte das Sonnenlicht. „Trag einfach deinen ganzen brütenden, angsterfüllten Final Fantasy Müll zu einem anderen Sitz. Ich bin ein erwachsener Mann, ich brauche keinen Babysitter."

„Das sieht das Management anders."

Das brachte ihn zum Lachen. „Ja, nun, man kann kein Management ohne Mann haben."

Ich starrte ihn über den kleinen Tisch hinweg an. „Offensichtlich."

„Nein, Iceman, Mann wie in ‚Der Mann', du weißt

schon?" Als ich nichts sagte, schob er sich seine wilden Haare aus dem Gesicht, seine Aufmerksamkeit richtete sich ganz auf seine Gitarre.

Der Song war langsam, seine Stimme rau und rauchig, passte perfekt zu den Lyrics. Das Geplauder im Flugzeug verstummte, als die Männer sich alle zurücklehnten, um Penns neuesten Song zu genießen. Er sang über schreiende Hunde, Wintermonde und die Kiefern, die am Fenster kratzten, während er seinen Mann an sich drückte. Wie wäre es, so offen mit seiner sexuellen Orientierung umzugehen? Ich beneidete Colorado darum so sehr. Der Mann war offensichtlich in seiner Bewunderung für beide Geschlechter, freute sich, jedem, der zuhörte, zu sagen, dass er niemand war, der sich in Schubladen zwängen ließ, trug stolz die pansexuellen Farben, wann immer es möglich war. Ich warf einen Blick in den hinteren Teil des Flugzeugs, meine Aufmerksamkeit richtete sich auf Ryker und Alex, dann auf Henry. Alle drei Männer waren mit anderen Männern zusammen, Ryker plante, seinen Mann bald zu heiraten.

Mein Blick landete auf Tate, der seine traurigen Augen vom Handy gehoben hatte, um zuzusehen, wie Colorado seine Power-Ballade spielte. Unsere Blicke trafen sich und hielten einander fest. Wagte ich es, zu ihm zu gehen? Was würden die Leute denken? Würde Coach mich rügen, weil ich meine Pflichten vernachlässigt hatte, um meinen … Teamkollegen/Liebhaber/eventuell mehr zu trösten?

„Kumpel, geh einfach zu ihm", flüsterte Colorado bei einer Pause in den Lyrics. Ich blinzelte. Er ruckte seinen Kopf leicht in Tates Richtung.

Ich erhob mich, beinahe so, als ob ich keine Kontrolle über meine Beine hätte. Wie eine Puppe stand ich auf und ging steif den Gang hinunter, schaute weder nach rechts noch links, bis ich in die hinterste Reihe kam. Tates Blick war auf meinen gerichtet geblieben, während ich die Distanz überwunden hatte.

„Darf ich mich setzen?", fragte ich vorsichtig. Es fühlte sich auch so an. Ich konnte spüren, dass die Männer im Flugzeug mich beobachteten. Das Gewicht ihrer Neugierde lag wie Zementblöcke auf meinen Schultern. Mein Magen drehte sich um, meine Handflächen waren feucht.

„Klar", antwortete Tate auf leise, überraschte Weise. Ich ließ mich neben ihn fallen, nicht ihm gegenüber, wie ein Freund das tun würde. Oder würde ein Freund sich neben ihn setzen? War ich zu schwul? „Du siehst aus, wie ich mich fühle."

Mein Blick hob sich von dem Tisch zu Tate. „Ich habe das Gefühl, dass du nicht allein nach Hause fahren solltest."

„Ich habe das nicht getan. Was sie gesagt hat … ich würde niemals jemanden verletzen. Niemals. Sie ist aufgebracht und hat jedes Recht dazu. Ich … ich will nur, dass du das weißt. Die Jungs sind jetzt alle komisch, als ob sie mir glauben wollen, aber Zweifel haben. Ich kann nicht ...“ Er riss seinen Blick von mir los, um auf die Wolken unter uns zu starren. „Ich kann es nicht ertragen, dass *du* denkst, ich wäre diese Art Mann.“

Verdammt sei diese Welt und jene, die andere zu ihrem eigenen Vorteil benutzten. Wenn wir zu Hause gewesen wären, hätte ich die Hand ausstrecken und ihn berühren können, ich hätte ihn in meinen Armen halten und den Schmerz lindern können, der von ihm abstrahlte. Ich schaute den Gang entlang, suchte, was ich als Nächstes sagen oder tun sollte und begegnete dem lässigen Blick von Colorado Penn. Er machte das Peace-Zeichen, lachte über den Song, um den Ryker bat, und fing dann an, ‚Jet Airliner‘ von Steve Miller zu spielen. Es war einer der Songs, die auf jedem Flug gefordert wurden, dicht gefolgt von Coach, der irgendetwas von den Eagles hören wollte. Während die Männer über Herzen sangen, die rückwärts gerufen wurden, legte ich meine Hand auf die von Tate, wo sie auf seinem Knie ruhte. Sein Blick ruckte von den Wolken zu meinem Gesicht, suchte nach etwas. Ich drückte seine Finger, nur einmal, und leicht, ließ meine Hand aber dort.

„Danke“, flüsterte er, die Falten um seinen Mund verschwanden ein wenig. So verbrachten wir den Rest des Flugs, meine Hand auf seiner. Die meisten der Männer konnten es nicht sehen, niemand wusste es überhaupt, aber für mich fühlte es sich monumental an. Tate erzählte mir Horrorgeschichte um Horrorgeschichte über seine Zeit mit Lacey, während wir über die Staaten hinwegflogen. Als wir auf dem TIA landeten, waren alle Zweifel, die ich vielleicht über ihn gehabt hatte, weggewischt. Ich fühlte mich schlecht, weil ich je an dem Mann gezweifelt hatte, weil seine Trauer greifbar war.

Wir waren gerade gelandet, als zwei Männer in billigen Anzügen aus dem Terminal kamen und ihre Marken zeigten. Tate versteifte sich an meiner Seite.

„Mr Collins, Detectives Polkowski und Harrison, Tucson Police Department. Wir würden Ihnen gerne ein paar Fragen über Anschuldigungen stellen, die von einer Ms Lacey Mason gegen Sie erhoben wurden. Es geht um einen Vorfall von versuchter schwerer Körperverletzung, der vor zwei Monaten geschehen ist."

Tate fing an zu stammeln. Ich trat um ihn herum, als das Team anfing, sich in einem Kreis um uns zu sammeln, um zuzuhören.

„Verhaften Sie ihn?" Die beiden Polizisten warfen mir diesen Blick zu. Er sagte, dass ich den Mund halten und sie in Ruhe lassen sollte. „Wenn Sie ihn nicht verhaften, muss er nicht mitgehen."

„Sind Sie sein Anwalt?" Der große Polizist, Harrison, fragte mich das, während sein Partner, der kleinere, schwerere, mit Tate redete. Coach war durch die Spieler gewatet und nahm sich jetzt den blassen Polizisten vor.

„Nein, ich bin sein Teamkapitän und sein Freund."

„Ah, nun, dann müssen Sie zurücktreten und uns mit Mr Collins reden lassen."

„Das werde ich nicht tun", gab ich zurück und straffte meine Schultern.

„Vlad, nein, es ist in Ordnung. Ich gehe mit ihnen. Ich habe nichts zu verbergen", erklärte Tate selbstbewusst.

Ich warf Coach einen Blick zu.

„Einer der Anwälte wird sich dort mit dir treffen. Sag nichts, bis du einen Anwalt hast, Tate", befahl Coach Carmichael, während die Polizisten Tate bereits in Richtung eines goldenen Sedan führten.

Ich folgte dem unauffälligen Auto bis zum Revier in der Stadtmitte. Das braune Ziegelgebäude war groß und ein wenig verwirrend. Ich landete schließlich für zwei Stunden auf einer harten Holzbank neben einem Wasserspender. In dieser Zeit wurde ich mehr als aufgebracht, ich wurde angepisst, wie die Amerikaner es gerne sagen. Niemand in diesem großen Gebäude wollte irgendeine meiner Fragen über Tate beantworten. Ich hatte keine Ahnung, wo er war, ob ein Anwalt gekommen war, ob sie ihn verhafteten oder ob sie ihn bereits in eine Zelle geworfen hatten, wo er verrotten würde und keiner von uns würde ihn jemals wiedersehen. Ich musste mich selbst daran erinnern, dass Amerika so etwas nicht machte. Ich tigerte herum, fluchte, ich beschwerte mich bei jedem, der zuhören wollte und dann wurde ich gebeten, draußen zu warten, weil ich sonst Zeit in einer Zelle verbringen würde, damit ich mich abkühlen konnte. Vier Stunden vergingen insgesamt, bevor Tate in Begleitung eines kleinen, fetten Mannes in einem blauen Anzug aus dem Revier kam. Beide sahen erschöpft aus.

Wie ich es schaffte, nicht zu ihm zu rennen und ihn zu umarmen, würde ich niemals wissen. Ich traf ihn am Gehsteig. Er zeigte mir ein müdes Lächeln. Sein Anwalt redete in Hochgeschwindigkeit, über seinen hohen Brauen perlte Schweiß.

„Gehen Sie nach Hause und reden Sie mit niemandem von der Presse. Ms Mason hat bereits angedeutet, dass ihre Anschuldigungen aus dem Kontext gerissen waren, die Polizei weiß das und da Sie so nett waren und mit ihnen gesprochen haben, denke ich, dass wir die Sache bis morgen erledigt haben. Im Moment überfressen die Medien sich an ihren vagen Posts in den Sozialen Medien und das ist wie ein Wahn. Bleiben Sie unauffällig, kein auffälliges Benehmen, keine Sozialen Medien und wir können das alles in Ordnung bringen."

„Danke, Mr Morton." Tate und sein Anwalt schüttelten sich die Hände, ich nickte dem Mann zu, als er an uns vorbeiging. Ich hatte ihn schon im Stadion gesehen, vor allem, wenn es um Penn ging.

Ich beneidete weder unsere juristische Abteilung noch die Eigentümer um irgendetwas. Dieses Team war ein Haufen, den sogar ich nur mit Mühe im Zaum halten konnte.

„Mein Auto ist hier." Ich führte Tate zu meinem blauen Audi. „Wir fahren zurück zum Flughafen, um dein Auto zu holen."

„Ich habe ein Uber genommen", antwortete er müde, ließ sich auf den Beifahrersitz fallen, sobald ich die Türen aufgeschlossen hatte. „Warum bist du zum Flughafen gefahren und hast dann fürs Parken bezahlt?"

„Ich mag es nicht, wenn andere fahren", erklärte ich, als ich mich hinters Steuer setzte, nachdem ich seine Tasche in den Kofferraum geworfen hatte.

„Kontrollfreak", murmelte er, rieb sich dann übers Gesicht. „Gerade wenn ich denke, dass mein Leben wieder auf Vordermann kommt, fängt noch mehr Kacke an zu dampfen."

Ich nickte. Was konnte ich schon sagen? Er hatte recht. Das Leben war nichts anderes, als Kackehaufen, die anfingen zu dampfen.

„Der Anwalt klingt optimistisch", bemerkte ich, als ich aus meinem Parkplatz manövrierte und mich in den späten Nachmittagsverkehr einordnete.

„Ich habe das nicht getan. Ich war nicht einmal da an den Tagen, an denen sie behauptet hat, dass es passiert ist. Ich … Ich kann nicht glauben, dass sie sich öffentlich beschwert hat! Was zur Hölle!"

Er wütete und schrie und schlug auf seine Oberschenkel, den ganzen Weg nach Hause. Er war immer noch außer sich, als wir bei meinen Nachbarn anhielten, um Frank abzuholen. Tom und seine Frau hatten einen Graupapagei namens Molly und kannten sich darum mit der Pflege von Papageien aus. Frank und Molly waren Freunde und gerne zusammen, darum waren Tom und Mona meine Papageiensitter, wenn ich unterwegs war.

Frank flog einmal durch meine Wohnung, bevor er sich auf Tates Schulter setzte, etwas, das mich schockierte. Vielleicht konnte der Vogel spüren, wie unglücklich er war. Oder vielleicht war er nur auf Trauben scharf. Was auch der Grund war, Tate saß auf dem Sofa, fütterte Frank Leckereien, während ich ein schnelles Abendessen für uns kochte. Unsere Handys waren für die Nacht ausgestellt, um Tate ein wenig Ruhe zu gönnen. Nach einer leichten Mahlzeit mit Rindfleisch auf wildem Reis, Salat und Sprudelwasser, brachten wir Frank ins Bett.

„Verflucht er dich immer, wenn du ihn ins Bett bringst?", fragte Tate.

„Mm, ja, sein Fluchen ist meine Schuld. Du nimmst das Schlafzimmer. Ich werde in meinem Gästezimmer schlafen."

Tate blieb neben dem großen Käfig stehen, über den jetzt eine Decke gebreitet war. Sein Blick fand meinen. „Warum schläfst du in einem anderen Zimmer?"

„Ich dachte, dass du dich ausruhen sollst, ohne dass ich mich an dir reibe. Ich scheine eine Schwäche für dich zu haben und kann meine Hände nicht bei mir behalten."

Er lächelte. Es war das erste Lächeln, das ich an ihm sah, seit dieser neue Ärger begonnen hatte. „Ich mag es, wenn du dich an mir reibst."

Mit diesem Wissen führte ich ihn zu meinem Bett, zog ihm all seine Kleidung aus und zog ihn eng an mich. Irgendwie schaffte ich es, meinen Schwanz bei mir zu behalten und Tate schlief unruhig an meine Seite geschmiegt ein. Was auch immer kommen würde, ich hatte das Gefühl, dass wir uns heute nähergekommen waren und mit allem fertig werden konnten, was das Schicksal uns entgegenstellte.

Das Schicksal war eine miese, kuhgesichtige, Modeschmuck liebende Hure.

Unser erstes Spiel nach diesem wilden Ausflug nach Kanada war gegen die Harrisburg Railers. Ich empfand großen Respekt für die Railers. Sie waren seit ein paar Jahren eines der besten Teams in der Liga, solide, eine Einheit und unglaublich inklusiv. Alles, von dem ich hoffte, dass die Raptors es werden würden. Ich war gut mit Stan befreundet. Er und ich waren Teil einer russischen Gruppe auf Facebook und unterhielten uns oft online über das Leben in Amerika.

Außerdem spielte ich gern gegen sie. Sie waren nie schlampig oder spielten nur zweite Wahl, auch wenn wir nicht ganz auf demselben Level waren wie sie. Noch nicht. Zu versuchen, gegen Tennant Rowe-Madsen zu verteidigen, war eine Herausforderung und belebend. Oder das war es früher. Heute Abend war der Mann wie ein verrottendes Holzstück unter meiner Haut.

Andre war wieder auf der Bank, Colorado im Netz. Tate und Tennant hatten sich lang unterhalten, bevor wir uns umgezogen hatten, dann, während es Aufwärmens, und sogar jetzt, als sie gleichzeitig auf dem Eis waren, plauderten sie. Und lächelten. Und lachten über Witze, die sie nicht mit den anderen teilten. Anderen wie mir. Als wir ins zweite Drittel kamen, brachte ihr freundliches Gepländel mich dazu, mit den Zähnen zu knirschen. Rowe-Madsen nutzte meine Wut über sein hübsches Gesicht zu seinem Vorteil. Er war schnell und agil. Zu versuchen, ihn zu fangen, war, als würde man versuchen, Quecksilber mit Essstäbchen zu erhaschen. Heute Abend war er besonders auffällig, besonders lächelnd, besonders hübsch und Tate war fasziniert, da war ich mir sicher. Darum wurde ich dumm und checkte Rowe aus Versehen gegen meinen eigenen Goalie. Nun, der Check war kein Versehen. Der war absichtlich, aber dass er gegen Penn donnerte und den von den Kufen riss, war nicht beabsichtig.

Sobald ich ihn traf, wusste ich, dass ich einen

Fehler gemacht hatte und ich wusste genau, was ich empfand. Ich hatte keinen Ärger mit Tennant. Ich hatte Ärger mit mir. Ich war eifersüchtig. Das war eine fremde Emotion für mich, weil ich ein sehr starkes Selbstbewusstsein hatte. Ich dachte darüber nach, warum ich so ein verdammter Arsch war, als ich meinen Hintern auf die Bank setzte, ließ Coach meinen Hinterkopf anbrüllen, weil ich es verdient hatte und schaute dann die Linie entlang und stellte fest, dass Tate mich anstarrte.

Eine stumme Sache ging zwischen uns vor. Was es war, hätte ich nur schwer erklären können, aber ich sah viele Dinge in seinen warmen braunen Augen. Er kaute auf seinem Mundschutz herum und hob eine Braue. Ich zuckte mit den Schultern. Er verdrehte die Augen. Ich schloss meine Augen und neigte meinen Kopf, um um Vergebung zu bitten. Coach schrie immer noch, die Fans jubelten immer noch den Railers zu und der Idiot hinter uns hielt immer noch dieses dämliche Schild, dass Tate der größte Haufen im SHT-Block war, ans Glas. Nichts davon spielte aber eine Rolle. Ich öffnete meine Augen und sah, dass Tate gegen sein Visier tippte, um zu sagen, dass alles vergeben war. Zumindest las ich es so. Vielleicht benutzte er eine Art texanischer Zeichensprache, um mir zu sagen, dass ich mich verpissen sollte. Sicher würde ich es erst nach dem Spiel wissen, wenn wir uns alle mit Ryker, Jacob und den Railers zu einem späten Abendessen in einem unserer berühmten

mexikanischen Restaurants treffen würden. Vielleicht
würde Tate nach der Mahlzeit zurück zu sich gehen
wollen. Vielleicht hatte er meinen dämlichen, alten,
eifersüchtigen Hintern satt. Vielleicht sollte ich mich
bei Tennant und Colorado entschuldigen und auch
bei Coach. Ich seufzte und spuckte auf den Boden.
Mit meinem Teamkollegen in einer Beziehung zu sein
verursachte genauso viel Chaos, wie ich gewusst hatte,
dass es das tun würde. Dennoch hatte ich es nicht
eilig, nicht mit Tates langem, starken Körper neben
meinem aufzuwachen.

Wir verloren gegen die Railers, aber nur knapp
und in der Nachspielzeit. Was unser mexikanisches
Essen nach hinten verschob, was bedeutete, dass Tate
und ich um drei Uhr morgens auf dem Parkplatz
hinter dem Restaurant standen, die kleinen Finger
verhakt und uns unter einem schwarzen, samtigen
Arizona-Himmel anschauten.

„Ich sollte nach Hause gehen", sagte er, aber seine
Augen erzählten eine andere Geschichte.

„Du solltest zu mir kommen. Frank wird seine
Trauben wollen."

„Und du? Was würdest du von mir wollen?"

„Alles, was du willens bist mir zu geben, *Zvedaya
moya*."

Da wurde er übermütig, beugte sich vor, um sich
einen Kuss zu stehlen.

„Wurde aber auch Zeit, dass ihr beide euch outet", erklang Elis Stimme und schreckte uns auseinander. Mein Partner auf dem Eis schlenderte zu uns, sein Gesicht eine selbstzufriedene Maske. „Wir haben eine Wette am Laufen."

„Wir sind nicht geoutet, wir sind nicht – eine Wette?", fragte ich, blieb am kleinen Finger mit Tate verbunden.

„Oh ja, sie läuft jetzt seit zwei Wochen. Eine Wo-werden-Sugar-und-Ice-beim-Rummachen-Erwischt-Werden-Wette. Ich glaube, dass ich gerade gewonnen habe!"

„Es gibt kein Gewinnen. Wir sind nicht out und als mein Freund bitte ich dich, das, was du gesehen hast, für dich zu behalten. Unser Leben ist zu kompliziert, als dass eine Romanze ins Scheinwerferlicht platzen sollte."

„Aber es sind schon mindestens fünfhundert Dollar im Topf. Ryker hat gesagt, dass ihr beide in der Dusche erwischt werdet, was, wie ich wusste, viel zu öffentlich für dich wäre, Iceberg. Alex hat gesagt, dass man euch im Materialraum erwischen würde. Ebenfalls zu öffentlich. Penn hat gesagt, dass ihr in der Sin Bin erwischt werdet, was, wie ich glaube, irgendeine pansexuelle Fantasie von ihm ist, aber Ja, auch überhaupt nicht Vlad. Henry hat geraten, dass ihr dabei gesehen werdet, wie ihr euch bei den Getränkeständen küsst, sieht Vlad auch nicht ähnlich. Aber ich hatte einen Parkplatz hinter einem mexikanischen Restaurant nach einem Essen mit den Railers."

„Fick dich. Du erzählst Unsinn", schnappte ich.

Tate kicherte, legte dann einen Arm um meine Taille. Meine Augen flammten auf. Eli schlug mir auf die Schulter.

„Ja, ich verarsche dich. Sei nett zu diesem alten Mistkerl, ja, Sugar?"

„Ich werde nett zu ihm sein, das verspreche ich", gab Tate zurück, als Eli um uns herum schlüpfte.

„Gut, ich würde dir nur ungern in den Hintern treten. Oh, und übrigens? Es gibt wirklich eine Wette und ich habe gerade gewonnen", schrie Eli, rannte dann los, um mit Henry und Apollo nach Hause zu fahren.

„Wenn ich herausfinde, dass es eine Wette gibt …"

Tate zog mich zu meinem Auto. „Vergiss die Wette. Lass uns nach Hause fahren. Dein Zuhause. Dein Bett."

Das machte ich mehr als gern.

Ich *würde* das mit der Wette aber herausfinden …

ELF

Tate

Die Fahrt zurück zu meinem Haus am nächsten Morgen verlief schweigend.

Ich war über Nacht bei Vlad geblieben, ja, ich hatte Frank Trauben gefüttert, und ja, ich hatte mich ruhiger und gechillter und beschützt gefühlt. Aber hier draußen, an einem neuen Tag, auf dem Weg nach Hause, hatte ich immer noch das Chaos in meinem Kopf, das nicht weggehen wollte.

Es hatte mit einem verschwommenen Foto angefangen, das vor ein paar Stunden gepostet worden war, das mich zeigte, wie ich das Revier verließ und ein weiteres mit Vlad und ich konnte nicht einmal anfangen, einige der Kommentare darunter zu lesen, aber das Internet urteilte schnell. Ich sah Worte wie *Millionär kommt damit davon, Menschen zu verletzen* und Schlimmeres und ich war nicht bereit, mich irgendetwas davon zu stellen.

Vlad war seitdem still gewesen, zurückgezogen. Er umarmte mich nicht und sagte mir, dass es in Ordnung war. Tatsächlich war er angepisst und ich konnte nicht anders als zu denken, dass ein Teil davon auf mich gerichtet war.

Dann war da noch der Elefant im Raum, den wir beide ignorierten.

Es gab genau genommen zwei Elefanten, aber Lacey war der offensichtliche, saß da und wartete darauf, dass ich mich um ihn kümmerte. Nur dass ich keine Lust mehr hatte, über sie zu reden und mich selbst zu verteidigen, und irgendwie hatte ich es letzte Nacht geschafft, sie in eine winzig kleine Kiste zu stopfen und sie irgendwo ganz hinten in meinem Kopf auf ein staubiges Regal zu stellen und zum Glück hatte Vlad sie nicht ein einziges Mal erwähnt.

Ich war nicht verhaftet worden, zur Hölle, es gab nichts, was man mir vorwerfen konnte und die Befragung war gut gelaufen, bis der Polizist mir einen Bankauszug hingeschoben hatte, der die Überweisung von einer Million Dollar auf Laceys Investment-Konto zeigte. Ich hatte nicht einmal Vlad von diesem Fehler erzählt und die Folgen für das Team als Ganzes.

Der Detective hatte in hinterlistigem Tonfall angedeutet, dass Lacey Geld zu geben es so aussehen ließ, als ob ich sie für ihr Schweigen bezahlte. Mein Anwalt, oder genauer gesagt, der Anwalt des Teams, hatte ihm gesagt, dass er sich selbst ficken sollte. Nicht ganz in diesen Worten, aber mit jeder Menge juristischem Gerede, das mich verwirrte, den Detective aber nicken ließ.

Ten hatte gesagt, dass ich mich mit einem Mann namens Layton Foxx unterhalten sollte, der Marketing-Soziale-Medien-Bringt-Alles-In-Ordnung-Mann der Railers, hatte mir seine Nummer gegeben und gesagt, dass es nicht viel gab, was der Mann nicht in Ordnung bringen konnte. Nicht nur, um das Problem mit Lacey in den Griff zu bekommen, sondern auch um dem Star-Goalie mit seinem verdammten Emu zu helfen. *Er kann sogar Dummheit reparieren*, hatte Ten gesagt. *Wir haben einen Adler und Layton hat ihn auf Vordermann gebracht.*

Vielleicht würde ich sein Angebot für das Lacey-Problem annehmen, aber Vlad kam mir wie die Art Mann vor, der überhaupt nicht an Hilfe interessiert war, mit oder ohne Emus. Er war die personifizierte Kontrolle.

Ich musste mich aber fragen, ob Vlad nach gestern und dem Händchenhalten im Flugzeug und Elis dämlichem Witz über die Wette, das Gefühl hatte, dass er vielleicht seinen festen Griff um alles verlor?

Ist das meine Schuld?

Ich konnte mir die Sorgen und Ängste in seinem Kopf darüber, was bei ihm zu Hause passieren würde, wenn er sich outete, nicht vorstellen. Dwight hatte ein Treffen vorgeschlagen, eine einstweilige Verfügung, eine öffentliche Stellungnahme, auf seine offizielle

Anwalt-Art. Ich wollte das nicht, vor allem nicht, wenn das hieß, dass Vlad mit hineingezogen wurde. Ich wollte nur Hockey spielen.

Dann war da der andere Elefant, Tennant Rowe. Letzte Nacht waren wir zu Vlad gefahren, hatten Sex gehabt, bei dem es weniger um Lust und mehr darum ging, umsorgt zu werden, dann hatten wir gekuschelt und nicht einmal hatten wir Tens Namen erwähnt. Erst heute Morgen, nach dem Post mit dem verschwommenen Foto, hatte Ten mir Laytons Nummer geschickt und auch eine Nachricht, dass ich positiv bleiben sollte.

Das hatte mich zum Lächeln gebracht, doch als ich Vlad davon erzählt hatte, waren seine Lippen schmal geworden.

Ich hatte den Fokus in seinem Spiel gesehen, als er Ten mit der Hüfte gecheckt und ihn gegen Colorado gerammt hatte und ich hätte ein Idiot sein müssen, um nicht zu bemerken, wie er von mir zu Ten schaute, als wir uns unterhalten hatten.

„Ten und ich habe einiges geklärt", verkündete ich, als wir näher zu meinem Haus kamen. Der Verkehr war leicht und wir hatten vielleicht noch fünf Minuten im Auto, bevor er mich herausließ, damit ich separat ins Stadion fahren konnte. Vielleicht hätte ich Ten nicht erwähnen sollen. Rückblickend war das vielleicht eine schlechte Idee? „Darum ging es in der Nachricht, wir haben nur gelacht, das ist alles."

Warum verteidige ich mich?

„Gut", murmelte er, aber es war zu leise, als dass ich heraushören konnte, ob er log.

„Wir haben darüber gelacht, dass ich in ihn verschossen gewesen bin."

Vlad schaute mich scharf an. „Rowe hat über dich gelacht?"

„Nein, wir haben zusammen gelacht. Er hat gesagt, wenn er das gewusst hätte, dann-"

„Was?", bellte Vlad, „Was hätte er getan? Hättest du ihn gewählt und nicht Lacey? Was *hättest* du getan?"

Ich blinzelte Vlad an, als er in meine Auffahrt fuhr und den Code für mein Tor eingab. Es waren ein paar Reporter versammelt, aber Vlad ignorierte sie und ich ebenso. Getönte Scheiben waren meine Rettung und er hielt das Auto direkt hinter dem Tor an, und beobachtete, wie es sich schloss, wahrscheinlich um sich zu versichern, dass keine Paparazzi hereinkamen, um Fotos zu machen. Mir wurde klar, dass es schlimm aussehen könnte, dass Vlad mich nach Hause gebracht hatte.

„Vielleicht hättest du mich nicht nach Hause fahren sollen, wenn ihnen klar wird, dass es dein Auto ist-"

„Ich bin der Kapitän, bringe Teamkollegen nach Hause", schnappte er und sein Russisch brach richtig durch. „Erzähl mir von Ten."

„Huh?"

„Madsen-Rowe. Du hast angefangen, wenn er es nur gewusst hätte …“

„Oh, nun, er hat zugegeben, dass er dann verstanden hätte, warum ich ihm nicht richtig in die Augen sehen konnte“, sagte ich. „Und dass er immer das Gefühl gehabt hatte, dass er mich mit irgendetwas wütend gemacht hatte. Er hat gesagt, dass er sich in Dallas immer wie die Nummer Zwei gefühlt hat und nie in den ersten Block kommen würde, und er hat mir gedankt, hat gesagt, dass zu den Railers zu gehen das Beste war, was ihm je passiert ist. Ich glaube nicht, dass ihm klar war, dass ich mich bemüht habe, die Nummer Eins zu werden, um ihn zu beeindrucken.“

Vlad murmelte leise etwas auf Russisch. Ich konnte nichts davon verstehen.

Er schaltete den Motor aus und drehte sich auf seinem Sitz.

„Du bist besser als Tennant *Regenbogen-Schwuler* Madsen-Rowe.“ Er war komplett auf mich fixiert und ich wusste nicht, was er von mir als Antwort erwartete.

„Mann, Vlad, wenn man bedenkt, dass du und ich … dass du … verdammt, das war beleidigend Ten gegenüber“, brachte ich endlich heraus.

„Wenn man bedenkt, dass du und ich was sind?“, fragte er, als ob die Antwort überhaupt keine Rolle spielte.

Ich schrumpfte innerlich ein wenig zusammen. „Zus – dass wir miteinander schlafen.“

Vlad schnaubte. „Tennant hat dich angefasst."

Was zur Hölle ging hier vor sich? „Er hat mir von diesem Layton-Typen erzählt, der dir mit der Emu-Sache helfen kann-"

„Ich will keine Hilfe-"

„Vielleicht brauchst du-"

„Ich brauche niemanden, der denkt, er kann in mein Leben kommen und mir sagen, was ich tun soll. Was ist mit dir? Möchtest du mir sagen, was ich tun soll, wo du doch nicht einmal dein eigenes Leben in den Griff bekommst?"

Ich starrte ihn an und fragte mich, was genau wir hier machten.

„Vlad, worüber streiten wir uns überhaupt?"

Er verzog finster das Gesicht. „Tennant-"

„Das ist es nicht."

„Colorado und sein verdammter Emu werden mich in den Wahnsinn treiben-"

„Das ist es auch nicht. Was ist hier los? Versuchst du, einen Streit vom Zaun zu brechen?"

Er wurde für einen Moment weicher. „Nein."

„Hast du vor etwas Angst?", wollte ich wissen und fragte mich, ob ich vielleicht scharfsinniger war, als ich gedacht hatte, als dieser stählerne russische Blick wieder erschien und seine blassen Augen zu Eischips wurden.

„Wir sehen uns im Stadion", sagte er.

„Vlad-"

„Im Stadion", wiederholte er und dieses Mal schaute er geradeaus.

Ich war schneller aus dem Auto als Usain Bolt aus seinem Startblock und dann mit derselben Geschwindigkeit in meinem Haus und schaute nicht einmal zurück zu Vlad und seinem dämlich großen SUV oder als das Tor sich öffnete oder als es sich schloss. Ich war in meinem Haus und zur Hölle mit dem großen Russen, weil er einen Streit anfangen wollte, denn wenn er wollte, dass wir mit dem aufhörten, was wir machten, dann musste er es sagen, nicht mich mit seinem Elend und seinem Eis zwingen zu gehen.

Ich duschte mich, fluchte sehr viel, stapfte in meinem Haus herum, ignorierte drei Anrufe vom Team-Anwalt und einen von Sam. Nur den von Henry nahm ich an, der *nur fragte, wie es mir ging.* Nachdem ich ihm versichert hatte, dass alles in Ordnung war, und das Handy dann vibrierte, weil Ryker mir eine Nachricht geschrieben hatte, schaltete ich das verdammte Ding aus. Ich war mit den guten Wünschen durch, den Sorgen und vor allem war ich durch mit dem frustrierenden Russen, der mich bei mir zu Hause in die Wüste geschickt und versucht hatte, mir einen Streit aufzuzwingen.

Zum Training ins Stadion zu kommen, war einfach, trotz des Verkehrs. Eine gute Sache an getönten Scheiben war, dass ich nach draußen schauen, aber niemand sehen konnte, dass ich es war. Die Leute in anderen Autos sangen zu Musik, sie plauderten lebhaft. Ich wollte wetten, dass keiner von ihnen eine Psycho-Ex hatte, die Anschuldigungen hervorbrachte, dass ich sie verletzt hatte oder einen Irgendwie-Liebhaber, der aus welchen Gründen auch immer Streit mit mir anfangen wollte. Ich hatte eine Erinnerung an einen Moment, einen Rückblick auf meine Kindheit, wenn ich wusste, dass ich nach Hause kam und mich den Konsequenzen für etwas stellen musste, was ich getan hatte. Vielleicht war es ein Streich in der Schule gewesen oder schlechte Noten im Zeugnis, aber ich hatte dann immer in die Fenster der Häuser geschaut, an denen wir vorbeigekommen waren und mich gefragt, ob ich den Platz mit einem anderen Kind tauschen konnte. Einem, das *keinen* Ärger hatte.

Ich fuhr neben einen Van, ein Kind starrte auf die vorbeifahrenden Autos, Raptors-Sticker klebten auf den Fenstern. Er trug ein Raptors-Hoodie und da kam es mir. Ich fragte mich, wie viele Leute in den Autos hier mich sahen und mit mir tauschen wollten? Möchtegern-NHLer, Kinder, die unbedingt spielen wollten? Wir waren noch mindestens zwei Ampelphasen von der Kreuzung entfernt und in einem Moment der Liebe und des Friedens und der Freundlichkeit fuhr ich mein Fenster herunter und das Kind, das aus seinem Auto starrte, bemerkte die Bewegung, ruckte mit dem Kopf herum und schrie dann meinen Namen, bevor er sein Fenster herunterfuhr.

„TATE!", schrie er und ich sah, wie seine Mom über ihre Schulter schaute und dann zu mir. Sie schien Kontrolle über die hinteren Fenster zu haben und es fing an, sich zu heben, während sie mit dem Mund *Entschuldigung* formte. Ich schüttelte meinen Kopf, machte das universelle Zeichen, dass sie das Fenster senken sollte, und griff dann auf meine Rückbank, wo ich sicher wusste, dass ich einen Stapel Trikots hatte. Ich hielt eines in die Höhe, aber die Ampel sprang um und wir alle mussten weiterkriechen. Ich hoffte wirklich, dass das Kind, das meinen Namen geschrien hatte, wieder neben mir hielt und ich war so verdammt erfreut, als das passierte. Die Mom zuckte mit den Schultern, auf diese Was-kann-man-machen-Art und der Junge fuhr sein Fenster ganz herunter. Wir waren keine zwei Meter voneinander entfernt.

„Hi", rief ich hinüber. „Wie heißt du?"

„Lucas Bowyer. Ich spiele Hockey für die Mini-Slide-Eagles."

„Welche Position?"

„Center, genau wie du." Er war so glücklich, es war ansteckend. Darum spielte ich, diese kindliche Aufregung, die immer noch in mir war, jedes Mal, wenn ich aufs Eis ging.

„Hättest du gern ein Trikot?", rief ich hinüber.

„JA!", schrie er und dann, nachdem seine Mom

ihn dazu aufgefordert hatte, fügte er noch ein verspätetes „Bitte", hinzu. Ich warf ihm ein Trikot zu, dann noch eines, auf dem ich meinen Namen neben meine Nummer gekritzelt hatte, suchte herum, fand zwei Pucks und dann leerte ich eine Raptors-Trainingstasche und warf ihm das alles ebenfalls zu.

„Kommst du zu den Spielen?"

Er zog die Nase kraus. „Einmal", murmelte er.

Ich konnte das in Ordnung bringen. Karten waren nicht billig, nicht einmal für die Raptors, aber ich bekam Freikarten für jedes Spiel. „Mrs Bowyer?", rief ich. „Gehen Sie zum Ticketschalter und sagen den Leuten dort, dass Tate sie geschickt hat. Ich werde den Namen Ihres Sohnes angeben, vielleicht können Sie Karten für unser Spiel morgen gegen Ottawa bekommen?"

Sie lächelte mich an, nickte, aber dann floss der Verkehr wieder und nachdem ich virtuelle High Fives mit Lucas getauscht hatte, machte ich mich auf zum Stadion. Ich musste wieder mit meinen Besuchen im Krankenhaus anfangen, ich war seit ein paar Wochen nicht mehr dort gewesen und ich hoffte inständig, dass ich mich hineinschleichen konnte, ohne dass der ganze Lacey-Mist mir Probleme machte.

Mit dieser getroffenen Entscheidung kam ich mit einem breiten Grinsen im Gesicht im Stadion an. Ich war Tate Collins, ich war ein Hockeyspieler und niemand konnte mir das wegnehmen.

Nur dass der Team-Anwalt, Dwight nichtwirklich-frohsinnig Perkins, schon auf mich wartete, neben einem der Eigentümer, Mark, und ich wünschte, es gäbe einen anderen Weg in das Stadion, denn das Letzte, was ich wollte, war, den Schwung zu bremsen, den ich gerade hatte. Aber keiner von beiden schien wütend zu sein, oder als ob sie mir etwas zu sagen hätten, dass die Richtung meines Lebens verändern würde.

„Auf ein Wort?", sagte Mark und öffnete die Tür zu einem Raum, der aussah, als würde er vom Hausmeister benutzt und schloss sie dann hinter uns. Ich kann ehrlich sagen, dass ich noch nie ein Meeting in einem Raum gehabt hatte, der nach Bleiche roch und in dem mindestens sechs Mops standen.

„Was ist passiert?", fragte ich, weil das so surreal war.

„Wir wollten die letzten Unstimmigkeiten beseitigen", fing Dwight an.

„Es wird keine Anklage geben", fuhr Mark fort. „Deine Ex hat das hier herausgegeben." Er hielt mir ein Handy hin und ich scrollte durch den Twitter-Thread. „Sie gibt zu, dass du ein guter Mann bist und dass die Aussagen aus dem Kontext gerissen worden sind. Sie erwähnt auch, dass sie psychologische Hilfe sucht." Der Post hatte bereits siebentausend Likes und war erst vor zwei Stunden gepostet worden, zu der Zeit, als ich mich mit Vlad gestritten hatte. Sie hatte perfekt gespielt, hunderttausende Likes, als sie über mich hergefallen war und es würde genauso viele dafür geben, dass sie sagte, ihre spitzen Kommentare wären aus dem Kontext gerissen worden und dazu noch Mitleid, weil sie zugab, dass sie Hilfe brauchte. Sie lutschte diese Herangehensweise komplett aus und ich war ins Kreuzfeuer geraten.

„Die eine Million Dollar", fing Mark in seinem ruhigen Tonfall an.

„Das hätte ich nicht tun sollen, aber ich habe sie nicht aus dem Grund bezahlt, den du annimmst."

„Was war der Grund?"

Das Letzte, was ich wollte, war, hier ins Detail zu gehen. „Muss ich es sagen?"

Mark schüttelte seinen Kopf. „Es ist wahrscheinlich besser, wenn du es nicht tust. Dwight hat Verschwiegenheitsverträge, die sie unterzeichnen muss. Die Raptors möchten, dass die Sache erledigt ist."

„Ich möchte, dass es erledigt ist", stimmte ich zu.

„Okay." Mark schüttelte mir die Hand. „Meeting beendet." Er öffnete die Tür und wir verließen den Raum, gerade als Colorado vorbeikam. Er runzelte die Stirn, schaute mich an, dann Mark und dann den armen Dwight.

„Dwight, Kumpel, bist du gerade aus dem Wandschrank gekommen?"

„Nein, ich-"

Colorado strahlte ihn an. „Willkommen im Regenbogen, mein Freund!", sagte er und pumpte enthusiastisch Dwights Hand, bevor er laut lachend wegging.

Zur Hölle, wenigstens folgte ihm kein Emu und es gab auch keine Anzeichen von Groupies. Das war ein Anfang, vermutete ich. Ich schaute beim Ticketschalter vorbei, weil ich das Versprechen halten wollte, das ich gegeben hatte, fügte den Namen Lucas Bowyer der Liste hinzu, plus drei weitere Personen und sagte, dass es für jedes Spiel galt, dann joggte ich zur Umkleide, hatte nur noch fünf Minuten, bis das Training begann.

VLAD WAR BEREITS in der Umkleide, angezogen, den Kopf gebeugt, schnürte seine Schlittschuhe, murmelte auf Russisch vor sich hin, wie er das immer machte, wenn er seine Schuhe anzog. Wahrscheinlich segnete er seine Kufen oder etwas in der Art. Henry war auch da, aber er tigerte herum und blieb erst stehen, als er mich sah. Die Anspannung in ihm löste sich sofort auf.

„Ich dachte, du würdest nicht kommen", sagte er und ein paar der anderen Jungs hoben den Blick und nickten mir zu. Ihre letzte Information war, dass ich zur Befragung aufs Revier gebracht worden war und das hier war der Punkt, an dem das Team mir entweder ohne Vorbehalt glaubte oder ich die Situation erklärte.

„Es ist alles Unsinn", fing Ryker an.

„Totaler verdammter Unsinn", bekräftigte Colorado.

Ich hörte ein paar weitere Jungs dasselbe sagen, mich unterstützen.

„Sie hat ihre Aussage komplett zurückgezogen", sagte ich, als es kurz stiller wurde und bekam eine Menge High-Fives und eine Umarmung von Henry.

„Was sind wir? Fischweiber?", schnappte Vlad. „Tratschen wie die Kinder. Eis, jetzt."

Ich war nicht einmal angezogen. Zur Hölle, ich hatte noch nicht einmal meine Tasche geöffnet und er starrte mich finster an. „Collins, zieh dich endlich um und dann raus aufs Eis."

Ich wechselte einen Blick mit Coach Carmichael, der mich verwirrt anschaute, aber als die Jungs gingen und Vlad der Letzte war, sagte ich mit meiner lautesten, klarsten Stimme zum Coach: „Unser Kapitän muss mit dem falschen Fuß aufgestanden sein."

Coach hob eine Braue, ich konzentrierte mich darauf, meine Ausrüstung anzuziehen, meinen Schläger zu tapen und meine Schlittschuhe zu binden und Coach warf mir ein graues Trikot zu. Ich würde mit meinem Block gegen den JAR-Block spielen und als ich Vlads weißes Trikot sah, dachte ich, dass heute die Explosion kommen würde.

Beim ersten Mal, als er mich in der Ecke festnagelte, mich mit seinem Körpergewicht erdrückte, nutzte ich meinen Hintern und die

Muskeln in meinen Beinen, um ihn weg zu hieven, schoss den Puck zwischen seinen Beinen durch, lenkte ihn dann zu Sam, der auf Andre schoss und das graue Team hatte das erste Tor in diesem Trainingsspiel.

Als er mich das zweite Mal in der Ecke hatte, hatte er gelernt, sich so zu verankern, dass er praktisch unmöglich zu bewegen war. Darum wurde ich schlaff, lockerte jeden Muskel und er fiel nach vorne und wieder passte ich den Puck, dieses Mal zu Henry, der diesen herrlichen Tape-to-Tape-Schuss auf Sam machte, der ihn dann zurückpasste und Henry schoss das zweite Tor für das graue Team.

In der Zwischenzeit wand ich mich in der Ecke, steckte unter dem gefallenen Vlad fest, der sich wegrollte. Zum Glück war es Vlads Verteidiger-Partner, Eli, der sich danach auf mich fokussierte, aber ihm war leicht zu entkommen, nur dass Vlad dadurch natürlich meinen Pass blocken konnte und es war das weiße Team, das den nächsten Schuss machte, und wir hatten Colorado im Netz, der den Puck wegschlug, als wäre er eine Fliege.

Dann fingen wir mit Blockwechseln an, veränderten Aufstellungen und die zwei Stunden schienen im Flug zu vergehen. Jeden Augenblick war Vlad der engagierte Profi, den nichts berührte. Er war angriffslustig und hart, begegnete meinem Blick nicht und Wut funkelte in seinen eisigen Augen. Ich war nicht der Einzige, dem die Veränderung bei ihm auffiel.

„Was ist Vlad in den Hintern gekrochen und dort gestorben?", flüsterte Ryker nicht ganz so leise Sam zu.

„Vielleicht ist sein Papagei krank", schlug Sam mit einem Schulterzucken vor.

„Frank geht es gut", verteidigte ich und Sam warf mir einen Blick zu, der Bände sprach.

„Er ist also einfach grundlos schlechter Stimmung", hakte Sam nach.

„Du bist dran!", rief Coach und als niemand sich bewegte, nahm ich an, dass ich gemeint war. „Ich möchte sehen, wie du an Vlad vorbei zu Colorado kommst, an den Rändern arbeitest."

Ich kam mit Leichtigkeit an ihm vorbei. Er versuchte es nicht einmal.

„Halte mich auf", schnappte ich ihn an und er fuhr rückwärts in Position, dieses Mal kämpfte er mehr, aber ich hatte ihn und wenn Colorado ein beschissener Goalie gewesen wäre, hätte ich ein weiteres Tor gemacht.

Ich fuhr zu Vlad, fing seinen Blick ein, starrte ihn hart an, forderte ihn heraus, zu kämpfen. Ich war jetzt wütend. Mir war egal, was er dachte, was passierte, weil wir fickten, aber das Spiel nicht zu respektieren, das ging nicht. Ich schubste ihn mit meinem Schläger, erwischte ihn unvorbereitet und er taumelte. Der Puck befand sich zwischen uns auf dem Eis und ich schubste ihn erneut und dann wieder und wieder und jedes Mal bot er mehr Widerstand, bis wir endlich einen Kampf um den Puck hatten und dieses Mal musste ich mit jedem Muskel arbeiten, um an ihm vorbeizukommen. Mit einem letzten Stochern seines Schlägers rettete er den Puck und schusserte ihn ans andere Ende, wo das Team in Trauben herumstand.

Wir standen uns direkt gegenüber, er starrte mich teilnahmslos an.

„Fick dich", sagte ich, obwohl ich leise genug redete, dass nur er es hörte. „Wage es ja nicht, diesen Scheiß mit mir abzuziehen, klar?" Ich trotzte ihm, sagte ihm, wie wütend ich war und in seinem Gesichtsausdruck war nichts.

„Dann solltest du vielleicht aufhören, Tennant Madsen-Rowe anzustarren", fauchte er mit entfesseltem Zorn und dann konnte ich sehen, wie er sich abschottete, seine Wut nachließ, die Kontrolle mit aller Macht zurückkehrte. Er starrte mich wieder an und Himmel, ich wollte ihn erneut schubsen.

„Was?" Ich war mir wirklich nicht sicher, ob ich ihn richtig verstanden hatte.

„Ich werde nicht die zweite Wahl sein, wenn ich so viel zu verlieren habe", murmelte er, als ob es ihm nichts bedeutete, dass er mir das Herz mitten auf dem Eis brach. Er fuhr an mir vorbei und zu Colorado, der mit ihm einschlug und dann, die Köpfe zusammengesteckt, plauderten sie. Was sagte Vlad zu Colorado? Ging es um uns? Ich dachte, wir waren geheim?

Betonung auf *waren*.

Ich fuhr zurück zu Alex, der mir mit dem Schläger ans Schienbein tippte.

„Netter Kampf."

Ich hörte, wie ein paar der anderen Spieler sich fragten, was zur Hölle mit ihrem Kapitän los war und ich konnte nur Wut, Elend und Schuld fühlen. Ich musste mich duschen und anziehen, bis ich mich beruhigte.

„Kaffee?", fragte Ryker.

„Es geht mir gut-"

„Kaffee", wiederholte er und mir wurde erst jetzt klar, dass dies eine Art chaotische Intervention war, als Henry, Alex und Sam ebenfalls herkamen.

Ich gab nach und wir gingen zu The Coffee Bean, einem Café in der Nähe, das versteckte Ecken hatte und jede Menge Diskretion bot und ich dachte darüber nach, worüber ich reden konnte, was nichts mit Vlad zu tun hatte und kam unweigerlich auf den Jungen, den ich heute Morgen kennengelernt hatte.

„Es war so cool, er war ein riesiger Hockeyfan, hat gesagt, dass Ryker sein Favorit ist."

Ryker polierte seine Nägel an seinem T-Shirt. „Der Junge hat guten Geschmack."

Alex schubste ihn. „Wie du meinst, Kumpel."

„Er spielt auch."

„Cool, wir sollten sein Team besuchen, ihnen ein paar Trikots mit anständigen Namen darauf geben", zog Ryker mich auf, was ihm dieses Mal einen Tritt von mir einbrachte, unter dem Tisch. Wenigstens war

Ryker daran interessiert, mehr zu erfahren und an Lucas war etwas Faszinierendes, mit seinen strahlend blauen Augen und seiner Begeisterung für Hockey. „Wir machen hier eine Menge mit Kinderteams."

„Ja, das haben wir in Dallas auch gemacht."

„Hier ist nicht Dallas", sagten sie im Chor und kicherten dann, als wäre das der lustigste Witz auf dem Planeten. Ich konnte ein Lächeln nicht unterdrücken, schüttelte aber meinen Kopf, als wäre das zu dumm, um eine Reaktion zu rechtfertigen.

„Für welches Team spielt er?", fragte Alex.

Ich konnte mich zunächst nicht erinnern. „Etwas mit Slide?"

Ryker wechselte einen Blick mit Henry. „Mini-Slide-Eagles, vielleicht?"

„Genau."

„Das ist ein Para-Eishockeyteam", sagte er und lächelte breit. „Gute Kinder, alle mit ihren eigenen Problemen, die meisten können nicht gehen oder haben andere Behinderungen, aber sie alle lieben Hockey. Ich weiß, dass Coach Carmichael mit ihnen arbeitet."

Ich wusste nicht, was ich fühlen sollte. Die Worte Para-Eishockey beschworen so viele Bilder herauf, von Tapferkeit und Begeisterung und davon, neue Wege zu finden, Hockey zu spielen. War ich traurig, dass Lucas vielleicht krank war? Oder nicht gehen konnte oder –

„Hör   auf,   über   den   schlimmen   Scheiß

nachzudenken, und sieh es dir an", murmelte Ryker. „Ich wollte mit Coach das Team besuchen, mich engagieren, willst du mitkommen?"

Ich dachte an meine Besuche im Krankenhaus, auf der Krebsstation, die, von denen niemand wusste, bei denen ich mein Bestes gab, zu sein, was sie von mir brauchten. Aber ich hatte mehr Zeit. Genaugenommen hatte ich, außerhalb von Hockey, alle Zeit der verdammten Welt.

Und gerade im Moment klang das genau nach etwas, das ich tun musste.

ZWÖLF

Vlad

_____

Es schien, als wären die Rowe-Madsen Männer
entschlossen, diesen schlecht gelaunten Meister Petz
zu ärgern.

Nach meinem Unsinn mit Tate und Ja, ich wusste,
dass es Unsinn gewesen war, es war aber dennoch aus
mir herausgeblubbert wie Eiter aus einer entzündeten
Wunde, hatte ich vorgehabt, mich für ein paar Tage
von Tate zu distanzieren oder zumindest für ein paar
Stunden. Mein Leben war außer Kontrolle. _Ich_ war
außer Kontrolle. Nervosität nagte an mir, als ich das
Stadion verließ, begierig darauf, nach Hause zu
kommen, mich hinzusetzen und nachzudenken, zu
planen, zu ordnen und zu versuchen, einen Weg
zurück in mein ehemals ruhiges Leben zu finden.
Stattdessen erwischte Ryker Madsen mich, und fing
mich mit der einen Sache, zu der ich nie ‚_Nyet_' sagen
konnte – hilfsbedürftige Kinder.

Ich hatte natürlich viele Wohltätigkeitsvereine in
Tucson, denen ich meine Zeit und mein Geld
spendete, genau wie wir alle. Penn verbrachte einen
großen Teil seiner Freizeit damit, Geld für das örtliche
Frauenhaus zu sammeln, eines der wenigen
verantwortungsvollen Dinge, zu denen er in der Lage
zu sein schien. Ich half, Geld für die Opfer von Krebs
zu sammeln, in Erinnerung an meinen Cousin, der
mit achtzehn an dieser grauenvollen Krankheit
gestorben war. Ich hatte sogar von meinem Agenten
einen Fonds aufsetzen lassen, um Kindern, die den
Krebs überlebt hatten, zu helfen, aufs College zu
gehen, indem ich die Kosten für ein Kind pro Jahr
übernahm. Ich spendete an Tierheime und mehrere
Vogelrettungs- und Auffangstationen überall im Staat.
Zu Hause sponsorte ich Jugend-Hockeyteams und
schickte Geld an Waisenhäuser. Dennoch kannte ich
dieses Para-Eishockeyteam nicht, aber wenn sie Hilfe
brauchten, würde ich da sein. Meine verwirrten
Gefühle für Tate würden beiseitegeschoben werden.
Dachte ich zumindest.

Aber ich war zum Narren gehalten worden. Denn
Tate war da und ich konnte jetzt keinen Rückzieher
mehr machen. Ein Wort von einem Kind, das ganz
aufgeregt wurde, als ich ankam, reichte mehr als aus,
damit ich blieb.

Während der nächsten zwei Stunden wurde mein
Kopf noch chaotischer, während ich zuschaute, wie
Tate mit den Kindern des Mini-Para-Teams

interagierte. Ich hatte natürlich schon von Sled oder Para-Hockey gehört und hatte sogar ein paar Schecks für die Liga in Tucson geschrieben, aber das hier war meine erste direkte Begegnung. Es war mehr als bewegend, all diese Kinder und Erwachsenen mit Behinderung zu sehen, die aufs Eis gingen. Und Tate …

Nun, Tate war unglaublich mit Kindern. Seine aufrichtige Güte und Wärme zogen die Kinder zu ihm, ebenso wie die Erwachsenen, die in der Liga mitmachten. Ich stellte fest, dass mein Blick immer wieder zu ihm wanderte, sein Lächeln bewirkte ein Durcheinander aus Verwirrung in meinem Herzen und meinem Kopf. Endlich, nach einem Foto mit dem Direktor der Liga, Jonas McKenzie, einem auffallend attraktiven Ex-Captain der Armee, der im Dienst für sein Land sein Bein in einer weit entfernten Wüste verloren hatte, schaffte ich es, freizukommen. Ryker und Tate blieben zurück, um mit Jonas zu reden. Ich brauchte Abstand.

Sobald ich zu Hause war und Frank auf dem Fensterbrett saß und meinem Nachbarn, der sein Auto wusch „*Suka! Suka! Suka!*" zukrächzte, rief ich Facebook auf, hoffte, mich in der gewöhnlichen Sinnlosigkeit der Sozialen Medien und lustigen Papageien-Videos zu verlieren.

„Frank, komm, hol dir eine Traube", rief ich auf Russisch. Es war ein Segen, dass keiner meiner Nachbarn meine Muttersprache konnte. Ich war mir sicher, dass Phil nebenan es nicht gut finden würde, endlose Stunden als Miststück bezeichnet zu werden. Der Vogel ignorierte mich, war für den Moment anscheinend glücklicher damit, unhöflich zu sein. Es gab keine lustigen Papageien-Videos zu schauen, darum schaute ich in der russischen Chatgruppe vorbei, die die NHL-Spieler hatten.

Ich freute mich zu sehen, dass Stan Lyamin online war und über Socken mit Löchern in den Zehen redete und eine Puppe, die er versuchte, für seinen jüngsten Sohn zu machen. Ich lächelte über die Diskussion, blieb für mich und fragte mich, wie Stan es geschafft hatte, einen seiner Teamkollegen zu heiraten. Natürlich war er nicht der Teamkapitän, aber er war der Goalie, was eine wichtige Rolle in der Umkleide-Dynamik eines Teams war. Hatten er und Eric Probleme, einander zu lieben und miteinander zu spielen? Oder war ich derjenige, der Probleme erfand? Auch er hatte zu Hause eine Familie, über die er sich Sorgen machen musste, dachte ich zumindest.

Ich schickte ihm eine private Nachricht und schon bald redeten wir miteinander, ohne dass andere laute Russen sich einmischten.

„*Zdravstvuy drug moy*", fing ich an, sobald wir auf unserem eigenen Kanal waren.

„Hallo mein Freund, zurück für dich. Bitte, wir müssen Englisch reden, weil meine glühenden Verbesserungen in der Sprache große Hits machen", antwortete Stan, hielt sein Handy dabei nach oben, sodass ich auf ihn herabschaute. „Ist gute Selfie-Position für reden. Mein Hals ist wie ein Truthahn, sagen meine Kinder."

„Dein Hals ist überhaupt kein Truthahn", gab ich zurück, stand auf, um in die Küche zu gehen. Ich kam an Frank vorbei, der meinen Nachbarn durch das Fliegengitter hindurch quälte.

„Dein Vogel hat einen großen schlimmen Mund!" Stan lachte brüllend über die Schimpfworte, die von Frank kamen.

„Ja, ich habe ihm ein großes Vokabular an schmutzigen Wörtern beigebracht", bestätigte ich, versuchte, das Fluchen zu ignorieren, während ich zum Kühlschrank ging, um mir eine Flasche Wasser zu holen. „Ich würde gerne über private Dinge mit dir reden. Bist du im Moment kinderlos?"

„Ja, ich bin allein zu Hause, wie dieser Film mit den beiden Banditen, die Farbdosen auf die Stirn bekommen."

„Ah, gut." Ich hatte keine Ahnung, welchen Film er meinte. Ich holte mir eine Flasche Zitronen-Limetten-Sprudelwasser, schloss den Kühlschrank und setzte mich an die Kücheninsel. Vielleicht musste ich mir mehr Mainstreamfilme ansehen. Vielleicht, wenn ich Dinge machte, die andere machten – wie dumme Filme anschauen – würde ich mich nicht so ausgeschlossen und aufgebracht wegen Tennant Rowe fühlen. Was dumm war. Tate und Tennant waren Freunde, das war alles. Ja, er hatte sich zu ihm hingezogen gefühlt, aber jetzt war er mein Liebhaber und ich war mir sicher, dass er gut befriedigt war. Oder nicht?

„Vlad, möchtest du bald reden oder soll ich Sockenpuppe machen, während du Wasserflasche anstarrst?"

Meine Aufmerksamkeit kehrte abrupt zu meinem Handy zurück, das auf der Arbeitsfläche stand. „Es tut mir leid, ich bin … da ist diese Sache, mit der ich Probleme habe. Eine … Art Anziehung zu jemandem in meinem Team."

Stans graue Augen blitzten auf. Er schaute auf die Socke in seiner Hand, dann zurück zu mir. „Ich wusste nicht, dass du schwul bist."

„Mm, nun, es war ein Geheimnis. Meine Familie zu Hause …"

„Ah, ja, ich kenne diese Sorge gut. Sag nichts mehr. Du bist also hoch besorgt, dass die Presseleute es herausfinden und die Nachricht nach Russland gelangt?"

„Ja, das und …" Ich schaute vom Handy zu dem Vogel am Fenster. „Ich habe … immer schon hatte ich die volle Kontrolle über mein Leben. Was über mich gesagt wurde, was ich projiziert habe, was ich die Welt habe wissen lassen, mit welchen Männern ich Beziehungen hatte. Dann hat Tate …"

„Ah, ja, *dann hat Tate*. Ich verstehe. Meines war ‚dann hat Eric', obwohl Eric und ich uns zuvor schon gekannt haben, aber als er nach Harrisburg gekommen ist, sind die Dinge für eine Weile dennoch ein wenig aufwärts und abwärts gewesen."

„Wie machst du das? Wie spielst du mit einem Mann, in den du verliebt bist?"

Ein Moment verging, in dem ich diesem Wort nachlauschte, das in meiner Küche hallte wie eine Fliege, die verzweifelt versuchte, eine offene Tür zu finden. *Liebe.*

„Du findest Weg. Wenn du ihn liebst, dann findest du Weg. Ist einfach, oder?"

„Nein, es ist nicht einfach. Es ist komplex."

„Nur weil du es verwirrt machst. Liebe ist nicht komplex. Wir Leute machen sie so. Liebe ist einfach und befreiend, sobald man aufhört, sie kontrollieren zu wollen. Wir Menschen können die Liebe nicht kontrollieren. Wir müssen auf ihr fahren, Hände in der Luft, wie große Achterbahnfahrt mit vielen Schreien der Freude und Tränen der Trauer. Vielleicht musst du die Stange loslassen und die Hände in die Luft nehmen?"

Ich lehnte mich auf meinen Stuhl zurück, starrte den Mann mit den warmen grauen Augen und seiner Hand in einer alten Socke an. Die Stange loslassen. Das war einfach gesagt. Ich hatte mein ganzes Leben lang die Stange mit festem Griff gehalten. Was, wenn ich losließ und herausfiel, in den Tod stürzte, weil Tate ein anderes Fahrgeschäft nahm? Wie dieses sich neigende und drehende Ding. Tate schien mir von der neigenden und drehenden Art zu sein.

„Vlad, du starrst schon wieder Superman-Löcher in die Wasserflasche", sagte Stan, holte mich aus dem Freizeitpark, der sich in meinem Kopf aufbaute.

„Es tut mir leid. Meine Gedanken sind durcheinander. Du hast mir viel zum Nachdenken gegeben." Ich hielt inne, immer noch in Gedanken verloren. „Erzähl mir, wie du die Sache zu Hause gemanagt hast. Ist deine Familie sicher? Hat deine Ehe ihnen geschadet? Ich fürchte, dass wenn ich offen über meine sexuelle Orientierung spreche, das jenen schaden wird, die ich liebe."

Stan seufzte, als würde er das Gewicht der Welt auf seinen breiten Schultern tragen. „Ja, es ist eine Sorge, die mich schwer traurig macht. Bis jetzt hat es keine großen Probleme gegeben, aber ich kehre nicht oft zurück, jetzt wo Mama hier ist. Du gehst zurück, ja? Jeden Sommer?"

„Ja."

„Mm, dann wirst du vielleicht mehr Feindschaft erleben. Ich kann dir nicht sagen, welcher Pfad weniger steinige Straße ist. Jeder Mann muss seinen eigenen Weg wählen, aber ich weiß, dass ich mir mein Leben nicht ohne meinen Ehemann und meine Kinder vorstellen kann. Bitte, mein Freund, sei vorsichtig. Gibt es Möglichkeit, deine Familie hierher zu bringen?"

„Nein, ich denke nicht. Mein Bruder, Dimi, du kennst ihn, er spielt für die KHL und wird sich bald mit einer wunderbaren Frau verloben. Meine Eltern

… ich kann mir nicht vorstellen, dass sie ihr Zuhause für Amerika verlassen." Ich bekam langsam Kopfschmerzen, wie immer, wenn ich versuchte, wer ich war mit dem in Einklang zu bringen, woher ich kam.

„Ah, nun, dann wirst du auf einem Drahtseil spazieren müssen. Liebst du Tate tief?"

„Ich … meine Gefühle gehen tief, ja", gestand ich.

„Dann ist es harte Entscheidung zu treffen, nicht wie Nasebohren, was einfach ist. Bitte, wenn du mehr Redezeit wünschst, dann ruf mich an. Ich werde dir meine Handynummer schicken. Ich liebe es immer, mit meinen russischen Brüdern zu reden."

„Danke, Stan. Ich lasse dich jetzt in Ruhe. Mach deine Puppe fertig, bevor die Kinder nach Hause kommen."

„Wünschst du mehr Hilfe bei Liebe und Ehe und Familie? Ich kann dir zeigen, wie man Puppen aus alten Socken macht. Ich habe Knöpfe und Bänder!"

„Nein, ich bin … Ich brauche keine Puppen. Aber danke, dass du dir die Zeit genommen hast, mit mir zu reden. Du bist ein guter Freund. Richte deiner Familie und deinem Ehemann liebe Grüße aus. Sie haben Glück, dich zu haben."

„Bitte lass mich wissen, wie es mit Tate läuft?" Jetzt redete die Puppe. Ich schüttelte meinen Kopf, lachte, als die Socke gegen die Kamera gedrückt wurde, nannte Stan einen albernen Idioten und wir verabschiedeten uns.

Lange nachdem das Gespräch beendet war, saß ich in der Küche, starrte auf meine unberührte Wasserflasche und dachte nach. Frank kam zu mir geflogen. Er landete auf der Insel und begann, mit dem Verschluss der Wasserflasche zu spielen. Ich streichelte ihn. Er senkte seinen Kopf, gestattete mir, seinen Hals zu reiben. Ich tat das entgegen der Wuchsrichtung seiner Federn, anders als man es bei einem Hund tun würde. Er liebte es, hinter den Ohren gekrault zu werden und darum saß ich da und streichelte ihn, während ich über Stans weise Worte nachdachte. Vielleicht, nur vielleicht, musste ich meine Hände in die Luft heben. Nur dieses eine Mal …

Ich schaute Frank an. Er gab meiner Hand einen Kuss, öffnete seinen Schnabel und berührte meinen Finger mit seiner Zunge. Ich lächelte ihn an, rief ihn auf meine Hand und trug ihn zu seinem Käfig. Er ging gern hinein, weil seine Schüsseln voll waren. Während er sich an nach Obst schmeckenden Pellets labte, kehrte ich in die Küche zurück, fand mein Handy und schickte Tate eine Nachricht.

Ich möchte mit dir fahren. Bitte komm zu mir, damit wir reden können. – V

Es schien ewig zu dauern, bis er antwortete, aber es waren nur ungefähr dreißig Minuten.

Tut mir leid, Handy war leer. Habe ein Ladegerät von Ryker bekommen, um zu antworten. Was fahren? Wo und wann sollen wir reden? – T

Bei mir. So bald wie möglich. Bitte. – V

Bin in dreißig Minuten da. <3 – T

Er kam nach zwanzig an. Es war viel zu lang und viel zu kurz.

Ich ließ ihn herein und er ging direkt zu Frank, der eine Show abzog, Tate auf Russisch als Arschloch bezeichnete und dann um eine Traube bat. Tate schaute über seine Schulter zu mir, bat um Erlaubnis, den Vogel zu füttern. Ich nickte und ging los, um ein paar Trauben aus dem Kühlschrank zu holen. Ich zupfte ein paar ab, kehrte dann zum Käfig zurück und stellte mich neben Tate. Er roch frisch und zitronig. Ich sehnte mich danach, ihn hochzuheben, in mein Bett zu tragen und mich in ihm zu verlieren.

„Du hast etwas über eine Fahrt mit mir geschrieben?", sagte er, während er eine fette rote Traube auswählte und durch die Drähte des Käfigs hielt. Frank kam auf seiner Stange an, die Flügel ausgebreitet, mit nickendem Kopf, und nahm die Traube mit einem freudigen Ruf.

„Ja, ich möchte mit dir fahren. Auf der Achterbahn der Liebe."

„Ist das wie die Autobahn der Liebe?"

„Diesen Scherz verstehe ich", sagte ich und er stupste mich mit seinem Ellbogen an. „Es war ein Song, ich kenne Songs, Filme nicht so sehr."

Er gab dem Papagei noch eine Traube, sein Kiefer spannte sich ein wenig an. Dann drehte er sich zu mir um, schaute mich wirklich an, in mich hinein, bohrte tief.

„Zwischen mir und Tennant ist nichts, es war nur eine dämliche Schwärmerei. Ich wünschte, sie wäre nie publik geworden, ich hätte es niemals irgendjemandem erzählen sollen, aber ich dachte … nun, was ich über sie denke, ist im Moment nicht wichtig. Ich möchte jetzt über uns reden. Sagst du, dass du mit mir zusammen sein möchtest? Dich outen möchtest? In der Öffentlichkeit mit mir gesehen werden willst? Eine Erklärung abgeben? Vergib mir, wenn ich langsam bin, aber ich bin gerade ziemlich im Arsch."

„Im Arsch! Im Arsch!", krächzte Frank und klackerte mit seinem Schnabel.

Tate schnitt eine Grimasse. „Oh Mann, es tut mir leid. Ich habe nicht gedacht, dass er das annehmen würde."

„Schon gut", sagte ich und mein Blick wanderte über sein Gesicht, blieb auf seinem Mund hängen und wie rosig und voll seine Unterlippe war. „Er sagt Schlimmeres. Ich weiß, dass Tennant nicht dein Mann ist, das bin ich, ja?"

„Ja, wenn du es sein möchtest." Er warf sich eine Traube in den Mund, versuchte, lässig zu sein, aber die Anspannung war klar in seinen Schultern zu sehen. Ich legte eine Hand auf seinen Hals, rieb seine harten Muskeln.

„Das wäre ich sehr gerne. Aber wir können nicht

geoutet sein. Wir müssen diskret sein, zur Sicherheit anderer, nicht meiner. Wenn es nur um mich ginge, würde ich unsere Romanze der Welt mitteilen." Ein gewinnendes Lächeln hob seine Lippen. „Ich würde dich hinlegen und dir Trauben füttern und dein Fleisch mit Küssen bedecken."

Das zärtliche Lächeln erblühte zu etwas Sündigem. Er schob seine Hand in meine und zog mich zu meinem Schlafzimmer, trat um mich herum, als wir in der Nähe des Betts waren.

„Tu es." Er reichte mir die Trauben, die warm von seinen Fingern waren. „Mach all das. Leg mich hin, füttere mir Trauben, bedecke mein Fleisch mit Küssen."

„Bist du dir sicher, dass du das mit mir fortführen willst? Du könntest mit einem anderen Mann oder einer anderen Frau zusammen sein, die öffentlich mit dir wären, ohne Geheimnisse leben würden."

„Ich bin mir sicher. Jetzt hör auf zu zögern und füttere mich mit Trauben."

Ich legte eine Hand um seinen Nacken, führte seinen Mund dann zu meinem. Seine Lippen waren süßer als jede Frucht auf dem Planeten. Genau wie sein Körper, den ich langsam entblößte, ihm die Kleidung abschälte, wie man es wohl mit der dünnen Haut einer Traube machen würde. Ich küsste seine Braue, dann schob ich eine Traube zwischen seine Lippen. Dann küsste ich seine Nase und fütterte ihm eine weitere Traube. Dann schmeckte ich seine

Lippen, sein Kinn, seine Kehle, seinen Brustkorb, seine harten Nippel, jedem Punkt der Bewunderung folgte der Geschmack von Trauben. Seine Bewegungen waren ungestüm, aggressiv, lustvoll, als ich es in die Länge zog, ihn stimulierte und kostete, einen heißen Pfad an der Innenseite seines Oberschenkels nach unten leckte, seinen Knöchel und die Wölbung seines Fußes verehrte, bevor ich mir einen Weg zurück nach oben knabberte, an seinen Eiern nuckelte, bis er frustriert aufschrie. Dann beschrieb ich denselben trägen Pfad an seinem anderen Bein nach unten und oben.

„Wir haben noch ein paar Trauben übrig", verkündete ich, während ich seinen Hodensack liebkoste, ihn aus dem Weg hob, damit ich den Bereich zwischen seinen Eiern und seinem engen Loch mit der Zunge bearbeiten konnte.

„Oh, verdammt … vergiss die Trauben. Ich bin … ahhh, Scheiße, Vlad, ja, mach das noch einmal." Er schnurrte wie eine Katze vor der Sahne. Ich legte meine Hände auf seine Oberschenkel und schob sie weiter auseinander, platzierte meine Schultern zwischen seinen kräftigen Beinen. Verführt über jeden vernünftigen Gedanken hinaus, sehnte ich mich danach, eine dieser runden Früchte zu nehmen und in ihn zu schieben, sie dann mit meiner Zunge herauszufischen. Stattdessen benutzte ich einen Finger, der glitschig von Speichel war und fing an, ihn zu öffnen, während ich an seinen Eiern saugte. Sein

Schwanz war steif, die Eichel hatte die Farbe einer Pflaume und war feucht von Liebestropfen. „Ich werde an deiner Eichel saugen. Schau sie dir an, schau, wie rot sie ist, wie nass, wie sie sich danach sehnt, in meinem Mund zu sein. Schau zu, wie ich dich sauge, während ich deinen Hintern öffne."

Ein brauner Blick, der heiß vor Lust war, fiel auf mich, seine Lippen teilten sich, seine Zunge war zwischen seinen weißen Zähnen. Er zischte und zuckte, als ich nur die Eichel zwischen meine Lippen nahm. Mein Finger ging tiefer, ein weiterer kam dazu, und dann ein Dritter, während meine Zunge um seine Eichel tanzte. Seine Finger gruben sich ins Bettzeug, zerrten das Laken zu Hügeln auf. Ein Schwall Liebestropfen traf meinen Mund, darum zog ich mich zurück, leckte meinen Weg an seinem Körper nach oben, stoppte nur, um an seinen Nippeln zu zupfen. Er war wild unter mir, krallte sich in das Bett oder an meinen Rücken, seine starken Beine hoben seinen Hintern von der Matratze, sein Mund bewegte sich über meine Arme, biss zärtlich in meine Schulter, als ich über ihn kam.

„Magst du meinen Schwanz in deinem Hintern, *zvedva moya?*"

„Liebe ihn ... gibst du ihn mir jetzt, bitte?"

„So drängend. Hast du vergessen, wer das Sagen hat?"

Er schüttelte seinen Kopf, seine Lippen waren zu verführerisch, um sie nicht mit meinen zu erdrücken.

Seine Zunge begegnete meiner, parierte sie und tanzte mit ihr. Ich legte meine Arme um ihn und warf mein Gewicht zur Seite, rollte uns mit einem Grunzen herum. Der Kuss wurde unterbrochen. Er kam auf meiner Hüfte zu sitzen, sein Schwanz lag auf meinem Bauch, meiner war zwischen seinen köstlichen Pobacken.

„Ich weiß, wer das Sagen hat", antwortete er atemlos, bewegte seine Hüften dabei vor und zurück, rieb seinen Schwanz an mir, während mein Schaft in seiner Poritze auf und ab glitt. Für einen Mann, der noch nie mit einem anderen Mann zusammen gewesen war, war er ein natürlicher Verführer.

„Heute Nacht bist du das, mein Stern. Heute Nacht werfe ich meine Arme in die Luft und lasse dich führen. Heute Nacht gebe ich mich dir. Alles von mir", flüsterte ich, griff über meinen Kopf, um meine Finger um mein Kopfteil zu schließen. Seine Augen wurden für einen Moment groß, dann übernahm die Leidenschaft, ebenso wie er. Tate rollte mir das Kondom über, machte es dann feucht, ging mit einer Hand auf meinem Brustkorb nach oben, um einen Batzen Gleitgel in seinen Hintern zu drücken. Ich stöhnte bei der Vorstellung. Er senkte den Kopf, die Augen geschlossen, sein Mund teilte sich, als er sein eigenes Loch für mich bearbeitete.

„Mach langsam, es wird tief sein. Verletz dich nicht … verdammt nochmal, Tate."

Er spießte sich auf. Ein schmerzliches Stöhnen

entkam ihm. Ich verstärkte meinen Griff um das Kopfteil, wusste, dass wenn ich seine Hüften packte, wie ich es unbedingt wollte, ich ihn ins Koma ficken würde. Er wurde lockerer, die Anspannung in seinem Kiefer ließ nach, als er nach oben kam, dann langsam wieder nach unten glitt.

„Pflugpferd … definitiv ein russisches Pflugpferd", keuchte er, als er sich setzte, mein Schwanz bis zum Anschlag in ihm vergraben.

„Mm, die besten Dinge … sind russisch", antwortete ich um ein Stöhnen herum.

Dann hörten wir auf zu reden. Worte wurden durch kurze Ausbrüche von Knurren und Grunzen ersetzt, Seufzen und Schreien und dann die Laute von zwei Männern, die über die Klippe stürzten. Tate kam auf meinem Brustkorb und Bauch, nach nur einer leichten Berührung meiner Hand an seinem Schaft. Er brach auf mir zusammen, pulsierte um mich herum und ich zuckte, als mein Orgasmus mich überkam. Eine Hand am Kopfteil, fand meine andere seinen Hintern und ich grub meine Fersen ins Bett, um diesen zusätzlichen Zentimeter zu bekommen. Er winselte, wo er auf mir lag, sein Körper schauderte, als er Spritzer um Spritzer Wichse zwischen uns verschoss.

„Oh mein Gott", wimmerte er, als wir dalagen, zu befriedigt, um uns zu bewegen. Seine Lippen wanderten zärtlich an meinen Schultern auf und ab, dann an meinem Hals und dann über meine stoppelige Wange zu meinem Mund. Er leckte hinein. Ich ließ seinen Hintern los und kämmte mit meinen Fingern durch seine Haare, mit beiden Händen, hielt seine Lippen mit meinen fest, während ich seinen Geschmack genoss.

„Ich stimme zu", seufzte ich, als die Küsse langsamer wurden. „Du musst dich bewegen." Ich tätschelte seinen verschwitzten Hintern.

Er glitt von mir herunter, legte sich auf das Bett wie ein Sack nasser Weizen. Ich drückte einen Kuss auf seine nackte Schulter, rollte dann aus dem Bett, entfernte das Kondom und verknotete es, während ich ins Bad tappte. Ich warf das Kondom weg, wusch mir den Brustkorb und den Bauch und kehrte dann mit einem warmen Waschlappen zu Tate zurück. Er rollte sich auf die Seite, sein Blick verträumt und weich. Ich verliebte mich in diesem Moment. Absolut. Ich war kurz davor gewesen, mich komplett in den Mann zu verlieben, aber ihn so zu sehen, offen und vertrauensvoll, gut geliebt, ließ mich hineinstürzen. Irgendwie würde es funktionieren. Ich würde dafür sorgen, dass es funktionierte. *Wir* würden dafür sorgen, dass es funktionierte.

„Wir müssen viel besprechen", sagte ich, während ich über die trocknende Wichse an seinem Brustkorb wischte. Er murmelte etwas. Ich warf den Waschlappen auf den Boden und streckte mich neben ihm aus, schaute ihn an, erlaubte mir, mich in seinen schokoladenfarbenen Augen zu verlieren. „Erzähl mir heute Nacht eine Sache über dich und ich werde dir etwas erzählen, das du über mich wissen möchtest. Ist das fair?"

„Mm, ja." Er sah müde aus, seine Augenlider waren schwer, sein Gesicht entspannt. Er strahlte jede Menge Hitze ab. Es gefiel mir.

„Warum hast du Lacey überhaupt einen Antrag gemacht?"

Diese Frage wischte all das träge, benommene Nachglühen auf einen Streich weg.

DREIZEHN

Tate

Warum hatte ich Lacey einen Antrag gemacht?

Das war gleichzeitig die einfachste und schwierigste Frage meines gesamten Lebens. Wie konnte ich erklären, warum ich getan hatte, was ich getan hatte, ohne als dumm oder ignorant in Bezug auf die Ehe zu wirken, etwas, das mir heilig war. Für mich bedeutete Ehe für immer, mit Familie und ich war weit davon entfernt, dumm zu sein.

Naiv, vielleicht, zu sensibel, ja, aber nicht dumm.

Wo sollte ich anfangen?

„Lacey war eine vom Team bestimmte Verantwortung", fing ich an, wand mich dann aus Vlads Griff und setzte mich im Schneidersitz hin, mit Kissen im Rücken.

Er tat dasselbe, lehnte sich auf der anderen Seite an, damit wir reden konnten. Ich wollte, dass er sich hinlegte und seine Augen schloss, um zuzuhören, aber es war klar, dass ich ein aufmerksames Publikum hatte.

„Es stand in deinem Vertrag, dass du sie heiraten musst?" Er war verwirrt und mir wurde klar, dass ich das Gespräch vielleicht nicht so anfangen sollte.

„Die Railers haben Gegenwind bekommen, extern von einigen der intoleranteren Fans, aber sie sind in der Liga weit oben und ihre Fanbasis war größtenteils unterstützend und du weißt und ich weiß, dass es so bleiben wird, solange die Railers weiter gut sind. In dem Moment, in dem das Team schlechter wird, weißt du, was passieren wird. Niederlagen werden auf das geschoben werden, was sie für das schwächste Glied halten. Es könnte rassistisch sein, geschlechtsspezifisch oder die sexuelle Orientierung. Dallas hat die Flagge für Gleichheit nicht so heftig wehen lassen wie die Railers."

„Okay?"

„Aber Dallas hat sich um mich nie Sorgen gemacht."

Vlad zählte an seinen Fingern ab. „Weiß, hetero, hervorragender Spieler."

„Ja, all das, Colorado hat wahrscheinlich recht, ich bin wirklich und wahrhaftig Apple-Pie-Fahne-schwingend perfekt. Bis ich Tom kennengelernt habe. Er war der Neue, hat im Feederteam angefangen, ein wirklich cooler Typ und wir haben begonnen, uns über *Star Wars* zu unterhalten, und dann hat eines zum anderen geführt, jemand hat uns gesehen und plötzlich war meine Bisexualität ein Problem."

„Tom", sagte Vlad in einem ominösen Tonfall und ich trat gegen sein Bein.

„Wir haben uns geküsst, Vlad, nur geküsst."

Er grummelte leise und ich trat ihn erneut. „Hör mit dem Eifersuchtsscheiß auf, das war vor zwei Jahren. Tom ist jetzt sehr glücklich mit Laura und Mike."

„Hmmm", murmelte er und wurde dann noch ernster. „Das alles hat also angefangen, weil das Mr Perfect Hockey Image, mit der Haarproduktlinie und der Macht, Merchandise zu verkaufen, in Gefahr war?"

„Ja, so könnte man es sagen."

Er schnaubte und kroch dann zu mir, um mich zu küssen. „Du hast die weichsten Haare und die hübschesten Augen."

Ich schubste ihn zurück, *nachdem* ich mich an einem heißen, besitzergreifenden Kuss gelabt hatte. „Hör auf, mich zu unterbrechen", befahl ich ihm.

Er salutierte gespielt, was lustig gewesen wäre, nur dass er dabei seine Beine wieder überkreuzte und mir alles zeigte und ich hatte es plötzlich eilig, die Geschichte zu vergessen und wieder mit Sex anzufangen. Der Bastard wusste das ebenfalls, ließ sich damit Zeit, sich zu setzen, bevor er mir bedeutete weiterzureden.

„Ich wurde eines Tages ins Büro zitiert, nur für

eine Unterhaltung, eine wie-geht-es-dir Sache, aber Dallas ging es damals nicht so gut. Lass uns den Tatsachen ins Auge blicken, wir waren mitten in einem Aufbaujahr und haben Spieler schlecht verkauft. Das Management hat die Kontrolle verloren und hat mich und einige der anderen Jungs im Regen stehen lassen. Sie haben mich als den Spieler gesehen, der den Fokus wieder auf das Spiel richten sollte und nicht auf die schlechten Deals oder die Tatsache, dass mein Gehalt einer der Gründe war, warum wir in den roten Zahlen waren."

„Also haben sie dich gezwungen, mit Lacey auszugehen?"

„Nein. Das war nicht der Grund, warum ich mit ihr zusammen war. Ich mochte sie, hatte sie bei einem Pizza-Abend mit dem Team kennengelernt. Sie ist die Halbschwester von Marco Ruiz, Flügelspieler, dritter Block."

„Ich weiß, wer Marco Ruiz ist", murmelte er. „Nerviger, aggressiver Arschloch-Stürmer, schiebt seinen Schläger gerne dorthin, wo er nicht sein sollte."

„Ja, das ist Marco, angriffslustiger Spieler, guter Kerl und wir waren Freunde. Er hat mir Lacey vorgestellt, wir haben uns unterhalten, sie schien nett zu sein, wir haben ein bisschen rumgemacht, nur dass das Team dachte, es wäre die coolste Sache, seit Hockey erfunden worden ist. Wenn man ihnen so zugehört hat, hätte ich, Tate Collins, Wunderknabe, mich verlieben, das gesamte Franchise neu ausrichten und alles retten können." Ich bewegte meine Hände und tat so, als wäre ich Supermann, sogar mit den Armen vor dem Brustkorb verschränkt, aber ich konnte sehen, dass Vlad den Hinweis nicht wirklich verstand, und machte mir im Geiste eine Notiz, den *Man of Steel* auf meine Filmliste für meinen eigenen stählernen Mann zu setzen.

„Lacey zu küssen hätte das Spiel von Dallas nicht verbessert, ihr hattet ein sehr schlechtes Jahr."

„Sagt der Kapitän der Craptors", erwiderte ich trocken und er warf sich auf mich, kitzelte mich in die Unterwerfung.

„Ich ergebe mich! Ich ergebe mich! Hilfe!"

Er blieb neben mir, als ich die Geschichte weitererzählte, und ich schmiegte mich an ihn, weil der nächste Teil nicht so leicht zu erzählen war.

„Wir waren eine Weile zusammen, aber sie war fragil, hat schnell angefangen zu weinen und ich hatte das Gefühl, dass ich nichts sagen konnte, damit sie mit jemandem darüber redete, als ob mir das nicht zustünde. Die ganze Sache war beinahe durch, aber sie …"

„Was?"

„Als ich vorgeschlagen habe, dass wir uns trennen sollten, hat sie gesagt, dass sie keinen Grund hat zu leben. Was hätte ich tun sollen? Ich konnte ihren Schmerz sehen und das war nicht nur meine Schuld, das weiß ich, aber ehe wir das überhaupt alles verdauen konnten, wurde sie für diese Hockey-Feste-Freundinnen-Show ausgewählt. Sie hat angefangen, Dinge vor der Kamera zu sagen, hat Gespräche geteilt, die Freunde vertraulich mit mir geführt haben oder Geheimnisse über mich, dämliche Geheimnisse. Sie hat nie irgendetwas direkt gesagt, aber es wurde angedeutet und als die Folgen ausgestrahlt wurden, nun, da hat die Kacke in der Umkleide angefangen zu dampfen. Jegliches Vertrauen, das ich dort gehabt hatte, mit all den neuen Jungs, war verschwunden und es war toxisch. Darum habe ich ein Ultimatum bekommen."

„Vom Coach?"

„Coach? Ja, ihm und den Spielern, dem Management wegen dem Verlust zweier Werbeverträge, die das Team gut aussehen haben lassen. Die Botschaft war klar, kläre das mit Lacey. Wenn ich sie nicht liebte, dann sollte ich es beenden und hinter mir lassen. Ich wusste, dass ich sie nicht liebte, aber so kalt zu sein, das bin nicht ich." Ich schaute zu ihm auf, erkannte, dass ich es brauchte, dass er mir glaubte, dass er mir sagte, dass ich nicht der Bösewicht war.

„So bist du nicht, so wärst du niemals."

Das bedeutete mir so viel, dass ich unglaublich glücklich war, aber vielleicht würde der Rest der Geschichte ihn nicht so stolz machen.

„Ich bin also zu ihr gegangen, sie hat geweint und ich kann es nicht ertragen, wenn Menschen unglücklich sind, und ich habe sie umarmt und wir fangen an, über das Leben zu reden, und wie ich mich fühlte, und dann sagt sie mir, dass sie schwanger ist."

Vlad wurde sehr still. Wo er gerade noch meinen Rücken gestreichelt hatte, erstarrte seine Hand und ich spürte, dass er den Atem anhielt. Ich würde das jetzt wahrscheinlich verbocken.

„Hass mich nicht", murmelte ich an seiner warmen Haut.

„Warum sollte ich dich hassen?", brachte er hervor, aber ich konnte hören, wie die Rädchen in seinem Kopf sich drehten und ich wusste, dass er einhundert Fragen hatte. „Wenn es ein Kind gibt, dann werde ich es als deines lieben."

Mein Herz wurde warm. „Ich habe ihr sofort einen Antrag gemacht, nenn mich altmodisch, aber ich wollte, dass mein Baby zwei Eltern hat. Ich habe mich sehr bemüht, aber ich habe sie nicht geliebt, aber für das Baby …"

„*Ya ponimayu*", murmelte er und ich wusste nicht, was es bedeutete, aber es war beruhigend. „Ich verstehe", fügte er nach einer kurzen Pause hinzu.

„Ich wollte bei jeder Untersuchung dabei sein, denn obwohl ich sie nicht liebte, war ich überzeugt, dass ich eines Tages alles in Ordnung bringen konnte. Es war auch mein Baby. Sie hat mich überzeugt, dass wir für die Zukunft planen sollten, dass sie mich liebte und ich habe sogar ein Konto eröffnet, habe eine

Million eingezahlt, für das Baby, für die Zukunft, ich war so aufgeregt und ich war von all dem überwältigt. Das Geheimnis brachte mich dazu, härter zu spielen, und besser und ich trug das Team auf meinem Rücken, nur weil ich diese wahnsinnige Hoffnung auf die Zukunft hatte."

„Das war das Geld, das du ihr geschickt hast, für dein Baby."

„Aber es hat nie ein Baby gegeben", flüsterte ich. „Sie hat gesagt, dass sie es verloren hat, dann ein paar Tage später hat sie zugegeben, dass sie gelogen hat …" Emotionen verengten meinen Brustkorb, machten es mir schwer zu atmen.

Er fing wieder an, beruhigend meinen Rücken zu streicheln. „Es tut mir so leid."

„Also wurde die Million zu etwas, das sie dazu brachte aufzuhören zu reden. Ich wollte es nicht zurück und das war unsere Abmachung. Alles ist auseinandergebrochen, mit dem Team, Marco hat von dem Baby gewusst, dem nicht existierenden Baby, sie hat ihm nie die Wahrheit erzählt. Er ist durchgedreht und hat mich im Training angebrüllt und dann allen erzählt, dass ich dafür verantwortlich bin, dass sie das Baby verloren hat und ich sie bezahlt habe. Himmel, ich habe mich auf den Rücken gerollt und alle Tritte hingenommen."

„Warum?"

„Weil Lacey … sie ist …" Verdammt, wie zur Hölle sollte ich das erklären? „Da ist etwas an ihr,

Zerbrechlichkeit, eine Empfindsamkeit, die vielleicht nur ich gesehen habe? Sie hat mir einmal erzählt, dass sie versucht hat, Tabletten zu nehmen, um alles zu beenden. Was konnte ich tun? Ich weiß es nicht, aber wir waren übereingekommen, dass sie die Sendung verlassen, das Geld behalten, aber in Therapie gehen würde. Dann kam dieser Post, dass ich sie verletzt hätte, auf ihrem Instagram und ich weiß nicht, warum sie das tut. Für Geld? Für die Bekanntheit? Ist es der Schmerz, den Marco empfindet, der sie dazu bringt? Ich bin wütend und traurig und überwältigt, gleichzeitig ist mein Herz gebrochen, aber ich versuche verzweifelt zu verstehen, was sie macht."

„Wir müssen mit ihr reden", sagte Vlad.

„Ich werde sie nicht zwingen-"

„Rede. Finder heraus, was in ihrem Kopf ist. Hilf ihr, wenn sie das braucht."

Scheiße. Er hatte es getan. Mit einem Satz reinen Verstehens und Unterstützung hatte er dafür gesorgt, dass ich mein Herz verloren hatte. Es war mir egal, wenn diese Beziehung niemals aus dem Wandschrank kam, ich musste es ihm sagen.

„Ich liebe dich." Ich klammerte mich an ihn und er rollte uns herum, sodass ich auf seinem Brustkorb lag. Er umfasste mein Gesicht und ich wappnete mich, dass er sagte, es wäre zu früh oder dass es unmöglich war und dann lächelte er dieses wunderschöne Lächeln, das ich so gut kannte.

„Und ich liebe dich."

. . .

Diese neue Liebe war ein Geheimnis, etwas, das ich für mich behielt und ich konnte sie an meinen Tiefpunkten herausholen und wissen, dass Vlad auf meiner Seite stand. Die Raptors kletterten in der Liga nach oben, immer noch nicht im Rennen um den Cup, aber höher als letztes Jahr. Nur die letzten drei Spiele waren nicht wirklich hervorragend gewesen.

Oder in Colorados Worten: *„Das ist der schlimmste Scheiß, der je schlimmer Scheiß war in jedem verschissenen, verdammten Stadion, jemals.“* Er war aus dem Takt gekommen, neigte dazu, herumzumarschieren, als wollte er jemandem für etwas die Schuld geben und ich konnte nicht umhin zu denken, dass sein Zorn sich gegen mich richten würde, nach dem Desaster heute Abend, einem Punkt nach einer Niederlage in der Verlängerung in Tampa, keinen Punkten für eine Niederlage in normaler Spielzeit in Carolina und jetzt waren wir gegen das verdammte Dallas in ihrem Stadion ein Tor im Rückstand und ich hatte Schmerzen an Stellen, von denen ich nicht wusste, dass sie wehtun konnten.

Weil es mein erstes Spiel gegen mein altes Team war, hatten sie ein Video mit meinen Highlights gespielt, die Menge hatte applaudiert, aber es war nicht echt, nichts davon war es. Alle Spieler in Grün waren respektvoll, abgesehen von Marco, und er schien jedes Mal, wenn er in meine Nähe kam, eine Menge in mein Ohr zu sagen zu haben.

„Was sagt er?", fragte Vlad mich, als ich auf der Bank entlangrutschte, bereit für meine nächste Schicht.

„Gleicher Scheiß, anderer Tag", war alles, was ich Zeit hatte zu sagen, bevor ich das Signal bekam, über die Band zu gehen und mich in einen Rush zu stürzen.

Aber Marco hörte nicht auf und obwohl ich mir geschworen hatte, dass ich mich nicht beeinflussen lassen würde, schaffte sein ständiges Schimpfen es, mich durcheinanderzubringen. In der Umkleide, nach dem zweiten Drittel, mit nur noch zwanzig Minuten vor uns, stand ich im Zentrum der Aufmerksamkeit und nicht auf gute Art. Coach zog all die üblichen Sachen raus, Xs, Os und alles dazwischen. Unsere Verteidigung war schlampig, unsere Stürmer machten zu viele Fehler, wir spielten kein Raptors-Hockey, wir mussten uns zusammenreißen, oh, und keiner von uns sollte sich auf den Dallas-Mist einlassen.

Er starrte mich an, als er das sagte. Ich hielt seinem Blick stand und ich sah ein Aufblitzen von Enttäuschung, als ich nichts sagte, aber ich hatte die Worte nicht.

Vlad war während der Tirade still, starrte auf seine Schlittschuhe. Er fügte nichts hinzu, abgesehen davon, dass wir mit gutem Beispiel vorangehen sollten, war der erste auf dem Eis und strahlte mit jedem Schritt Entschlossenheit aus.

Und dann ging es rund.

Und die Handschuhe waren innerhalb von Sekunden ausgezogen, Vlad und Marco gingen wie zwei Bullen in Hitze aufeinander los, Marco war kleiner, aber drahtig und jung, Vlad war eine aufragende Bestie, die etwas demonstrieren musste. Ich wusste, dass es Vlads Rolle war, das Team anzufeuern, aber er ging auf Marco los mit dem brennenden Bedürfnis, den Mann niederzubügeln. Sie schrien und beide fielen gleichzeitig auf das Eis, wurden von den Schiedsrichtern getrennt, beide mit Penaltys in die Sin Bin geschickt. Die Zuschauer in Dallas brüllten zustimmend.

Dadurch fehlte beiden Teams ein Mann. Und wenn es eines gab, was ich gut konnte, dann war es Hockey vier gegen vier und die Pässe zwischen Sam, Henry und mir waren perfekt und in der Zeit, die abgesessen wurde, machten wir ein Tor und es stand unentschieden.

Als wir wieder vollzählig waren, kehrte die Kampfeslust, das Ziel, die Hockeygötter, ich weiß nicht, was es war, zu uns zurück, und wir spielten wie das Team, das wir sein konnten, gewannen das Spiel in den letzten Sekunden durch ein glückliches Abprallen von einem Dallas-Schläger in ihr eigenes Netz. Die Umarmungen waren gnadenlos, doch als Marco an mir vorbeikam, schlug er mir absichtlich mit seinem Schläger gegen mein Bein, so sehr, dass ich wusste, dass er da war. Ich musste mit dem Mann wirklich reden.

Coachs Analyse des Spiels war ein *verdammt, ja*, gemischt mit einem *da hatten wir ziemliches Glück*. Vlads Rede baute auf dem *verdammt, ja* auf und dann hieß es auslaufen und duschen.

Als wir im Flur standen, war ich erschöpft, ein wenig high von unserem Sieg, machte mir Sorgen über das Gespräch, von dem ich wusste, dass ich es mit Vlad führen musste, darüber, was zur Hölle mit Marco los gewesen war, und passte überhaupt nicht auf, wohin ich ging.

„Tate?"

Ich kannte diese Stimme und ich blieb wie angewurzelt stehen, hob mein Kinn und entdeckte, Lacey, die vor der Umkleide auf einem Stuhl saß. Einige der anderen Jungs kamen hinter mir heraus, aber nach einem Blick von mir gingen sie, alle außer Vlad, von dem ich wusste, dass er hinter mir stand, der aber nichts sagte.

„Lacey", murmelte ich.

„Ich vermisse dich."

Scheiße. Das war das Letzte, was ich brauchte. Ich hatte gedacht, wir hätten die Sache, dass wir ein Paar waren, hinter uns gelassen. Was sollte ich sagen? Sollte ich mitfühlend sein oder klare Kante zeigen? War sie in Therapie? Brauchte sie meine Hilfe?

„Lacey-"

Sie zog unter dem Stuhl eine Katzentransportbox heraus und ich konnte Obis Gesicht, das mich anschaute, sehen. Mein Brustkorb verengte sich. War das eine Art Test? Eine Demonstration, bei der sie mir Obi am Ende wieder wegnahm? Ich liebte diese Katze und sie wusste das.

„Ich wollte ihn dir geben. Er vermisst dich."

„Lacey?" Ich konnte nicht glauben, was ich hörte, dass sie mir sagte, auf pragmatische Art und Weise, dass ich Obi zurückbekommen konnte? „Im Ernst?" Ich verzog das Gesicht angesichts meiner eigenen Frage, war mir der Verletzlichkeit in meinem Ton bewusst.

„Im Ernst, Tate. Es ist in Ordnung, ich bin nicht hier, um dir Ärger zu machen. Ich wollte dir Obi zurückgeben und dir sagen, dass ich in Therapie bin." Sie schaute sich um, den Flur entlang, ehe sie näher zu mir kam. Ich spürte, wie Vlad ebenfalls näherkam. „Kann ich mich unter vier Augen mit dir unterhalten?"

„Du kannst vor Vlad reden, er gehört zu mir." Ich deutete mit dem Daumen hinter mich und sie lächelte mich sanft an.

„Zu dir?"

„Wir sind zusammen."

Da lächelte sie, aber das Lächeln war irgendwie traurig. „Gut. Das ist gut."

„Bist du … gibt es …"

„Jemanden? Nicht im Moment. Ich denke, ich

muss mich auf mich konzentrieren. Ich weiß nicht, was falsch gelaufen ist, aber es war von Anfang an eine Katastrophe."

Schuld verschlang mich. „Es tut mir leid, dass ich nicht sein konnte, was du gebraucht hast", meinte ich.

„Du bist ein guter Mann, Tate, aber mein Kopf … nichts war richtig. *Wir* waren nicht richtig."

„Nein, das waren wir nicht, aber ich hätte-"

„Stopp." Sie drückte eine Hand auf meinen Brustkorb. „Es ging darum, gesehen zu werden. Das richtige Make-up, die Kleidung, die ich getragen habe, die Art, wie ich gelebt habe und die Anzahl der Follower, die ich hatte, hat mir alles bedeutet. Das war meine kranke Art, der Traurigkeit in meinem Kopf zu entkommen."

Ich nahm ihre Hand und hielt sie. „Es tut mir leid." Ich kannte mich mit dem Druck von Erwartungen aus.

„Du warst mein Strahlen, Tate." Sie hielt inne und biss sich nachdenklich auf die Lippe. „Ich meine damit, mit dir zusammen zu sein, das gab mir dieses zusätzliche Strahlen. Beinahe so, als ob ich wichtig wäre."

„Du *bist* wichtig", sagte ich und drückte ihre Hand. „Du warst mir wichtig."

„Und du warst mir *wichtig*, aber nicht auf eine gesunde Art und Weise und ich habe dich nicht geliebt. Ich wollte es dir direkt sagen, es tut mir leid." Sie beugte sich näher und flüsterte: „Die Lügen."

„Geh weg von ihm, Lacey!", schnappte Marco aus dem Flur links von uns, kam zu uns, stellte sich zwischen mich und Lacey und schubste mich rückwärts. Er war stinksauer und sein linkes Auge wurde blau, zudem hatte er einen Cut an seiner Lippe, der behandelt werden musste. „Lass. Sie. In. Ruhe."

Lacey nahm seinen Arm. „Es hat kein Baby gegeben, Marco."

Scheiße. Warum brachte sie das jetzt zur Sprache? Niemand musste wissen, dass sie gelogen hatte, ich würde es niemals erzählen, wenn das bedeutete, dass sie es für sich abschließen konnte.

Marco blinzelte sie an, dann mich. „Was? Lüg nicht für ihn, Lacey, das ist er nicht wert."

„Das tue ich nicht. Ich wollte Tate behalten und darum habe ich gelogen. Ich glaube, ich wollte … Er hat mir nie wehgetan, Marco, aber er war für mich da, als ich ihn gebraucht habe, und dann habe ich ihn verletzt."

Marco hob eine Hand, ich bewegte mich, Vlad knurrte und Lacey spannte sich an, aber Marco schaute weder mich noch Vlad an, er umfasste Laceys Gesicht und zog sie dann in eine Umarmung.

„Warum bist du nicht zu mir gekommen? Ich brauchte dich in meinem Leben. Du bist meine kleine Schwester."

„Ich konnte nicht, ich wollte nicht, ich bin so

dumm, aber mein Kopf, manchmal ergibt nichts einen Sinn."

Marco hielt sie fest und schloss seine Augen, bevor er sein Gesicht in ihren Haaren vergrub, leise etwas flüsterte. Vlad und ich zogen uns ein wenig zurück, bildeten eine Barriere, für den Fall, dass irgendjemand in den Flur kam, aber es war herrlich ruhig. Als sie sich trennten, hielt er sie immer noch und dann streckte er mir die Hand hin, die ich sofort schüttelte.

„Sie hat gesagt, dass du dich um sie gekümmert hast", sagte er.

„Ich habe es versucht."

„Es tut mir leid."

„Schon in Ordnung", sagte ich, ohne zu zögern.

Marco ließ meine Hand los. „Vlad?" Hinter mir plusterte Vlad sich auf und trat noch näher.

„Was?"

„Du kämpfst richtig hart."

Ich wollte wetten, dass er sich hinter mir in die Brust warf wie Frank auf seiner Stange.

„Natürlich tue ich das", erklärte Vlad fest. „Ich bin russisches Tier."

VIERZEHN

Vlad

Tate und ich fuhren im Bus auf getrennten Plätzen zurück zum Hotel, seine Katze saß in der Transportbox, schnurrte so laut, dass ich sie von dort hören konnte, wo ich saß.

Es war enttäuschend, aber es gab keine andere Option. Wenn ich zu nahe bei ihm saß, wäre ich in Versuchung, ihn zu berühren, kleine, besitzergreifende Gesten, die mich immer noch erstaunten. Diese Eifersucht und das Bedürfnis, meine Ansprüche klarzumachen, waren mir so fremd wie es die amerikanischen Portionen gewesen waren, als ich in das Land gekommen war. Warum brauchte es vier Hamburger-Pattys – mit Speck – auf einem Bun? Und Truthahnbeine, die aussahen, als wären sie von einem Strauß genommen worden? *Warum*?

Ich schaute zu, wie Dallas an uns vorbeizog, bewegte meinen Kiefer, um den Schmerz von einem

Treffer von Marcos großer Faust zu lindern. Das war ein guter Kampf gewesen. Er hatte mir einige Sorgen ausgetrieben, Dinge geklärt. Was es über mich sagte, dass ich Gewalt benutzte, um Dämonen zu exorzieren wollte ich nicht zu genau unter die Lupe nehmen. Dennoch hatte er seinen Zweck erfüllt. Das Team war voller Energie gewesen und ich hatte ein paar Probleme loswerden können. Ich konnte mich nicht umdrehen, um Tate zu sehen, aber ich hörte ihn dennoch, sein weiches Texanisch erhob sich über das maskuline Geplauder. Meine Ohren hörten ihn heraus, so wie eine Mutter das Weinen ihres Babys in einem Zimmer voller Säuglinge erkennen konnte.

Mein Handy summte. Ich suchte in der vorderen Tasche meiner Anzugjacke. Eine Nachricht von Tate.

Können wir uns unterhalten? – T

Ein winziger Ball der Sorge bildete sich in meinem Brustkorb. Ich schrieb zurück, dass wir uns jederzeit unterhalten konnten, und sagte ihm, dass er mit seinem virtuellen Playbook auf mein Zimmer kommen sollte. Es nervte mich, so tun zu müssen als ob. Er antwortete mit einem lächelnden Emoji. Ich schaute aus dem verdunkelten Fenster auf die Lichter der Stadt, wünschte mir etwas, das ich, wie ich den Verdacht hatte, für eine Weile nicht haben konnte. Die Freiheit, mein wahres Ich zu sein.

Der Bus rollte vor das Hotel, ein riesiges Gebäude, das den nächtlichen Himmel zu berühren schien. Es stimmte. Alles *war* größer in Texas. Ich wünschte dem

Team gute Nacht, als wir in vier verschiedene Aufzüge stiegen, und schlang mir meine Tasche über meine Schulter, gab einen Kommentar zu einer Bemerkung ab, die Henry über Chili machte. Apollos Chili. Der Junge war so verliebt. Ich beneidete ihn. Als mir das klar wurde, verzog ich das Gesicht, der Geschmack meines Neids lag bitter auf meiner Zunge. Es gab offensichtlich viele Fehler, an denen ich arbeiten musste.

Ich ließ Henry im vierten Stock zurück und ging zu meinem Zimmer, zog mir meinen Anzug und die Krawatte aus, schlüpfte in rostrote Baumwoll-Shorts mit dem Raptors-Logo auf dem linken Oberschenkel. Ich durchforstete die Bar, nahm mir aber eine Dose Zitronen-Limetten-Limo anstatt einer winzigen Flasche Wodka. Dann setzte ich mich auf meinen Stuhl und wartete auf das Klopfen. Erinnerungen an das erste Mal, als Tate zu mir gekommen war, stiegen auf, sinnliche Wiederholungen, die mich halb hart machten. Ich drückte auf meinen schwellenden Schwanz, wollte, dass er sich beruhigte. Tate wollte reden, nicht ficken. Ich zwang mich, an meinen Urgroßvater Petro zu denken und das eine Mal als Kinder, als mein Zwilling und ich ihn nackt gesehen hatten. Er war ein alter, alter Mann, der es gehasst hatte, Kleidung zu tragen, die seine Eier einengte oder jeden anderen Teil seines Körpers. Mein Vater hatte gesagt, dass er nicht ganz richtig im Kopf war. Er war gestorben, als wir fünf waren, aber die

Erinnerung an seinen schlaffen Hintern reichte aus, dass mein Schwanz wieder weich wurde.

Gerade rechtzeitig für das leise Klopfen. Ich rief ihm zu, dass er hereinkommen sollte, erkannte dann, dass ich die Tür nicht angelehnt hatte wie beim letzten Mal. Ich stand auf und ging zur Tür. Er zeigte ein trockenes Lächeln, trat ein, sein Tablet in der Hand, der Geruch seines Zitronen-Orangen Shampoos und Duschgels wehte zu mir herüber, als er vorbeikam.

„Du sitzt dieses Mal nicht im Stuhl und bist ganz Dom/sub?", fragte er, als er den kleinen Sitzbereich erreichte und sich zu mir drehte.

„Ich habe vergessen, die Tür anzulehnen. Hast du auf dieses Szenario gehofft?"

„Vielleicht."

„Das nächste Mal, *Zvedva moya*. Wo ist deine Katze?"

„Schläft auf meinem Bett. Ich habe ein *Bitte nicht stören* Schild an die Tür gehängt."

Ich nickte, deutete dann auf das Bett, bevor ich meinen wunden, müden Hintern zurück zu dem Stuhl in der Ecke schleppte. Marco hatte ein paar gute Treffer gelandet. Ich spürte sie in meinem Kiefer und meinem unteren Rücken. Ich würde mit blauen Flecken aufwachen, was normal war. „Setz dich. Du hast gesagt, dass du reden möchtest?"

Er knallte das Tablet auf den winzigen Schreibtisch aus Holz, kam zu mir, fiel auf seine Knie und legte seine Wange auf meinen Oberschenkel. Es war eine unglaublich rührende Geste, eine, die heißes, heftiges Sehnen hervorrief. Er lernte, wie er mich manipulieren konnte. Es gefiel mir, auch wenn ich das niemals zugeben würde. Ich strich mit einem Finger über seinen Kiefer, fuhr den Knochen unter der Haut nach.

„Bist du gekommen, um mir zu sagen, dass meine Narretei dich nicht länger erfreut?" Ich sprach die schreiende Furcht aus, die tief in meinem Brustkorb wohnte.

„Nein. Natürlich nicht." Seine Wimpern flatterten, als meine Fingerspitzen sich über seinen Nasenrücken bewegten. „Wir müssen über deine Eifersucht reden. Sie ist erst schmeichelhaft, aber dann wird es …"

Er ließ den Satz unvollendet. Ich holte tief durch die Nase Luft. „Ja, sie wird problematisch. Ich habe über meine Unsicherheiten nachgedacht, was dich betrifft." Seine verschlafenen Augen öffneten sich weit. „Schau nicht so überrascht drein, mein Stern. Kein anderer Mann hat mein Herz so gefangen, wie du, darum hat es mich bis jetzt nie gekümmert, was sie tun oder mit wem. Du …" Ich fuhr seine sexy Lippen nach. Seine Zunge kam heraus, strich über meinen Finger, wo sie entlang seines Lippensaums huschte. „Du besitzt mich, obwohl ich derjenige sein sollte, der die absolute Kontrolle hat. Ich sehe dich mit jüngeren Männern, Männern in deinem Alter,

Männer, die geoutet sein können, die dir das Leben geben könnten, das du haben solltest und ich bekomme Angst. Ich bekomme Angst, dass du meiner müde wirst, meiner Unfähigkeit, ein geouteter schwuler Mann zu sein. Dich zu verlieren würde mich umbringen."

Er kam vom Boden hoch, sein Blick hielt meinen fest und er setzte sich rittlings auf mich. Ich umfasste seinen Hintern, sobald er auf meinen Oberschenkeln saß. Seine Hände legten sich um mein Gesicht. Ich starrte in seine Augen. So wunderschöne Augen. Strahlend und dunkel, hielten sie mich gefangen.

„Ich gehe nirgendwo hin. Ich liebe dich. Was wir haben, ist privat. Das ist für mich in Ordnung. Nein, im Ernst, verzieh nicht das Gesicht." Er beugte sich vor, um mit seinen Lippen über meine zu streichen. „Es stimmt. Ich habe es satt, im Rampenlicht zu stehen. Für mich ist es in Ordnung, dass wir das mit uns für uns behalten. Ich weiß, dass es vielleicht Hass auf deine Familie schüren wird, wenn du geoutet bist. Das würde mich umbringen, wenn ich wüsste, dass ich dich gedrängt und das von dir verlangt habe. Darum werden wir einfach geheim bleiben, solange wir es sein müssen. Wenn das ist, bis du in Rente gehst, in ungefähr zwanzig Jahren, dann ist das cool. Ich gehe nirgendwohin."

„Wenn du die Schmerzen spüren könntest, die ich gerade durchmache, würdest du sagen, dass die Rente nächste Woche passieren sollte", scherzte ich schwach, drückte seinen knackigen, harten Hintern. „Ich werde daran arbeiten, weniger dumm zu sein. Gib mir Zeit mich daran zu gewöhnen, jemanden zu lieben."

Er strich mit seinen Lippen erneut über meine, ein leises Flüstern eines Kusses, das sagte, dass weitere Freuden kommen würden.

„Wir werden das zusammen lösen. Nur wir beide."

„Aber es gibt andere, die es wissen, Tate", erinnerte ich ihn, knetete dabei die harten Pobacken, die in meinen Handflächen ruhten. „Eli, Colorado. Vermuten es andere?"

Seine Finger ruhten auf meinen Wangenknochen, seine Daumen unter meinem Kinn. „Vielleicht müssen wir mit ihnen reden. Vor allem mit denen, die uns zusammen sehen werden. Nur unsere Freunde. Wir bitten sie, es für sich zu behalten. Sie werden das für uns tun. Vor allem für dich. Sie lieben ihren Kapitän, sogar wenn er ein eifersüchtiges Arschloch ist." Ich musste die Stirn gerunzelt haben. Mit anderen über persönliche Dinge zu reden, fühlte sich nicht richtig an. „Denk darüber nach, während du versuchst, weniger ein A-Loch zu sein."

„Ugh, ja, daran muss ich auch arbeiten. Man sollte meinen, dass wenn man Mitte dreißig ist, man weniger persönliche Fehler hat, aus denen man herauswachsen muss, nicht mehr. Du machst mich verrückt, Tate. Was ich fühle, ist … Ich kann es nicht in Worte fassen, aber es ist stark … so stark. Es ist Liebe, so stark. So verdammt stark."

Da küsste er mich. Es war Feuer und feuchte Zungen. Ich konnte dem Mann nichts abschlagen, wenn er hart und voller Begehren zu mir kam. Ich stand auf, sein Hintern in meinen Händen. Mit einem Grunzen klammerte er sich an meinen Hals, seine Lippen kehrten zu meinen zurück. Der Weg zum Bett war kurz, aber unsere Leidenschaft brannte für Stunden.

DER OKTOBER RASTE VORBEI, genau wie die erste Novemberhälfte. Wohin die Zeit ging, war ich mir nicht sicher. Sie schien ein Wirbelwind aus Reisen, Hockey und einer gewaltigen Vor-Halloween-Party in Colorados großer Villa zu sein. Er und die jüngeren Spieler führten etwas auf, in Kostümen und filmten, zwei Songs aus einem Film, den ich erst vor zwei Tagen gesehen hatte, die *Rocky Horror Picture Show*. Ich hatte eine kleine Rolle als Mann in einem Anzug mit einem Zeigestock und einem Papier auf einer Tafel, auf das Tanzschritte gedruckt waren. Meine Zeilen gingen darum, nach links und rechts zu treten und die Knie zusammenzupressen. Ich fühlte mich dämlich, doch dann sah ich Colorado in einem Korsett mit Netzstrümpfen, wie er einen Song darüber sang, aus Transsylvanien zu sein. Ich fühlte mich weniger albern, nachdem ich diesen Auftritt gesehen hatte.

Der Mann hatte großartige Beine für Strümpfe und High Heels. Das Team veröffentlichte das Video an Halloween und es trendete innerhalb einer Stunde. Alle unsere Seiten in den Sozialen Medien bekamen neue Follower, das erzählte Sebastian uns zumindest per Textnachricht. Ich machte wenig in den Sozialen Medien, zog es vor, mein Leben aus offensichtlichen Gründen privat zu halten.

Nicht nur unsere Sozialen Medien punkteten, wir taten das auch auf dem Eis. Im Laufe des letzten Monats hatten wir uns langsam und methodisch einen Platz für eine Wildcard erarbeitet, wenn die Play-offs jetzt stattfinden würden, was nicht der Fall war. April war noch lange hin, aber wir hatten angefangen, als Team zu funktionieren. Vielleicht war ich voreingenommen, aber ich fand, dass vieles davon Tates Verdienst war. Er war das fehlende Glied gewesen, das letzte Puzzlestück, nach dem wir gesucht hatten. Mit zwei großen Top-Blöcken und respektablen dritten und vierten Blöcken, kletterten wir in den Offensiv-Statistiken nach oben. Die Verteidigung machte sich auch gut. Eli und ich waren auf dem zweiten Platz für geblockte Schüsse, eine Ehre, die offensichtlich wurde, wann immer wir uns auszogen. Wir sammelten auch ein hohes Treffer- und ein niedriges PIM/G – Penalty-Minuten pro Spiel – Rating. Weniger Zeit in der Penalty-Box machte Coach glücklich. Ich schaffte es, zwei Tore in sechs Wochen zu schießen, was meine Gesamtsumme an

Toren in dieser Saison auf insgesamt drei hob. So sehr ich es geliebt hätte, ein auffälliger offensiver Verteidiger zu sein, wie sie sie in Harrisburg, Pittsburgh und Washington hatten, war mein Stoff aus einem anderen Garn gewebt und ich war es zufrieden, dieser große Russe zu sein, dem alle versuchten zu entgehen, was aber nur wenige schafften. Obwohl ich zugab, dass ich den Rausch eines Tores genoss, wenn es passierte.

Da Thanksgiving am Horizont aufzog, entschieden Tate und ich, dass wir eine kleine Feier mit den Männern abhalten würden, denen wir im Team am nächsten standen. Wir hatten die Dinge zwischen uns verbergen können, wollten es unsere Freunde aber wissen lassen und sie zur Geheimhaltung verpflichten. Es war viel einfacher, ein kleines, eingehegtes Feuer zu entzünden, über das wir die Kontrolle hatten, als wenn jemandem etwas herausrutschte und dadurch ein Buschfeuer entzündet wurde. Mit dieser Philosophie im Kopf entschieden wir alle, unseren letzten freien Tag vor dem großen amerikanischen Feiertag gemeinsam zu verbringen. Tate hatte einen seiner Nachbarn gebeten, sich um Obi zu kümmern, da wir den ganzen Tag unterwegs sein würden, dieselbe Person, die das auch machte, wenn das Team Auswärtsspiele hatte.

Zum Glück mussten wir nicht an Thanksgiving spielen. Diese Ehre ging an die Railers, die in New York City sein und dort ein „Showdown-Spiel" haben würden, wie es beworben wurde. Große Stadt, große Teams, große Einschaltquoten. Die Raptors waren nichts davon. Noch nicht.

Mit zwei Jeeps voller Essen, Bier und wilden Hockeyspielern fuhren wir früh am Morgen aus Tucson zum Saguaro National Park. Ich war schon ein paar Mal in dem Nationalpark gewesen, seit ich nach Arizona gekommen war, aber für Tate war es das erste Mal. Rockmusik hallte aus den Lautsprechern von Colorados blauem Jeep. Alex hatte seinen eigenen Jeep und kutschierte Ryker, Jacob, Eli und Sebastian. Tate und ich saßen auf dem Rücksitz mit einem plappernden Apollo Vasquez zwischen uns. Henry war der Beifahrer, Shotgun, wie die Amerikaner sagten, und Penn fuhr. Er fuhr so, wie er Hockey spielte. Irre, aber mit Genialität durchwoben. Es war wegen des Feiertags ein hektischer Tag im Park, aber wir hielten uns von den Hauptwegen fern.

Tate bestaunte die Aussicht. Die massiven Berge, die hochaufragenden Saguaro-Kakteen, die Vögel und Schlangen und Wildtiere, die wir entdeckten, als wir dahinholperten. Seine braunen Augen waren voller Leben, sein Lächeln breit. Ich sehnte mich danach, ihn zu küssen, für die Freude, die ihn so zu sehen mir brachte. Aber …

„Okay, sucht euch die Stelle aus und dann fangen wir an, ein paar Wiener zu rösten", schrie Penn und schaute grinsend zu uns nach hinten. Der Jeep kam beinahe von der Straße ab, bevor er ihn wieder korrigierte. Apollo saß halb auf meinem Schoß, seine Augen waren so groß wie Suppenteller. Wenn er nicht den Gurt gehabt hätte, wäre er wie ein Schal um meinen Hals gewickelt gewesen. „Straßen? Wer braucht sie schon? Ich sage, dass ein Mann sich seinen eigenen Weg im Leben suchen sollte! Tun was er will, wenn er es will, wo er es will."

Damit verließ er für ein paar Kilometer den Weg, bis wir zu einer Campingstelle kamen, die weit ab von den üblichen Pfaden lag. Ein einsamer Grill stand neben einer verwitterten Blockbohlenhütte. Da wir keine Erlaubnis zum Campen hatten, würden wir nicht in die Hütte gehen.

„Verdammt, ja!", jubelte Colorado, sprang aus dem Jeep, während ich mich bemühte, Apollo von mir zu ziehen. Er war ziemlich stark für so einen kleinen Mann. Schließlich bekam ich ihn weg und deutete auf Henry, der blasser war, als ich ihn je gesehen hatte. Ich lehnte mich aus dem Jeep und schlug Penn auf den Hinterkopf. Er jaulte auf. „Mann, warum musst du die Stimmung so killen?"

„Einige von uns mögen keine unruhigen Fahrten", knurrte ich und ruckte mit dem Kopf in Henrys Richtung, der Apollo an sich drückte wie man das mit einer Boje bei wildem Seegang machen würde.

„Oh. Scheiße. Tut mir leid, Mann. Cy, du hättest etwas sagen sollen. Okay, kein Offroad mehr für uns! Schnappt euch die Kohle. Ich hole die Musik und das Bier!"

Mit dieser Ankündigung rannte unser Goalie los, nachdem er eine Kühltasche und seine alte Akustikgitarre aus dem Kofferraum geholt hatte.

„Ich schwöre, dieser Mann kümmert sich um niemanden außer sich selbst", murmelte ich Tate zu, der nichts tun konnte, außer zu nicken.

Wir packten die Jeeps aus und begannen unseren Männertag mit einer Runde Kontakt-Frisbee. Kontakt bedeutete Umrennen. Die Temperatur lag bei trockenen zweiundzwanzig Grad, perfekt um sich draußen aufzuhalten. Nach dem Spiel, das mein Team gewann, machten wir eine lange Wanderung, Alex las dabei von seinem Handy Fakten über den Park vor, die Flora und Fauna. Wir sahen einen Kaktus, der so hoch war wie eine Giraffe, kleine Vögel, eine Königsbraunschlange, die sich auf einem Felsen wärmte und mehrere Gabelböcke in der Ferne. Als wir zu unserem provisorischen Camp zurückkehrten, waren wir alle am Verhungern. Zum Glück hatte Apollo mehr eingepackt als nur Hotdogs und Senf. Es gab verschiedene würzige mexikanische Gerichte, auf die wir uns alle stürzten, gefolgt von einem Dreierleimilchkuchen, der so köstlich war, dass ich mir drei Mal davon nahm.

Die Erinnerung an ein kleines Becken kristallklaren Wassers in der Nähe rief uns und wir schlenderten dorthin, hofften, etwas von dem Essen abzutrainieren, mit dem wir uns vollgestopft hatten. Das Wasser war von der Sonne gewärmt aber erfrischend an nackten Füßen und Waden. Schon bald finden die Jungs an, sich zu bespritzen und zu versuchen, einander unterzutauchen, obwohl das Wasser keinen Meter tief war. Ich wurde mit reingezogen und musste mir meinen Weg zurück auf den Felsen erkämpfen, auf dem ich mein Festmahl verdaut hatte. Tate sprang auf meinen Rücken, Ryker klammerte sich an ein Bein und Jacob und Eli rammten gegen meine Taille. Es war das Gewicht des großen Farmerjungen und meines Verteidigerpartners, das mich von den Füßen riss. Ich kam prustend hoch, meine Kleidung war durchweicht, mein Liebhaber mühte sich auf die Beine. Ein kleines Scharmützel brach aus, bei dem ich ihnen allen zeigte, dass er alte Kämpe die Jungspunde immer noch im Griff hatte.

Colorado nahm bei Sonnenuntergang seine Gitarre in die Hand und ließ sich auf die Felsen fallen, auf denen wir zum Trocknen gelegen waren. Der Rockstar lächelte uns alle an.

„Ihr Jungs seid der Fels in der Brandung meiner Welt." Er schlug seine Faust an die von Ryker, der mit seinem Kopf auf Jacobs Bauch lag. Ich stellte fest, dass ich Tate anstarrte, der sich auf seinen Armen zurückgelehnt hatte, sein Gesicht in den langsam dunkler werdenden Himmel gedreht, die Haare verknotet von dem Wasserkampf. Ich hatte ihn noch nie so wunderschön gesehen, abgesehen wenn ich ihn liebte. Es hieß jetzt oder nie, entschied ich.

„Tate und ich sind Liebhaber", platzte ich heraus.

Alle Augen wandten sich von Colorado, der seine Gitarre gestimmt hatte, zu uns.

„Das ist nicht neu", verkündete Eli um ein gespieltes Gähnen herum.

Ich warf ihm einen Blick zu, der ihn zum Kichern brachte.

„Und?", fragte Ryker, seine Wange lag immer noch auf dem Bauch seines Verlobten.

„Und wir hätten gerne, dass ihr alle es wisst, weil wir auch denken, dass ihr unsere Felsen in der Brandung seid."

Da. Ich hatte es getan. Ich hatte mich geoutet. Irgendwie. Auf mikroskopische Weise. Tate setzte sich auf, sein Blick wanderte um den kleinen Kreis unserer Teamkollegen und Freunde.

„Aber ihr Jungs müsst es wirklich für euch behalten, ja? Vlad hat ein paar Probleme, was seine Familie und sein Heimatland betrifft, und ich hatte mehr als genug Drama", sagte er, wobei sein Blick auf Apollo verharrte, der mit einem Stück abgeplatztem Nagellack an seiner Zehe herumspielte. Henry stupste ihn an.

Apollos dunkelbrauner Blick hob sich von seiner Pediküre zur Gruppe. „Oh, ja, es tut mir leid. Meine Zehen sind zum Fürchten. Die Schule frisst meine ganze freie Zeit. Ja, natürlich. Denkt ihr, wir würden *jemals* jemanden outen, der nicht bereit dafür ist?", fragte Apollo. Wir alle schüttelten die Köpfe.

„Danke", antwortete Tate für uns beide.

„Kumpel, wir verstehen das total. Ich weiß, was für eine Hölle Stan durchstehen musste. Wir stehen hinter euch", sagte Ryker, tätschelte dabei Jacobs Bauch, wie man es bei einem Kissen machen würde, kuschelte sich dann wieder ein. Die kleine Gruppe murmelte zustimmend.

„Ich bin tief berührt, dass ihr beide euch sicher genug mit uns fühlt, um uns zu erzählen, was wir bereits wussten", bemerkte Colorado, als er anfing zu spielen, dann einen Song über Freundschaft, Felsen in der Brandung und kühle Wüstennächte zum Besten gab. Dann rutschte ich vor ihnen allen näher zu Tate und legte meinen Arm um seine Schulter. Er ließ seinen Kopf an meinen sinken. Es war alles, was ich mir je erträumt hatte, wie es sein würde, nur eintausend Mal besser.

FÜNFZEHN

Tate

Wer hätte gedacht, dass ich einen Akzent hatte?

„Du klingst wie ein Ewing", sagte Alex.

„Was ist ein *Ewing*?", fragte Vlad und danach war aus einer Spielenacht bei mir zu Hause eine hitzige Debatte über TV-Sendungen in den Achtzigern geworden, aber ich war mir nicht sicher, wie viel der Achtziger in den USA bis ins ländliche Russland gedrungen war oder auch der Neunziger.

„Und dann war er unter der Dusche", las Eli aus Wikipedia vor, tippte auf seinem Bildschirm und lachte schnaubend. „Und es war alles ein Traum."

„Eine ganze Staffel?"

„Wer zur Hölle weiß das."

„Dieser Mann war nur Hut, ohne Rinder", meinte Colorado in einem perfekten texanischen Akzent. „Bisschen wie unser Tate hier, wenn ihrs alle wütender seid als eine nasse Henne."

Ich dachte, dass er seine ihrs alle durcheinanderbrachte, aber er hatte zehn Minuten damit verbracht, an seinen ihrs alle und ihr alles zu arbeiten, und das hatte das Pokerspiel unterbrochen und dazu geführt, dass ich keine Luft mehr bekam, weil ich so sehr lachen musste. Er war ein lustiger Kerl und irgendwie brachte er uns dazu, Dolly Parton Songs bis Mitternacht zu singen, bei denen wir alle so tun mussten, als wären wir aus Texas. Wieder verhunzten wir die Akzente, mischten Tennessee mit Texas, aber wen zur Hölle kümmerte das schon? Wir ließen Colorado einfach sein Ding durchziehen und genossen das Lachen, das es uns brachte.

Mein Heim war in Minnesota und heute war die erste Nacht der Abschiedswoche, ganze fünf Tage frei, während denen Vlad und ich vorhatten, bei meinen Eltern zu übernachten, Logan und Josie zu treffen und verschiedene Nichten und Neffen und die Hunde und obwohl Vlad mich liebte, war ich mir nicht sicher, wie lang das anhalten würde, sobald er den Rest des Collins-Clans erlebt hatte. Apollo und Henry passten auf Obi auf, Frank war bei Tom und Mona, unsere Koffer waren gepackt und wir würden morgen früh nach Minnesota fliegen. Genaugenommen war ich mir nicht einmal sicher, ob wir heute Nacht ins Bett gehen würden.

Als alle gegangen waren, räumten wir ein wenig auf, aber nicht lang genug, dass ich nicht ins

Schlafzimmer gezerrt wurde. Also würden wir doch ins Bett gehen.

„Dein Akzent dreht mein Inneres nach außen", stotterte Vlad, als wir auf unseren Rücken lagen, an die Decke starrten, heiß und klebrig und von einem High herunterkamen.

Ich drehte mich auf die Seite und küsste ihn laut. „Das macht deiner auch."

Ich hatte recht mit dem nicht schlafen. Es machte keinen Sinn, da wir um fünf Uhr am Tucson International sein mussten und es bereits drei war. Wir sammelten unsere Koffer ein, sperrten das Haus ab und fuhren zum Flughafen, unterhielten uns leise im neuen Sonnenaufgang und nahmen unsere Plätze in der ersten Klasse ein. Dieser Flug dauerte ungefähr sieben Stunden und Vlad war ein großer Mann, darum hatte ich ihm das spendiert.

Schließlich würde er den Spießrutenlauf bei meiner Familie durchmachen.

„Großer Bruder, Logan, Frau, Gemma, zwei Töchter, Lizzie und Bella. Mittlere Schwester, Josie, Partner, David, nicht verheiratet, Sohn Mitchell. Hunde und verschiedene Katzen, deine Mom heißt Elizabeth, dein Dad ist Francis. Nicht verkürzt auf Frank, wie bei meinem Frank."

„Du kannst aufhören, all das herunterzubeten." Ich war amüsiert, wie er versuchte, sich alles einzuprägen, bevor er meine Familie überhaupt kennenlernte.

Er drehte sich zu mir, seine blassen Augen waren fokussiert. „Ich werde das nicht verbocken."

Ich stieß ihn mit dem Ellbogen an, was schwierig war wegen des Platzes zwischen den Sitzen und er hob eine Braue. „Großer Bruder, Logan ..."

Ich blendete ihn aus, wurde von noch mehr Essen abgelenkt, das uns angeboten wurde und einer hilfsbereiten Stewardess, die ein Hockeyfan war und wissen wollte, wie die Chancen der Raptors standen, um den Cup zu spielen.

„Wir werden es in die Play-offs schaffen." Vlad war trotzig und das lenkte ihn wenigstens von meiner Familie ab und sich an ihre Namen zu erinnern.

„Ich bin ein Railers-Fan", fing sie an.

„Jemand muss es sein", murmelte Vlad vor sich hin und ich trat ihn so subtil, wie ich konnte.

„Ich liebe Tennant Rowe und Stan, er ist der beste Goalie. Ich denke, wir haben gute Chancen auf den Cup dieses Jahr-"

„Ähmm, könnte ich noch ein paar Chips bekommen?", unterbrach ich sie so freundlich, wie ich konnte, ohne mir jeden höflichen Knochen in meinem Körper zu brechen.

Vlad murmelte etwas auf Russisch, aber wenigstens ging die Stewardess, um mir die Chips zu holen, und als sie zurückkehrte, wiederholte Vlad erneut Familiennamen und es waren nur noch zehn Minuten bis zur Landung. Die Raptors hatten eine gute Serie an Spielen gehabt, sehr zu jedermanns

Überraschung, hatten fünf der letzten zwölf Spiele in der normalen Spielzeit gewonnen und Punkte für zwei andere bekommen, weil sie das Spiel in die Nachspielzeit brachten.

Ich wusste, dass die Medien sagten, dass ich der Retter des Teams war, dass es meine Ankunft war, die alles verändert hatte. Nach den Spielen war ich derjenige, dem alle Fragen gestellt wurden.

Aber sie irrten sich. Es lag nicht nur an mir.

Unter Vlad und mit Coach und dem Management hinter uns, war dieses Team eine Einheit. Wir arbeiteten hart, wir lachten, wir trauerten, wir lernten aus unseren Fehlern. Es erinnerte mich an all die positiven Neuausrichtungen von Teams in der Vergangenheit. Okay, vielleicht würden wir es dieses Jahr nicht bis zum Cup schaffen, aber wir würden auch nicht am unteren Ende herumkrebsen und das lag daran, dass wir ein verdammt gutes Team waren.

Sobald das Licht für den Gurt ausging, stand ich auf und schnappte mir unsere Mäntel aus der Ablage. Minnesota war im Vergleich zu Arizona kalt, doch als ich Vlad seinen Mantel reichte, murmelte er erneut. Er machte das oft, erklärte mir, dass es in Minnesota auf gar keinen Fall so kalt war wie dort, wo er herkam und dass er schon hier gewesen war. Dann lächelte er mich schwach an und zog sich den Mantel an, tat das für mich.

Himmel, ich wollte ihn küssen.

„Viel Glück auf dem Weg zum Cup", sagte unsere Stewardess.

„Ja, viel Glück Ihren Railers", sagte Vlad sehr höflich und dann hoffte ich inständig, dass die arme Frau kein Russisch konnte, denn was dann herauskam, klang sehr wie das, was aus dem Schnabel eines wütenden Papageis namens Frank ertönte.

Wir kamen nach einer kurzen Wartezeit im Ankunftsbereich an und da waren sie, der gesamte Collins-Clan, der ein riesiges Schild hochhielt. *Willkommen zu Hause, Tot.*

Ich würde meinen Bruder *umbringen.*

Die Umarmungen waren wunderbar und zuerst dachte ich, ich müsste Vlad ermutigen, aber er war wie ein riesiger blonder Teddybär, der Kinder hochwirbelte, meine Schwester umarmte, diese atemberaubende Verneigung mit Handkuss vor meiner Mutter machte und dann ganz ernst Dads Hand schüttelte. Als wir den Konvoi aus Autos auf dem Parkplatz erreichten, hätte Vlad seinen Nachnamen genauso gut in Collins umändern können.

Wir saßen in Logans SUV, ich zwischen Lizzie und Bella und Vlad auf dem Beifahrersitz. Es war nicht so als, ob sein riesiger Hintern zwischen meine sich windenden Nichten passen würde und so konnte ich alles über Prinzessinnen und Partys hören und wie wunderbar es war, dass ich zu Lizzies Geburtstag hier war, und war es für mich in Ordnung, mich als Prinz zu verkleiden. Da ich alles für meine Nichten und Neffen tun würde, sagte ich sofort Ja.

Dann hörte ich, wie Vlad und Logan sich unterhielten und ich verdrängte Prinzessinnen-Partys und konzentrierte mich auf Vlads Fragen über mich.

„… darum hat er eine Narbe auf seinem Knie", hörte ich Logan abschließen und stöhnte. Ich wollte auf gar keinen Fall, dass Vlad hörte, wie ich einmal auf Rollerskates in unserem alten Haus mit dem Hintern in einen Dornbusch gefallen war. Zu meiner Verteidigung war ich damals zwei gewesen und Logan hatte mich geschubst, aber ich wollte wetten, dass er das nicht erwähnt hatte.

„Ich habe noch eine Frage", sagte Vlad.

Logan lachte. „Ist es, warum er keine Horrorfilme anschauen kann und die ganze Sache mit der *Woman in Black*?"

„Hör auf, Logan, dieser Film war angsteinflößender Sch-" Ich stoppte gerade rechtzeitig, aber Lizzie schaute mit ihrer Weisheit einer beinahe Sechsjährigen zu mir auf und hob eine Braue. Verdammt sei diese Familie!

„Nein", sagte Vlad, aber darauf können wir zurückkommen. Ich wollte wissen, warum du Tate so nennst, Tot."

Ich sah, wie mein Bruder Vlad von der Seite musterte. *Zur Hölle mit meinem Leben.*

Logan lachte schnaubend. "Weil er ein Tate-r Tot ist."

„Tater Tot", meinte Vlad ganz ernst, aber ich sah seinen Blick im Spiegel und er lächelte. „Wie diese weichen Kartoffeldinger?"

„Das ALLERBESTE Essen!", schrie Lizzie.

Ich stöhnte dramatisch und schloss meine Augen. Ich schwöre, nach diesem Urlaub würde Vlad mich nie wieder auf dieselbe Art und Weise sehen können.

„Hat Tate dir je erzählt, wie er sich betrunken hat und alle beinlosen Kätzchen auf der Welt adoptieren wollte?"

„Nein, bitte, erzähl mir mehr."

So ging es die ganze Zeit bis zu Moms und Dads Haus und als wir ankamen, dachte ich nicht, dass noch eine peinliche Geschichte übrig war.

Das Abendessen war laut, chaotisch, ein Durcheinander aus Liebe und Umarmungen und Neuigkeiten über die Schule und die Arbeit. Vlad und ich sagten nicht offiziell, dass wir ein Paar waren, aber die Erwachsenen wussten es und es war nicht sicher, Liebesbekundungen zu machen, für den Fall, dass eines der Kinder in der Schule etwas sagte. Wenigstens saßen wir nebeneinander und unsere Knie berührten sich beim Essen.

Logan klopfte mit einer Gabel an sein Glas und einer nach dem anderen wurden alle still.

„Ich wollte einen Toast aussprechen", fing er an und ich half Mitchell, seinen Trinkbecher mit dem besonderen Saft zu füllen, den meine Schwester neben ihn gestellt hatte. Ich wusste nicht, auf was wir anstießen, aber die ganze Familie sollte dabei sein. Sogar Vlad hob sein Wasserglas. „Auf Tate", fing er an und alle starrten mich an, während ich sie überrascht anblinzelte. Dann schaute mein Bruder, Gott sollte sein Herz verdammen, zu Vlad. „Und auf Vlad."

„Wir freuen uns so für Vlad und dich …", fing Mom an.

„… dass die Raptors so eine gute Saison haben", endete Dad, als ob sie das geübt hatten.

Sie stießen auf uns als Paar an, drehten es so hin, dass es nicht offensichtlich war, und ich wollte ihnen danken, aber ich konnte nur mein Glas heben, genau wie Vlad.

„Wir werden einen Wildcard-Platz bekommen", verkündete Vlad.

Ich glaubte ihm absolut und so wie alle nickten, waren sie ebenfalls überzeugt.

„Da ist noch etwas", sagte Josie, bevor der Tisch wieder in seinen chaotischen Zustand zurückkehrte. Sie schob ihre Hände unter den Tisch und David, ihr Partner, legte seinen Arm um ihre Schulter. Dann hob sie eine Hand, um uns allen den glänzenden Ring zu zeigen, und hob sie noch weiter, als wir alle anfingen, ihnen zu gratulieren. „Und ich bin schwanger." Weitere Glückwünsche, dann wurden alle still, als sie plötzlich in Tränen ausbrach. „Es sind Zwillinge und ich bin so glücklich."

Mom eilte zu ihr und die beiden umarmten sich lang.

„Sie ist glücklich", bestätigte David. „Aber auch super-emotional. Gestern Nacht hat sie einen ganzen Behälter-"

„Erzähl ihnen das nicht!", schrie Josie und fing dann an zu lachen. Als sie und David sich umarmten, war es reine Schönheit und mein Herz schmerzte davon.

Ich würde wieder ein Onkel werden. Ich berührte Vlads Oberschenkel, hoffte, dass er meine Hand nehmen und sie halten würde. Er verflocht seine Finger mit meinen.

„Ich liebe meine Familie", gab ich zu und als ich in seine wunderschönen Augen schaute, lächelte er.

„Ich liebe deine Familie auch."

Wir blieben im Haus meiner Eltern, in zwei getrennten Zimmern, aber das würde nicht lang so bleiben und Mom und Dad wussten es. Nicht, dass wir mehr tun konnten, als uns zu umarmen, weil der Gedanke, mehr zu machen, mich ausflippen ließ, aber wenigstens waren wir zusammmen.

Er bewies es, als er spitze Ohren für die Prinzessinnen-Party trug und so tat, als wäre er ein Riese. Er sagte auch nichts, als Lizzie verlangte, dass er zehn Sechsjährigen gestattete, ihm das Gesicht zu bemalen. Sie machten ihn zu einem Oger, mit grüner Haut, seine weißblonden Haare bekamen rote Flecken. Sie stellten sicher, dass seine Hörner nicht herunterfallen würden und er saß da und starrte mich an und ich verliebte mich mit jeder Sekunde, in der er sich nicht bewegte, mehr in ihn.

Der Oger war der Star der Party, vor allem als er besiegt wurde und ich ihn unter dem Haufen aus Disney-Prinzessinnen nicht mehr sehen konnte. Daraufhin wandten sie sich mir zu und verkündeten, dass ich ein echter Prinz sein würde.

Als wir an diesem Abend im Bett kuschelten, fanden wir heraus, wie viel Glitter an uns beiden klebte, trotz der Dusche und dass das Grün nicht von der Stelle hinter seinem Ohr wegging. Ich wollte nicht erwähnen, dass ich dachte, eines der Mädchen hatte Permanent Marker verwendet.

Er betastete den Bereich. „Schon gut", rumpelte er, versuchte zu Flüstern. „Wir kommen in die Play-offs und mein Bart wird es verstecken."

Die Play-offs waren noch Wochen entfernt, wir würden erst im April erfahren, ob wir einen Platz bekommen hatten und es würde an so vielen Faktoren hängen, ob wir es als einer der ‚Besten vom Rest' auf einen Wildcard-Platz schafften.

Seltsamere Dinge waren schon in der Geschichte des Hockeys geschehen.

Wir hatten immer noch Spuren von Glitter an uns, als wir uns für Teich-Hockey einpackten. Auf dem Grundstück meiner Eltern, nicht mehr als ein halber Hektar, aber vor den Bäumen gab es einen großen Teich, der durchgefroren war und bereits Spuren von Kufen zeigte. Lizzie war eine Dämonin auf ihren Schlittschuhen und ich wechselte Blicke mit Logan, der die Augen verdrehte. Logan hatte früher im Winter immer ein wenig Hockey gespielt, um für Baseball in Form zu bleiben, und Josie war hin und wieder gefahren, wenn sie keinen Schauspielunterricht hatte oder irgendwo auf einer Bühne stand. Lizzie hatte die Collins-Gene und wir rumpelten bei ein paar Gelegenheiten aneinander. Sie war eine durchtriebene Spielerin, nutzte eine Kombination aus großen, feuchten Augen und ihrer Größe, um zwei Mal an Vlad vorbeizukommen.

„Du darfst dich von den Augen nicht täuschen lassen, Kumpel", warnte Logan ihn nach dem zweiten Mal.

Lizzie schubste ihren Dad von hinten und alle drei landeten in einer Schneewehe, Vlad ganz unten.

Ich kann nur sagen, dass ich mir sicher war, dass dadurch der restliche Glitter abgewaschen wurde.

Wir teilten uns in zwei Teams für eine Schneeballschlacht auf, Vlad und ich getrennt. Ein Gesicht voller Schnee zu bekommen, war es wert, weil wir beide in dem weißen Zeug herumrollten. Gegen Vlads Team zu verlieren war ein bisschen beschissen, aber meine große Schwester fehlte in meinem Team und Josie hatte einen dämonischen Wurfarm.

Als wir zurück ins Haus gingen und alles aßen, was vorbereitet war – Cookies, heiße Schokolade, Kuchen aller Art, Sandwiches und Chips – Josie hatte die Füße hochgelegt und löffelte aus einem Behälter Ben and Jerry's – griff ich nach Vlads Hand und drückte sie. So kurz, dass man es hätte übersehen können. Aber die Berührung reichte aus.

AUF DEM FLUG zurück nach Arizona waren wir beide still und in Gedanken verloren und zum Glück war keine der Flugbegleiterinnen ein Hockeyfan, nicht im Geringsten.

„Eines Tages möchte ich eine Familie", murmelte Vlad und ich drehte mich zu ihm.

„Wirklich?"

„Ich bin fünfunddreißig, ich bin bereit, um …" Er runzelte die Stirn. „Wie viele Jahre habe ich noch? Im Hockey, meine ich."

Mein Brustkorb zog sich zusammen, als ich mir ein Team ohne Vlad vorstellte.

„Wir müssen zuerst den Cup gewinnen", ermutigte ich ihn.

„Vielleicht werden wir das, vielleicht nicht, aber eines Tages möchte ich mit Teenagern arbeiten, nicht Babys, nicht Kindern, sondern jenen, die Fragen haben oder Angst, die Hockey spielen oder Ballett machen wollen, die jemanden brauchen. Das wäre meine Familie."

Ich nickte. „Das wäre eine wunderbare Familie."

„Und du wärst auch da."

Wir mussten uns nicht berühren, um einander in die Augen zu schauen, unsere Blicke fest.

„Ich werde an deiner Seite sein."

Epilog

VLAD

Es gab nicht viel, das mich aus einem warmen Bett mit einem noch wärmeren Tate, der es mit mir teilte, locken konnte. Abgesehen von der Ostermesse. Obwohl ich wusste, dass ich aufstehen und zur Messe gehen wollte, verweilte ich für ein paar Momente, genoss es, wie die Sonne sein Gesicht wärmte, die kleinen Spuren von Rostrot in seinen dunklen Haaren betonte und auf den verblassenden Knutschfleck schien, den ich vor ein paar Nächten auf seiner rechten Pobacke hinterlassen hatte. Unfähig, mich zu beherrschen, umfasste ich diese feste Backe und mein Schwanz fing an zu schwellen. Ich wusste, wenn ich noch länger verweilte, würde Tates Körper mich im Bett halten, darum entzog ich mich der Versuchung. Wenn ich später heute mit meiner Mutter redete, würde sie fragen, ob ich in der Kirche gewesen war und ich würde sagen müssen, dass ich das nicht war. Dann würde ich getadelt werden. Also ja, das Bett und Tate zu verlassen, musste einfach stattfinden.

In Russland ist unser *Pashka* oder Ostern, einer der größten kirchlichen Feiertage. Noch wichtiger als Weihnachten. Die Gläubigen und die Atheisten, die Jungen und Alten, die Reichen und die Armen, alle gehen in die Ostermesse. Und so war ich benebelt aufgewacht nach einer langen Nacht, in der ich mit unseren Teamkollegen den Wildcard-Platz gefeiert hatte, um in die Kirche zu gehen, obwohl ich mich nach mehr Schlaf sehnte. Wir hatten hart gearbeitet, um dorthin zu kommen, aber das Schicksal war auch freundlich gewesen. Unser Team hatte das Ruder nach der All-Star Pause im Januar herumgerissen. Wir hatten tief gegraben und um jeden verdammten Sieg gekämpft, den wir in unsere gierigen Finger bekommen konnten. Waren langsam aus den Niederungen unserer Division geklettert, Punkt um Punkt. Die Feier letzte Nacht bei Colorado war absolut berechtigt gewesen. Sogar Coach war mit Mark vorbeigekommen, um die Füße hochzulegen. Er hatte einen weißen Cowboyhut getragen, der für ihn irgendeine Art amerikanischen Symbolismus bedeutete, obwohl er Kanadier war. Niemand hat je behauptet, dass Hockeyspieler logisch waren.

Diese Wildcard-Position in der Pacific Division zu bekommen war eine verwirrende Angelegenheit gewesen, die darauf hinausgelaufen war, dass wir gewinnen und zwei andere Teams verlieren mussten, sowie mathematische Gleichungen und drei Mal Spucken über meine linke Schulter, um Glück zu haben. Wir würden in zwei Tagen gegen ein physisches Las Vegas Rollers Team antreten. Unser Flug nach Vegas ging morgen sehr früh, darum konnten Tate und ich ein Feiertagsessen in meiner Wohnung teilen, nur er, ich, Frank und Obi. Ich freute mich auf diese kurze Pause von den Anstrengungen des Hockeys und etwas Zeit in einer Kirche. Es war ein Jahr her. Es war an der Zeit.

Ich hatte keine Russisch-Orthodoxe Kirche entdecken können, hatte aber eine kleine Griechisch-Orthodoxe Kirche in den Catalina Foothills gefunden. Auch wenn ich nicht oft ging, achtete ich doch darauf, zu Ostern in der Kirche zu sein, obwohl meine amerikanischen Freunde es eine Woche vorher gefeiert hatten. Verschiedene Kalender machten alles verwirrend. Ich hatte das Gefühl, das ein Treffen pro Jahr mit Gott in seinem Haus vernünftig war. Ich musste dem Schöpfer dieses Jahr für vieles danken. Ich duschte, rasierte mich und zog mir ordentliche Kleidung an, ließ Tate eine Nachricht auf meinem Kissen.

Als ich zur Kirche fuhr, sang Taylor „Gorgeous" und ich musste lächeln, als ich die Lyrics hörte, weil ich dabei an meinen Liebhaber denken musste. Ja, Tate war wunderschön und offen und unterwürfig und mein. Komplett und ohne Fragen, auch wenn wir unterschiedliche Adressen hatten und unsere Zuneigung füreinander nicht in der Öffentlichkeit zeigen konnten.

Wir waren in den letzten Monaten ziemlich gut darin geworden, Ausreden zu erfinden. Hatten meinen Nachbarn erzählt, dass er oft ein paar Tage bei mir verbringen musste, weil in seinem Haus Ungeziefer vernichtet oder es gestrichen oder an den Rohren gearbeitet wurde. Sie mussten sich fragen, warum er in so einem schrecklich unzureichenden Heim wohnte. In Wahrheit war Tate öfter bei mir als in seinem eigenen Zuhause, was der Grund war, warum Obi jetzt mit ihm reiste. Und warum mein Papagei jetzt wie eine Katze fauchte, dann wie ein Irrer lachte. Die Katze und der Ara hatten einigen Probleme, aber sie näherten sich langsam an. So wie ihre Besitzer. An den meisten Tagen waren wir mit unserem Leben zufrieden sowie dem Geheimnis, das wir mit einigen wenigen teilten, aber an manchen Tagen – Geburtstagen oder Jahrestagen oder Valentinstag – war es schwierig. Aber wir bekamen nicht immer alles, was wir uns im Leben wünschten. Wir würden zurechtkommen, bis ich in den Ruhestand ging. Dann würden wir sehen, in welchem Zustand die Welt sich befand und ob mein Land von Hass zu mehr Akzeptanz gewechselt hatte. Wenn nicht, dann würden wir irgendwie weitermachen.

Die Kirche erschien links von mir, ein winziges

Ding mit einem reizenden Turm. Die weißen Schindeln stachen vor den Wüstenrosa-, Lila- und Beigetönen hervor, die die Sonne zum Leben erweckte. Ich parkte, schob meine Schlüssel in meine vordere Tasche und suchte mir einen Weg durch die vielen Autos, die auf dem Parkplatz standen. Ich betrat das kühle, dunkle Innere, bekreuzigte mich von rechts nach links, wie ich es gelernt hatte und fand dann einen Sitzplatz, als der Priester die Gemeinde durch ein Eröffnungsgebet führte. Während der Messe blieb ich für mich, den Kopf gesenkt, meine Gedanken bei meinem Gespräch mit dem Herrn. Auch wenn ein paar Leute vielleicht dachten, dass sie mich erkannt hatten, hatte ich die meiste Zeit über doch Gelegenheit, zu reflektieren, Gott für die Segnungen zu danken, die er mir gegeben hatte und ihn zu bitten, wenn möglich auf die Raptors aufzupassen, weil wir gute Männer waren, die *so* hart daran arbeiteten, unser sinkendes Schiff wieder zu reparieren. Gott liebte einen bekehrten Sünder und kein Team in der Liga hatte so schlimm gesündigt oder so sehr für seine Vergebung gearbeitet wie wir.

Als die Messe vorbei war, ging ich so still, wie ich gekommen war, fischte mein Handy heraus und schaltete es wieder an. Eine Flut an Nachrichten kam herein, vom Team, meinem Bruder und Tate, der mir für das Streicheln seines Hinterns dankte, bevor ich gegangen war, sich aber fragte, warum nur die eine

Pobacke und nicht seinen Schwanz. Ich errötete, als ich seine anrüchige Nachricht nur zehn Meter von der Kirche entfernt las, lächelte aber dennoch. Er war so ein Schäker. Ich liebte es, genau wie ich ihn liebte.

Ich eilte nach Hause, hatte Hunger, weil ich nur ein Stück Toast und eine Tasse Kaffee gehabt hatte, bevor ich aufgebrochen war, damit wir ein traditionelles russisches Ostermahl haben konnten, sobald ich zurückkam. Ich hatte alle möglichen Köstlichkeiten von einem russischen Restaurant in Phoenix bestellt. Dazu gehörte *Pashka*, ein Gericht aus Hüttenkäse, Nüssen, Rosinen und kandierten Früchten, der zu einer abgeschnittenen Pyramide geformt war, um das Grab von Christus zu symbolisieren. Wir hatten auch *Kulich*, ein geweihtes Osterbrot, wunderschön dekorierte hart gekochte Eier und natürlich *Makovnik*, einen Mohnkuchen. Später würden wir einen Lammschlegel, der mit Knoblauch und Anchovis gefüllt war, verspeisen, dazu eine Kartoffel-Galette und einen Salat aus Meerrettich und Karotten. Es hatte alles wunderbar ausgesehen, als es geliefert worden war. Tate hatte dem Essen einen besorgten Blick zugeworfen, während er etwas über einfachen Honigschinken mit überbackenen Kartoffeln gemurmelt hatte. *Amerikaner.* So streng mit ihren viel zu großen Mahlzeiten. Er würde lernen müssen, russische Gerichte zu kosten, wenn meine Pläne für den Sommer in Erfüllung gingen. Als ich in die Auffahrt einbog, fragte ich mich, ob ich ihm erzählen sollte, was mein Zwilling und ich vor einer Woche diskutiert hatten oder ob ich es als Überraschung lassen sollte. Vielleicht wäre ein Ostergeschenk nett …

Sobald ich das Haus betrat, waren meine Arme voll mit Tate Collins. Es war eine enthusiastische Begrüßung, sein Mund fand meinen, während Frank die Katze durch die Wohnung jagte.

„Mm, das ist schön", flüsterte ich über seine vom Küssen feuchten Lippen. „Ich war nur zwei Stunden weg."

„Zwei lange Stunden mit einer Katze und einem Ara, die sich gekabbelt haben. Es ist, als hätte man zwei Kinder."

Er nahm meine Hand und führte mich zum Sofa. „Man kann ein Kind nicht in einen Käfig stecken und ihm einen Samenknabberstick geben, auf dem es kauen kann, wenn es sich nicht benimmt, zumindest nicht, soweit ich das weiß."

Er setzte sich und zog mich mit sich. Ich landete mit einem Grunzen auf der Couch, drehte mich zu ihm. Seine Haare waren feucht, seine Wangen nicht rasiert, seine kakaofarbenen Augen voller Wärme, als er mich anschaute.

„Das stimmt. Wenn wir unsere Kinder haben, besorgen wir ihnen einen Laufstall."

„Ist das nicht dasselbe?", zog ich ihn auf, hob die

Hand, um sein wunderschönes Gesicht zu berühren. „Ich liebe es, dass wir jetzt über Kinder reden. Wie wir das schaffen werden, kann ich nicht sagen, aber dich über diese Zukunft reden zu hören, füllt mein Herz. Ich fühle mich, als würde der Himmel in meinem Brustkorb lebendig werden, wenn du solche Dinge sagst."

Er kletterte auf mich, drückte mich in die Polster, um mich zu küssen, bis mein Atem keuchend kam.

„Machen wir heute immer noch den *Star Wars*-Marathon oder möchtest du etwas anderes unternehmen?" Seine Frage war albern. Mein Schwanz erklärte bereits, was er mit diesem einen freien Tag machen wollte.

„Hmm, ein Film über Roboter, die be-boop-boop machen und Laserschwerter-"

„Lichtschwerter."

„Ah, ja, Lichtschwerter. Ein Film über Roboter, die be-boop-boop machen und *Lichtschwerter* oder dich zurück in mein Bett bringen und an das Kopfteil fesseln. Oh je, das *ist* eine sehr schwierige Entscheidung."

Sein Blick flammte auf. „Sind dafür diese Seidenschals, die du gekauft hast?"

„Vielleicht. Wenn du brav bist, und tust, was man dir sagt."

„Tue ich das nicht immer?" Er glitt von mir herunter und machte sich dann auf ins Schlafzimmer, warf mir heiße Blicke über die Schulter zu, als ich langsam aufstand. Ich würde ihm später von der Reise nach Russland erzählen, um meine Familie kennenzulernen. Gerade im Moment sehnte ich mich nach Zucker.

ENDE

Schule und Rock

Ein Rockstar-Goalie, ein Überraschungsbaby und der Manny, der alles verändert.

Colorado Penn hat alles – er ist der erste Goalie für die Arizona Raptors, Leadsänger einer Hard Rock Band und er führt ein Leben voller Adrenalin und ohne feste Verpflichtungen. Bis er ein Neugeborenes auf seiner Türschwelle findet, mit einer Nachricht: Sie ist von dir.

Entschlossen, seine Tochter zu behalten, braucht Colorado Hilfe – und zwar schnell.

Auftritt Joseph Reyes, ein nüchterner Manny und anstrebender Astronom. Er soll eine temporäre Hilfe sein, aber seine ruhige Präsenz beruhigt nicht nur die kleine Madeline, sondern auch Colorados ruhelose Seele.

Joseph ist immer der Logik gefolgt, aber Colorado ist eine Naturgewalt – waghalsig, magnetisch, und es ist unmöglich, ihm zu widerstehen. Als der Sommer sich zu etwas entwickelt, das mehr ist, muss Joseph sich entscheiden. Wird er gehen, wenn der Job zu Ende ist oder sind Colorado und Maddie bereits sein Zuhause geworden?

Schule und Rock ist eine MM Hockey-Romanze, bei der Gegensätze sich anziehen, mit einem Überraschungsbaby, gefundener Familie und einer Liebe, die wie ein Komet hereinbricht.

Blockwechsel (Harrisburg Railers Buch 1)

**Kann Tennant Jared zeigen, dass Alter nur eine
Zahl ist und dass nur die Liebe zählt?**

Die Rowe Brüder sind berühmte Hockey Teufelskerle, aber
als jüngster des Trios musste Tennant immer gegen den Ruf
seiner Brüder anspielen. Um aus ihrem Schatten zu treten,
und gegen ihren Rat, nimmt er einen Wechsel zu den
Harrisburg Railers an, wo er Jared Madsen trifft. Mads ist
ein alter Freund der Familie und der ehemalige
Teamkollege seines Bruders. Mads ist Tennants neuer

Coach. Und Mads ist der attraktivste Mann, den er je gesehen hat.

Jared Madsens Hockey-Karriere wurde von einem Herzfehler frühzeitig beendet, aber durch die Arbeit als Coach bleibt er nahe am Spiel. Als Ten ins Team wechselt, wird seine akribisch geordnete Welt ins Chaos geworfen. Weil er neun Jahre jünger und der Bruder seines besten Freundes ist, weiß Mads, dass er unbedingt die Finger von Ten lassen muss, aber sobald er Tens Bewegungen sieht, auf dem Eis und im richtigen Leben, weiß er, dass sein Herz ihn wieder in Schwierigkeiten bringen könnte.

Harrisburg Railers Hockey

1. Blockwechsel
2. Erste Saison
3. Am tiefen Ende
4. Poke Check (Deutsche Ausgabe)
5. Letzte Verteidigung
6. Torlinie
7. Neutrale Zone
8. Hat Trick (Deutsche Ausgabe)
9. Save the Date (Deutsche Ausgabe)
10. Mit Baby sind es drei
11. Rivalen
12. Perfekte Geschenke
13. *Family First (Deutsche Ausgabe)*

Ryker (Deutsche Ausgabe) (Owatonna U. Buch 1)

Lernt in dieser fesselnden Romanze die Männer des Hockeyteams der Owatonna University kennen!

Hockey liegt dem reichen Ryker im Blut – während der Junge vom Land, Jacob, nur versucht, durchs College zu kommen. Dennoch haben diese beiden absoluten Gegensätze bald Schwierigkeiten, an etwas anderes als einander zu denken.

Ryker ist Hockey-Adel, Jacob ist ein armer Junge vom Land. Können zwei vollkommen unterschiedliche Menschen eine gemeinsame Basis finden und zu den Männern werden, die sie sein möchten?

Ryker entstammt einer langen Reihe Championship-gewinnender Hockeyspieler. College-Hockey zu spielen, um sein Spiel zu entwickeln, ist sein einziger Fokus und nichts wird sich ihm in den Weg stellen, daran zu arbeiten, der beste Spieler zu werden, der er sein kann. Er hat keinen Platz für Beziehungen, Menschen, die seine Fehler sehen oder irgendjemanden, der ihn wegen seiner Träume anspricht. Er hat ganz sicher keinen Platz für die Liebe und Jacob kennenzulernen ist nichts als eine nützliche Ablenkung nebenher. Schließlich ist der Versuch, seinen Teamkollegen von den Owatonna Eagles ins Bett zu bekommen weniger Arbeit und mehr Spaß. Als seine Familie von einer Tragödie erschüttert wird, zerbricht sein zauberhaftes Leben und die einzige Person, an die er sich wenden kann, ist der Mann, der behauptet, ihn zu hassen.

Jacob Benson hat sein ganzes Leben lang nur harte Arbeit und erstickende konservative Werte gekannt. Geboren und aufgewachsen in der kleinen ländlichen Gemeinde Eden Crossing, Minnesota, ist er der einzige Sohn einer hart arbeitenden, aber in Geldnöten steckenden Familie, die eine Milchwirtschaft betreibt. Jacob nutzt sein Können im Hockey, um seinen Abschluss in Agrarwissenschaften zu finanzieren. Diese vier Jahre an der Owatonna U. werden wahrscheinlich die einzige Zeit sein, die er haben wird, um das Leben zu genießen, seine sexuelle Orientierung akzeptiert zu sehen und offen zu leben, ehe er unausweichlich auf die Farm zurückkehrt. Einen reichen hübschen Jungen wie Ryker Madsen zu treffen, dämpft seinen Genuss des Lebens weit weg von zu Hause. Rykers leichtfertige, sorgenfreie Einstellung geht Jacob auf die Nerven. Wenn Ryker also alles ist, was er nicht mag, warum will er dann nichts mehr, als die sündigen Träume zu erkunden, in denen sein nerviger Teamkollege jede Nacht die Hauptrolle spielt?

Owatonna U. Hockey

1. Ryker
2. Scott
3. Benoit
4. Weihnachtslichter
5. Valentine's Hearts (Deutsche Ausgabe)
6. *Wüstenträume in Arizona*

Abseits des Eises (Chesterford Coyotes Buch 1)

Eine Coming of Age Liebesgeschichte mit High School, Hockey-Rivalitäten, Freundschaft, Familie und Coming out.

Sorens Welt verändert sich auf einen Schlag, als er und sein jüngerer Bruder von Hockey-Adel adoptiert werden. Sein neues Leben zu begreifen, ist schwer genug, doch als er in einer Privatschule angemeldet wird, bedeutet das, dass er sich einer ganzen Reihe neuer Probleme stellen muss. Durch Freundschaften, Familie und Hockey zu navigieren ist eine Sache, aber sich zu dem Jungen hingezogen zu fühlen, der ihm auf die Nerven geht, ist eine ganz andere.

Felix muss einen Ruf schützen. Er ist der Junge, der alles zu haben scheint, aber Äußerlichkeiten können täuschen. Mit seinen Lügen über sein perfektes Leben hat er eine Fantasiewelt geschaffen, an die er mittlerweile sogar selbst glaubt. Nur, dass es nicht lange dauert, bis alles in sich zusammenfällt, all seine hübschen Lügen kommen ans Licht und nur sein größter Rivale sieht durch seinen Schmerz hindurch und steht zu ihm.

Kämpfen ist einfach, Freundschaft ist schwierig, aber Liebe ist alles.

Weitere Bücher von RJ Scott

Für eine vollständige Liste der Ebooks und Links scanne bitte den Code oben oder besuche rjscott.co.uk/buchliste

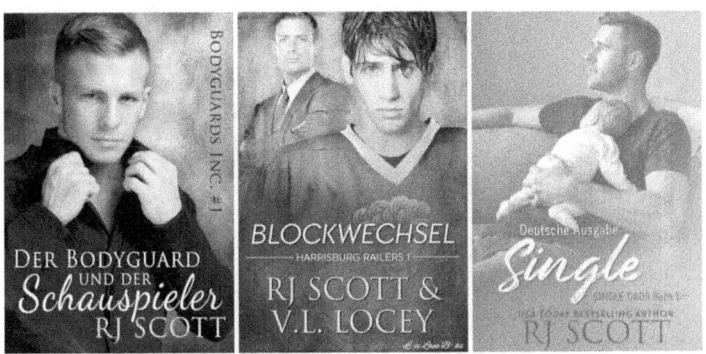

Weitere Bücher von V.L. Locey

Für eine vollständige Liste der Ebooks und Links scanne bitte den Code oben oder besuche vllocey.com/deutsche

Lernt RJ Scott kennen

RJ Scott ist die Bestsellerautorin von über hundert Gay Romance Büchern. Sie schreibt emotionale Geschichten mit komplizierten Charakteren, Cowboys, alleinerziehenden Vätern, Hockeyspielern, Millionären, Prinzen und den Männern, die sie lieben.

Sie lebt etwas außerhalb von London und verbringt jede wache Minute, die sie nicht mit ihrer Familie zusammen ist, damit, zu lesen oder zu schreiben. Das letzte Mal, als sie eine Woche Pause vom Schreiben hatte, hat es ihr gar nicht gefallen. Und sie ist bis heute auf der Suche nach der Tafel Schokolade, der sie nicht gewachsen ist.

www.rjscott.co.uk / rj@rjscott.co.uk

Newsletter - rjscott.co.uk/de

instagram.com/rjscott_author

amazon.com/author/rj-scott

bookbub.com/authors/rj-scott

patreon.com/RJScott

Lernt V.L. Locey kennen

V.L. Locey liebt abgetragene Jeans, Yoga, aus vollem Herzen zu lachen, spazieren zu gehen, lesen und Geschichten voller Lust zu schreiben, griechische Mythologie, die New York Rangers, Comicbücher und Kaffee. (Nicht unbedingt in dieser Reihenfolge.) Sie lebt mit ihrem Ehemann, ihrer Tochter, einem Hund, zwei Katzen, einer Gruppe Hühner und zwei Jersey-Rindern zusammen.

Wenn sie keine peppigen Geschichten schreibt, genießt sie es, den Tag mit ihren Tieren in den sanft abfallenden Hügeln von Pennsylvania zu verbringen, mit einer frischen Tasse Kaffee in der Hand. Sie kann auch online auf Facebook, Twitter, Pinterest und Goodreads gefunden werden.

Webseite: vlloceyauthor.com

facebook.com/124405447678452

x.com/vllocey

instagram.com/vl_locey

bookbub.com/authors/v-l-locey

goodreads.com/vllocey

pinterest.com/vllocey

amazon.com/author/vllocey